GREG KINCAID

VIER PFOTEN
IM SCHNEE

GREG KINCAID

VIER PFOTEN IM SCHNEE

ROMAN

AUS DEM AMERIKANISCHEN
VON ANGELA SCHUMITZ

PAGE & TURNER

Die Originalausgabe erschien 2012
unter dem Titel »A Christmas Home«
bei Crown, New York.

Dieses Buch ist auch als E-Book erhältlich.

MIX
Papier aus verantwortungsvollen Quellen
FSC® C014889

Verlagsgruppe Random House FSC® N001967
Das FSC®-zertifizierte Papier *EOS* für dieses Buch
liefert Salzer, St. Pölten.

Page & Turner Bücher erscheinen im
Wilhelm Goldmann Verlag, München,
einem Unternehmen der Verlagsgruppe
Random House GmbH.

1. Auflage

Redaktion: Annette Wetzel
Umschlaggestaltung: UNO Werbeagentur, München
Umschlagmotiv: FinePic®, München
Gesetzt aus der Janson-Antiqua
Druck und Einband: Friedrich Pustet, Regensburg
Printed in Germany
ISBN: 978-3-442-20423-6
www.pageundturner-verlag.de

Besuchen Sie den Page & Turner Verlag im Netz

Dieses Buch widme ich
in liebevollem Gedenken
meinem jüngsten Sohn Thomas Kincaid
(1990-2011).

PROLOG

Anfang November

Seit mehreren Stunden gingen Männer in verschwitzten Overalls in dem kleinen Bungalow ein und aus. Jedes Mal, wenn sie die Haustür öffneten, hob ein eisiger Wind die Ränder des Packpapiers, das jemand zum Schutz der Böden ausgelegt hatte. Im Rasen vor dem Haus wuchsen vor allem Löwenzahn und hier und da ein bisschen Rispengras. Er war schon länger nicht mehr gemäht worden. Das Schild »Zu verkaufen« warf seinen Schatten auf kaputte und abgelegte Spielsachen, die in leeren Blumenbeeten herumlagen.

Die Fremden mit all ihrer Geschäftigkeit machten den Retriever unruhig. Anfangs hatte die Hündin den Kopf gereckt, um Witterung aufzunehmen, und heftig gebellt. Eine Frau, kaum fünfunddreißig, doch bereits durch Falten der Enttäuschung gezeichnet, versuchte, die Hündin zu beruhigen, weil die Bellerei sie nervös machte. Als der Hund keine Ruhe gab, verbannte sie ihn in den umzäunten Garten hinter dem Haus. Dann kehrte sie zurück und sah den Fremden dabei zu, wie sie Umzugskartons und Möbel in einem riesigen weißen Laster am Straßenrand verstauten, der aussah wie ein gestrandeter Wal.

Ein paar größere Möbelstücke mussten durch die Hintertür aus dem Haus getragen werden. Dabei kamen die Männer auch an dem Hund vorbei. Sie versuchten, ihn mit leiser Stimme anzulocken, doch die Hündin spürte die Angst und den Argwohn der Frau. Sie rührte sich nicht von der Stelle und reagierte mit leisem Knurren auf die Annäherungsversuche der Fremden.

Die Hündin war drei Jahre alt. Normalerweise war sie ruhig und ausgeglichen. Das hatte sie von ihrer Mutter, einem reinrassigen Retriever; diese Hunde sind für ihre Gelassenheit bekannt. Ihr auffallend dichtes, weiches helles Fell mit weißen Einsprengseln und ihr treues, furchtloses Herz hatte sie von ihrem Vater geerbt, einem Pyrenäenhund.

Abgesehen von der Frau und dem Hund lebten in dem Häuschen noch zwei Kinder. Es war das einzige Zuhause, das die beiden je gekannt hatten. Die vage Erklärung ihrer Mutter für den Umzug – das Haus gehöre jetzt der Bank – konnten sie nicht begreifen. Sie waren verwirrt. Etwa um die Zeit, als die Möbelpacker mit ihrem Job fertig waren, setzte der Schulbus die Kinder an der nächsten Straßenecke ab. Als sie näher kamen, stellten sie verstört fest, dass alles, was sie besaßen, in einen Laster verfrachtet worden war.

Wie seltsam, in ein Haus zurückzukehren, das jetzt völlig leer war. Nur ein bisschen Müll lag noch herum: Staub, Hundehaare, Pennys, heruntergefallene Kartoffelchips, Kreiden, Streichholzschachteln, Papierfetzen mit verblassten Telefonnummern – kleine Erinnerungen an vergangene Zeiten. Die Kinder wanderten durch das

Haus wie Flüchtlinge, erschüttert über die gespenstische Stille. Das jüngere, ein sechsjähriger Junge mit dichten dunklen Haaren, legte die dünnen Arme um die Hündin, die sie Gracie getauft hatten. Es gab vieles, was der Junge nicht verstand. Ganz oben stand die Frage, warum sie ihr Heim verlassen mussten und auch diesen Hund, den er so liebte. Er hatte sich die Augen aus dem Kopf geweint. Trotzdem konnte ihm keiner die Frage beantworten, die ihm ganz einfach vorkam. Warum nur? Selbst seine Lehrerinnen umarmten ihn bloß und speisten ihn mit ein paar Worten ab, die zu abstrakt für ihn waren, zum Beispiel: »Im Leben läuft nicht immer alles glatt.«

Seine große Schwester, eine hoch aufgeschossene, schlaksige Neunjährige, trug eine kleine Sporttasche. Die Mutter hatte ihr erlaubt, sie im Auto mitzunehmen. Jetzt kramte sie eine Nachricht heraus, die sie verfasst hatte, als die anderen Kinder in der Pause herumtobten. An einer Ecke war der Zettel durchlöchert. Durch das Loch war eine rote Schleife gefädelt, mit der das Mädchen die Nachricht am Halsband des Hundes befestigen wollte. Der Zettel war gefaltet und mit dem Namen des Hundes versehen – Gracie.

Die Mutter der Kinder stellte zwei große Plastikeimer in den Hof. Sie seufzte und wünschte sich zum tausendsten Mal, dass die Bank die Tränen ihrer Kinder anstelle der seit zehn Monaten ausstehenden Hypothekenzahlungen akzeptiert hätte. Den roten Eimer füllte sie bis zum Rand mit Wasser, den grünen mit billigem Hundetrockenfutter, das sie sich dennoch kaum leisten konnten. Sobald sie den Ort hinter sich gelassen hatten, wollte sie – ohne sich mit ihrem Namen zu melden – im Tierheim anrufen und Bescheid geben, dass der Hund ausgesetzt worden war. Natürlich hätte sie den Hund auch persönlich dort abgeben können. Aber sie konnte den Gedanken an eine weitere Demütigung nicht ertragen.

Nun löste sie sanft die Arme ihrer Kinder von dem Hund. Sie nahm sie an der Hand und führte sie aus dem Garten, in dem sie noch vor ein paar Tagen fröhlich gespielt hatten und das Leben ihnen vorhersehbar und vielversprechend vorgekommen war.

In letzter Zeit war für die Frau und ihre Familie einiges schiefgelaufen. Am Anfang stand die Scheidung. Dann verlor ihr Exmann seinen Job und konnte keinen Unterhalt mehr zahlen. Danach verlor auch sie ihren Job, weil ihr Arbeitgeber seine Zelte in Crossing Trails abbrach. Die Zwangsvollstreckung war unausweichlich.

Als ihr Sohn heftig zu schluchzen begann, drückte sie ihn fest an sich, sagte jedoch nichts. Was sollte sie schon sagen? Ihr fehlten die Worte.

Sie schloss das Gartentürchen und zwang sich, auf dem Weg zu dem voll gepackten Wagen in der Einfahrt nicht zurückzublicken. Sie wollte stark bleiben, ihren Kindern zuliebe. Das Leben mochte sie in die Knie zwingen, aber sie war entschlossen, wieder aufzustehen und weiterzulaufen – einen Schritt nach dem anderen. Es tat ihr unendlich leid, Gracie zurückzulassen, denn sie liebte die Hündin ebenso wie ihre Kinder. Aber sie musste dieses

Opfer bringen. Sie schluckte schwer. Hoffentlich fand das Tierheim ein gutes neues Zuhause für den Hund.

Gracie presste die Schnauze ans Gartentor und bellte. Dann begann sie, nervös im Garten herumzulaufen. Sie konnte die Einfahrt durch den Zaun sehen und beobachtete das vertraute Auto, das nun davonfuhr, den Jungen und das Mädchen, die ihr zuwinkten. Dann waren sie verschwunden. Aber so etwas kam öfter vor. Sie kehrten stets zurück.

Als es Nacht wurde, war noch immer niemand zurückgekommen. Die Hündin war unruhig und verwirrt. Am nächsten Morgen führte sie niemand aus, niemand füllte die Plastikeimer nach, niemand ließ sie ins Haus. Der Tag verstrich, ohne dass der Fernseher zu hören war oder die Stimmen der Kinder. Niemand spielte Bällchen mit ihr, niemand setzte sich neben sie, als die Sonne unterging, niemand erzählte ihr etwas von Hausaufgaben oder von Schikanen auf dem Pausenhof.

Am nächsten Tag stolperte die Hündin über den Wassereimer und verschüttete den Rest des Wassers. Sie hechelte. Im Lauf der Stunden trockneten ihre Kehle und ihr Maul aus. Sie konnte riechen, dass es hinter dem Zaun Wasser gab. Verführerisch nah spritzte Wasser aus dem Rasensprenger im Nachbargarten. Sie konnte auch hören, wie Wasser in Wasch- und Spülmaschinen herumwirbelte und aus einem Schlauch spritzte, mit dem ein Junge das Auto seines Vaters wusch. Gracie verspürte den unwiderstehlichen Drang, den Zaun zu überwinden, sie lechzte nach Feuchtigkeit. Sie bearbeitete die Gartentür mit den Pfoten und bellte, bis sie nicht mehr bellen konnte. Ihr Haus lag an einer Ecke. Die Nachbarn nebenan waren schon etwas betagt und hörten nicht mehr so gut. Niemand kam.

Der weiße Retriever verbrachte den Tag damit, zu winseln und immer wieder in einen tiefen Schlaf zu versinken.

Am Spätnachmittag ging die Gartentür auf, und ein Mann mit einem Fotoapparat begann, Aufnahmen zu machen und das Grundstück auszumessen. Langsam schlug Gracie die Augen auf und beobachtete den Mann, als träumte sie. Als der Mann hustete, zuckte sie zusammen. Jetzt war sie wach. Mit letzter Kraft kauerte sie sich unterwürfig hin und schlich zu dem Fremden. Der Mann war überrascht, legte die Kamera jedoch sofort weg und streichelte den Kopf der Hündin.

»Schon wieder einer ausgesetzt«, murrte er. Beim Streicheln fand er den Zettel am Halsband des Hundes. Er band die Schleife auf, entfaltete die Nachricht und las:

> »Unser Hund heißt Gracie. Sie ist der beste Hund auf der ganzen Welt. Wir lieben sie, aber wir müssen sie zurücklassen, weil wir kein Haus mehr haben. Bitte kümmern Sie sich gut um sie – dann wird sie sich auch gut um Sie kümmern.«
>
> Gezeichnet: Meagan

Der Mann starrte die Nachricht noch eine Weile stumm an, dann sah er dem Hund in die Augen. »Tut mir leid,

Gracie«, sagte er. »Im Moment geht es ziemlich drunter und drüber auf dieser Welt.«

Er nahm den Eimer und ging zu einem Wasserhahn an der Seite des Hauses. Als er den Hahn aufdrehte, kam kein Wasser. Es ist abgestellt worden, dachte er. Er sah sich um und entdeckte einen Schlauch auf der anderen Seite des Zauns. Er öffnete die Tür, huschte über die Zufahrt des Nachbarn, drehte den Hahn auf und füllte den Eimer. Seufzend murmelte er: »So nah und doch so fern.«

Der Mann kehrte zurück und stellte den Eimer vor den Hund. Sofort tauchte Gracies Zunge in die klare Flüssigkeit. Anfangs brannte es etwas, doch dann verwandelte sich das Brennen in die reine Freude, und Gracie trank und trank. »So etwas passiert leider ziemlich oft, altes Mädchen«, sagte der Mann. »Häuser fallen an Banken, Familien werden vertrieben, wunderschöne Tiere wie du werden zurückgelassen. Manchmal hasse ich meinen Job.«

Im örtlichen Tierheim, in das er die ausgesetzten Haustiere brachte, wurden solche Hunde als Opfer von Zwangsvollstreckungen bezeichnet. Manchmal bekamen sie dort Namen, in denen sich die finanziellen Notlagen und Kreditprobleme ihrer früheren Besitzer spiegelten: etwa Past Due oder Subprime. Viele Hundebesitzer gingen davon aus, dass die Bank, ein Nachbar oder die Polizei – auf alle Fälle irgendwer – kommen und sich um ihr Tier kümmern würde. »Ich mach nur noch schnell ein paar Fotos, Mädel, und dann helfe ich dir weiter, okay?«

Er sah ihr beim Saufen zu und fuhr mit den Fingern durch ihr langes weißes Fell. »Du bist ein wunderschöner Hund! Wenn ich nicht selbst nur knapp über die Runden käme, würde ich dich sofort mit zu mir nehmen.«

Als sie endlich ihren schrecklichen Durst gestillt hatte, stupste Gracie das Handgelenk des Mannes dankbar an. Der Mann kramte in seiner Tasche nach den Schlüsseln. Er sperrte die Hintertür auf und ging ins Haus. Er musste es ausmessen, ein paar Fotos machen und seinen Bericht fertigstellen, damit die Bank den verpfändeten Besitz wieder auf den Markt bringen konnte. Nach einer halben Stunde war er fertig und kehrte in den Garten zurück. Der Hund war verschwunden.

»Oh Mist«, murmelte er, als sein Blick auf das weit offen stehende Gartentürchen fiel. Er hatte vergessen, es zu schließen. Vielleicht war der Hund erst vor Kurzem entwischt? Er eilte in den Vorgarten in der Hoffnung, ihn dort zu entdecken. Dann trat er auf die schmale Straße mit den bescheidenen Häuschen, von denen einige weitere ebenfalls zum Verkauf standen. Tatsächlich entdeckte er die Hündin am Ende der Straße. Er rief nach ihr und lief ihr nach. »Komm her, Mädchen, komm zurück!« Schließlich steckte er die Finger in den Mund und stieß einen lauten Pfiff aus.

Die Hündin spazierte mitten auf der Straße. Sie ignorierte die Bitten des Mannes, zu ihm zurückzukehren.

»Komm her!«, rief der Mann abermals. Doch es war zu spät.

Ein Auto bog um die Ecke, es hupte laut, um den Hund

zu warnen. Erschrocken rannte der Hund direkt vor das Fahrzeug. Reifen quietschten, dann knallte es. Die Hündin wurde zur Seite geschleudert. Panisch versuchte sie aufzustehen, doch es gelang ihr nicht. Sie atmete tief durch. Ihr Herz raste angsterfüllt. Verwirrt und verletzt versuchte sie, sich von der Straße weg in Sicherheit zu schleppen.

Der Mann von der Bank rannte zu Gracie, Autotüren wurden aufgerissen, zwei Menschen stiegen aus dem Auto. Das junge Mädchen, das am Steuer gesessen hatte, begann zu jammern. »Oh Mam! Ich habe ihn überfahren! Ich habe ihn überhaupt nicht gesehen!«

»Laura«, erwiderte die Mutter und umfasste den dünnen Arm ihrer blonden Tochter. »Es war nicht deine Schuld. Der Hund ist dir direkt ins Auto gelaufen.«

Dem Mädchen saß der Schrecken noch immer in den Gliedern. Sie versuchte, sich zu fassen, und klammerte sich an den Ellbogen der Mutter. »Wir müssen … wir müssen ihm helfen.« Sie stützte sich auf den Arm ihrer Mutter und trat langsam näher. Verzweifelt hoffte sie, dass das Tier nicht tot war. Der Retriever hob den Kopf, rührte sich jedoch nicht.

Benommen, wie sie war, spürte die Hündin wie jedes verletzte Tier, wie verwundbar sie war. Sie knurrte, um den beiden Frauen zu zeigen, dass sie sich fernhalten sollten.

»Was sollen wir tun?«, fragte die Mutter.

Laura streckte die Hand aus und versuchte, den Hund zu trösten. Doch als Gracie wieder knurrte, wich das junge Mädchen zurück. Sie dachte einen Moment lang nach und versuchte, die richtigen Worte zu finden. »Ich – ich werde Todd anrufen«, meinte sie schließlich. Sie kramte ihr Handy aus der Tasche und gab seine Kurzwahlnummer ein.

EINS

Ein Jahr später

Wenn die Leute den alten schwarzen Labrador sahen, meinten sie meist: »Christmas – das ist aber ein ungewöhnlicher Name für einen Hund.« Anfangs erklärte George dann immer, dass der Labrador eigentlich nur ein vorübergehender Feiertagsgast im Rahmen eines Projekts zur Unterstützung des örtlichen Tierheims hätte sein sollen. Sein jüngster Sohn Todd hatte damals gefunden, dass der Name Christmas gut passte. Seitdem waren fast vier Jahre vergangen, und der Hund hatte bei den McCrays eine dauerhafte Bleibe gefunden. Manchmal umarmte George seinen Hundefreund und meinte: »Du bist das schönste Weihnachtsgeschenk meines Lebens!«

An diesem Abend war die Familie unterwegs zum Rathaus. Christmas saß neben Todd auf der Rückbank. Er hatte den Kopf auf Todds Schoß gelegt. Georges Frau, Mary Ann, und Todd plauderten über das Wetter – es fielen ein paar Schneeflocken, der Himmel war rauchig grau, und es wehte ein leichter, jedoch eiskalter Wind aus Nordwesten. George, der eher zu den Pragmatikern gehörte, lächelte über den Gedanken, der ihm gerade durch den Kopf ging. Er hatte sich gefragt, ob sie den Hund nicht lieber Pattex hätten nennen sollen. Christmas sorgte nämlich dafür, dass die Familie richtiggehend zusammenklebte.

Nun versuchte das Familienoberhaupt der McCrays, auf dem kleinen städtischen Parkplatz westlich des Rathauses von Crossing Trails eine Lücke zu finden, doch er war bereits ziemlich voll. Das an diesem Abend stattfindende Treffen stieß offenbar auf enormes Interesse, was in einer Stadt mit nur knapp zweitausend Einwohnern besonders bemerkenswert war. Aber es stand auch wirklich allerhand auf dem Spiel.

George kehrte zur Main Street zurück und fuhr zwei Blocks Richtung Norden. Endlich fand er einen Parkplatz vor einem ehemaligen Friseurgeschäft, das mittlerweile zu einem Discounter umfunktioniert worden war – ein Zeichen der Zeit. Einige ältere Betriebe wie das Eisenwarengeschäft und das Diner hatten es bislang zwar geschafft zu überleben, doch die vielen Discount-Läden, die es nun gab, zeigten, dass die besseren Tage des Ortes nur noch im Rückspiegel zu sehen waren. Früher hatte es in diesem kleinen, sechs Block umfassenden Bereich, der noch heute als Downtown bezeichnet wurde, unter anderem eine Bäckerei, ein Kino, Bekleidungsgeschäfte, einen Ford-Händler und einen Möbelladen gegeben. Heute wies die Handelskammer von Crossing Trails nur noch vierunddreißig Mitglieder auf. Doch irgendwie wird die Stadt schon überleben, dachte George. Eine andere Möglichkeit erschien ihm unvorstellbar.

Viele der alten, imposanten Backsteingebäude hatten überdauert, aber es gab auch zahlreiche neuere, billiger aussehende Stahlbetonbauten. An etlichen hingen Schilder, die darauf hinwiesen, dass dieses Gebäude zu vermieten oder zu verkaufen war. George konnte nicht aufhören, sich zu wundern, wie der Ort sich verändert hatte, vor allem in den letzten Jahren, in denen immer mehr junge Leute aus den ländlichen Gemeinden fortgezogen waren. Wenigstens hatten sich seine Kinder nicht allzu weit vom Hof der McCrays entfernt. Alle waren mit dem Wagen leicht zu erreichen. Todd wohnte am nächsten.

»Sieht aus, als wäre das Treffen gut besucht«, bemerkte George.

»Das ist auch gut so. Die Menschen machen sich Sorgen.« Mary Ann knöpfte den Mantel zu und klaubte ihre Handtasche vom Boden des Wagens auf. Sie drehte sich um und stupste ihren Sohn am Knie. »Los geht's!«

Todd schnallte sich ab und kletterte aus dem Wagen, ohne seine Kopfhörer abzunehmen. Er hörte ein Lied von Scotty McCreery auf seinem iPod und bemühte sich offenbar, es auswendig zu lernen. Draußen stimmte er lauthals ein: »I love you this big!« und breitete die Arme weit aus. Mary Ann schmiegte sich an ihn, und beide wiederholten den Refrain noch einmal gemeinsam. Mary Ann hatte immer ein Lächeln für das Leben übrig. Als Musiklehrerin einen vollkommen unmusikalischen Sohn zu haben war wirklich mehr als eine Ironie des Schicksals.

George öffnete die hintere Beifahrertür. Als Christmas heraussprang, leinte er ihn an und tätschelte ihn sanft. »Guter Junge. Du musst heute Abend arbeiten, stimmt's?«

An diesem Abend fand im Rathaus eine ungewöhnlich dringliche Sitzung statt. Im *Prairie Star* – der Zeitung von Crossing Trails, die früher täglich und inzwischen nur noch einmal pro Woche erschien – hatte es geheißen, dass die Bürgermeisterin über den jüngsten Konjunktureinbruch sprechen wollte. Nach fünfzig Jahren hatte *Midwest Trailer and Hitch* offiziell dichtgemacht. Kaum jemand besaß noch ein Pferd, und Anhänger wurden auch nicht mehr gekauft. Der größte Arbeitgeber der Stadt war pleite.

Das Überleben von Crossing Trails hing von mehreren Faktoren ab, die nur durch intensive Bemühungen aller Seiten bewältigt werden konnten. Die Kosten mussten deutlich gesenkt werden, wie alle wussten. Im Leitartikel des *Prairie Star* war darauf hingewiesen worden, dass Dienstleistungen, die man früher umsonst bekommen hatte, nun auf der Kippe standen. Die Gerüchte verbreiteten sich auf der Main Street wie ein Virus im Kindergarten. Besorgnis wuchs sich allmählich zu Panik aus.

Die McCrays und auch andere Familien hatten bemerkt, dass in einigen kleineren ländlichen Nachbargemeinden die Feuerwehr und die Polizei zusammengefasst oder ganz aufgelöst worden waren. Schulen, Büchereien und Krankenhäuser wurden geschlossen, und so mancher Ort kämpfte um sein Überleben. Unwillkürlich fragte sich jeder, ob die gleiche Abwärtsspirale nun auch in Crossing Trails begonnen hatte.

George, Todd und Mary Ann liefen auf der Main

Street Richtung Rathaus. Ein leichter Nebel senkte sich auf die Stadt. Christmas trödelte ein wenig und beschnüffelte ausgiebig jeden Hydranten, an dem er vorbeikam. Es war für Anfang Dezember noch ziemlich warm, auch wenn schon Schnee lag. Der Schneematsch auf dem Bürgersteig war gefährlich glatt und uneben, sodass man auf seine Schritte achten musste. Todd lief zwischen seinen Eltern. Mit jugendlicher Kraft hielt er sie an den Händen und bewahrte sie vor dem Ausrutschen.

Mary Ann gefiel es, dass ihr erwachsener Sohn noch die Hände seiner Eltern hielt. Manche werteten das bestimmt als Zeichen seiner Behinderung, aber für sie bedeutete diese Geste weit mehr. Als er klein war, hatte er sich an ihre Hand geklammert, um körperlichen Halt zu finden. Später tat er es zur emotionalen Unterstützung. Damit vergewisserte er sich, dass seine Mutter für ihn da war, während er seinen Weg durch eine Welt fand, die ihm manchmal unverständlich war. Noch später drückte er dadurch auf ehrliche, schlichte Weise seine unerschütterliche Liebe zu seinen Eltern aus. Einerseits spürte seine Mutter in diesem Griff noch einige der alten Familienbotschaften, andererseits spürte sie deutlich, dass sich etwas Neues anbahnte. Sie fragte sich, ob George auch nur annähernd die gleichen Gedanken hatte und ob Todd eine Vorstellung davon hatte, wie die Rollen von Eltern und Kind im Lauf der Zeit ständig neu verhandelt wurden.

Viele Ladenbesitzer hatten sich bemüht, die Schaufenster weihnachtlich zu gestalten. Grüne Stechpalmenzweige und blinkende weiße Lämpchen hingen an den Holzpfosten, an denen früher die Pferde angebunden worden waren. Im düsteren Lichtschein der altmodischen Straßenlampen rieselten hier und da ein paar Schneeflocken aus dem nächtlichen Himmel.

Christmas war mit seinem schwarzen Fell kaum zu sehen, während er hinter seiner Familie hertrottete – zufrieden, dabei zu sein.

Der Hund war in Crossing Trails eine wahre Legende. Es war schwer zu sagen, wo die Wahrheit endete und die Übertreibungen anfingen. George wie auch Todd neigten dazu, seine Heldentaten auszuschmücken. Ob Christmas sich wirklich mit einem Berglöwen angelegt und ihn bezwungen hatte, ob er mehr als fünfzig Wörter verstand, oder ob er Gedanken lesen konnte, war den meisten Leuten egal. Sein liebenswertester Zug bestand darin, dass er den McCrays und jedem anderen, dem er begegnete, immens viel Freude bereitete. Das reichte als Zauber.

Todd wie auch George bezeichneten Christmas als »mein Hund«. Es war zwar bequem, aber es stimmte nicht ganz. Wie der blaue Himmel, kleine Kinder und die Luft, die wir atmen, können Hunde geteilt und geliebt werden, und man kann sich an ihnen erfreuen. Doch man kann sie nicht besitzen. Eine Partnerschaft? Sehr gern. Aber Eigentum? Nein, das nicht. So ist es zwischen Hunden und Menschen schon immer gewesen.

Das Quartett trat in den überfüllten Sitzungssaal des Rathauses. Todds Chefin im Tierheim, Hayley Donaldson, hatte versprochen, Plätze für sie im hinteren

Bereich zu reservieren, wo Christmas seine Ruhe hatte und ein wenig abseits lag, bevor es ans Arbeiten ging. Die McCrays sahen sich um, konnten Hayley jedoch nicht finden. Sie ließen sich in der hintersten Reihe nieder und reservierten noch einen Platz für Hayley.

Todd nahm den Sitz am Gang und befahl Christmas, sich an einer Stelle hinzusetzen, wo er nicht im Weg war. Er zog eine Karteikarte mit einer Liste aus seiner Tasche. Hayley liebte Listen. Sie gab ihm ständig welche. Todd lächelte, als er an die Listen dachte. Oft neckte er Hayley, indem er sie mit einer ausgestreckten Hand begrüßte. Und wenn sie ihn dann fragend ansah, sagte er: »Ich warte auf meine Liste.«

Am Vormittag hatte sie aufgeschrieben, was er und Christmas auf der Bürgerversammlung tun sollten. Manchmal ärgerte es Todd, dass sie so viele Listen machte und ihm Dinge aufschrieb, die er auch von selbst erledigt hätte. Doch als er sich einmal darüber beschwerte, meinte sie nur: »Ich mache Listen für mich, warum also nicht auch für dich?«

Todd steckte die Karte wieder in die Tasche. Dabei schoss ihm ein lustiger Gedanke durch den Kopf, und er lachte laut auf. Morgen wollte er Hayley eine Liste überreichen. Darauf sollte stehen: »Hör auf, Listen zu machen!«

George musterte seinen Sohn fragend. »Was ist denn so lustig?«

Manchmal fanden die Leute nicht dieselben Sachen witzig wie Todd. Deshalb hatte er sich angewöhnt, seinen Sinn für Humor nicht mit anderen zu teilen, nicht einmal mit seiner Mom und seinem Dad. Er befürchtete, womöglich nicht besonders schlau zu wirken, wenn er es täte. »Ich habe gerade über etwas in der Arbeit nachgedacht.«

George lächelte beschwichtigend. Er spürte, dass Todd sich nicht gern auf weitere Erklärungen einlassen wollte. Als jemand, der gern viel lachte, hatte George Spaß an Todds Humor. Ihm war es egal, ob sein Sohn dabei schlau wirkte oder nicht.

Er wandte sich wieder dem Saal zu. Keiner hatte sich die Mühe gegeben, die Lichterkette am Weihnachtsbaum der Bürgermeisterin anzuschalten. Am Boden um den Baum lagen Geschenkattrappen. Die leeren Schachteln waren in grünes Papier eingewickelt, das allerdings schon etliche Risse aufwies. Mehrere Schleifen waren verrutscht. George musterte den armseligen Baum, dann trat er vor und steckte den Stecker der Lichterkette in die Steckdose. Die Lämpchen verschönerten das Ganze nur geringfügig. Schulterzuckend kehrte er zu seinem Platz zwischen Todd und Mary Ann zurück.

Weitere Leute strömten in den sich stetig füllenden Saal, und die McCrays entdeckten viele bekannte Gesichter. Offenbar waren die meisten Familien, die sie in Cherokee County kannten, heute Abend hier vertreten. Die Sitzung stieß wahrhaftig bei vielen auf großes Interesse. Während George Freunde und Nachbarn begrüßte, wandte sich Mary Ann dem Eingang zu und beobachtete die Neuankömmlinge. Plötzlich erregte eine Szene in dem kleinen, mit Glaswänden umgebenen Konferenzraum gegenüber dem Hauptsaal ihr Augenmerk. Sie stupste George an. »Sieh mal da drüben!«, meinte sie leise.

Obwohl sie nichts hören konnten, war beiden klar, dass das Gespräch, das Hayley Donaldson mit der Bürgermeisterin und dem Stadtdirektor führte, recht hitzig war. Hayley warf die Hände in die Luft, als wolle sie sagen: »Na und?« Sie war eine große, selbstbewusste, optimistische Frau, gestählt im Umgang mit ihren Hunden. »Das sieht nicht gut aus«, sagte George leise. Er hätte sich von der jungen Frau nicht gern so anfahren lassen, wie sie es nun mit ihren Gesprächspartnern tat.

Todd bekam nichts davon mit. Er zog Christmas zu sich heran und überprüfte seine Taschen nach den Trainingsleckerlis. Sie standen auf Hayleys Liste an vierter Stelle. Er grinste.

Die Tür zum Konferenzraum wurde aufgestoßen, und Hayley trat in den Sitzungssaal. Sie entdeckte die McCrays in der letzten Reihe und eilte zu ihnen. Nachdem sie Todd und Christmas begrüßt hatte, setzte sie sich neben Mary Ann, die sofort spürte, wie aufgebracht die junge Frau war. »Ich bin so wütend, dass ich kaum ein Wort herausbringe«, flüsterte Hayley ihr zu. Sie starrte stumm ins Leere. Bald liefen ihr Tränen der Wut über die Wangen.

Mary Ann nahm sie am Arm. »Hayley, was ist denn los?«

In der Highschool hatte Hayley zu Mary Anns Lieblingsschülerinnen gehört. Sie war schon damals ein in jeder Hinsicht verantwortungsbewusstes und engagiertes junges Mädchen gewesen. Im Debattierklub war sie ein richtiger Star gewesen und hatte sich kaum jemals aus der Fassung bringen lassen. Mary Ann neigte dazu, ihre ehemaligen Schüler und Schülerinnen zu beschützen. Sie versuchte es noch einmal: »Was ist passiert? Sag es mir doch.«

»Sie werden es kaum glauben. Ich kann es nicht glauben.«

»Was denn?«, drängte Mary Ann behutsam.

Hayley nickte in Todds Richtung, dann beugte sie sich vor und flüsterte ihrer Lieblingslehrerin ins Ohr: »Sie wollen das Tierheim dichtmachen. Mehr oder weniger sofort.«

»Nein!« Mary Ann schnappte nach Luft. Sie wollte jedoch verhindern, dass Todd schon jetzt davon erfuhr. »Komm mit!«, meinte sie und stand auf. Todd und George musterten die beiden Frauen, die nun auf den Gang traten. Mary Ann umfasste Hayleys Ellbogen. »Wir müssen noch rasch auf die Toilette, bevor die Sitzung anfängt«, meinte sie entschuldigend. George nickte, auch wenn er gleich begriffen hatte, dass es um etwas anderes ging.

Im Foyer bemühte sich Mary Ann um eine möglichst ruhige Stimme. »Warum um alles in der Welt wollen sie so etwas tun?«

Mit leiser Stimme versuchte Hayley, ihr Gespräch mit der Bürgermeisterin wiederzugeben: »Es geht wie immer ums Geld. Der Bezirk ist nicht mehr bereit, die Hälfte der Ausgaben unseres Tierheims zu übernehmen. Die Stadt hat selbst genug Geldprobleme. Bürgermeisterin McDaniel hat mir gesagt, dass wir schließen müssen. Wir sind am Ende.«

Mary Ann hatte ihre Stimme nicht mehr unter Kontrolle. »Das ist unmöglich!«, rief sie laut. »Wo sollen die Hunde hin?«

Mehrere Leute im Foyer wurden auf ihr Gespräch aufmerksam. Hayley führte Mary Ann ein paar Schritte vom Sitzungssaal weg und fuhr mit ihrer Erklärung fort. »Bürgermeisterin McDaniel kennt sich vielleicht mit Immobilien aus, aber sie hat nicht die geringste Ahnung von Tierheimen. Offenbar meint sie, wenn wir gut fünfzig Hunde und Katzen an irgendeine Straßenecke setzen, wird sie schon jemand mitnehmen. Ich musste richtig laut werden, damit sie sich wenigstens darauf einließ, dass wir bis zum Jahresende weitermachen können.«

»Warum zieht sich denn der Bezirk aus der Verantwortung?«, fragte Mary Ann.

»Im Tierheim stehen einige Reparaturen an. Das Dach, die Wasserleitungen, die Heizung und die Klimaanlage sind uralt.«

»Und warum kann man solche Sachen nicht reparieren?«

»Das Geld wird für andere Dinge benötigt. Deshalb haben sie unsere Anlage verkauft. Bis zum einunddreißigsten Dezember müssen wir raus. Dann werden sie das Tierheim abreißen, um Platz für einen Verbrauchermarkt zu schaffen. Ich könnte platzen vor Wut.«

Mary Ann warf einen Blick in den Sitzungssaal. »Weiß Todd Bescheid?«

»Nein. Ich habe es ja selbst soeben erst erfahren.«

»Sie haben dir keinerlei Warnung zukommen lassen?«

»Vor ein paar Monaten hat mir der Verwaltungschef erklärt, dass man finanzielle Probleme habe und dass es auch Probleme mit unserer Pacht gebe. Das hat er dann auch noch mal vor ein paar Wochen erwähnt.« Hayley musste tief durchatmen, um weiterreden zu können. »Aber kein Mensch hat mir gesagt, dass es so weit kommen würde. Ich dachte, sie würden ihre Probleme schon irgendwie lösen. Ich habe das Ganze einfach nicht ernst genommen.« Nur mit Mühe schaffte sie es, sich wieder etwas zu beruhigen. »Ich hätte es kommen sehen müssen.«

»Aber wie denn?«, fragte Mary Ann.

»Das passiert mit vielen Tierheimen. Hunde haben kein Wahlrecht. Deshalb sind sie ein leichtes Ziel, wenn es um die Kürzung von Haushaltsmitteln geht. Ich dachte nicht, dass so etwas bei uns passieren könnte. Nicht in Crossing Trails, dachte ich immer. Wir sind doch anders.«

»Das ist schrecklich, Hayley. Was soll denn aus all den Tieren werden? Es tut mir so leid um sie«, meinte Mary Ann mitfühlend, obwohl sie unwillkürlich auch an ihre Familie denken musste. »Todd wird am Boden zerstört sein.«

Hayley hörte, wie die Bürgermeisterin und der Stadtdirektor um Ruhe im Saal baten. »Wir sollten wieder reingehen.«

Mary Ann packte Hayley am Arm. »Warte. Wollen sie das heute Abend verkünden?«

Hayley versuchte, sie zu beruhigen. »Nein. Ich habe sie gebeten, so lange zu warten, bis ich es Todd, Doc Pelot und unseren anderen Ehrenamtlichen mitgeteilt habe. Sie werden alle schwer erschüttert sein.«

»Und was machen wir jetzt?«, fragte Mary Ann.

»Die Bürgermeisterin möchte, dass Todd und ich unsere Vorführung durchziehen. Die ist jetzt wahrscheinlich so wichtig wie noch nie. Sehen wir zu, dass wir den heutigen Abend und den morgigen Tag überstehen, und dann überlegen wir uns, wie es weitergehen soll.«

Mary Ann schüttelte betrübt den Kopf. Die beiden Frauen kehrten zu ihren Plätzen zurück. Annie McDaniel stellte ihren Kollegen vor, dann eröffnete sie die Sitzung mit Gemeindeankündigungen. Eine Vertreterin aus dem lokalen Altenheim berichtete von ihrem jährlich stattfindenden Tag der offenen Tür an den Feiertagen und von ihrer Choraufführung unter dem Motto »Hochbetagt, doch quietschfidel«.

Als Nächster sprach der Rektor der Highschool, Mary Anns Chef, über eine Reihe von Sportereignissen, darunter ein Ausflug der Footballmannschaft zu den staatlichen Meisterschaften und der starke Start in die Basketballsaison. Zum Schluss rief er alle Interessierten dazu auf, die jungen Spieler der Stadt durch rege Besuche bei den anstehenden Wettkämpfen zu unterstützen.

Dann kam die Bürgermeisterin auf die drängenderen Dinge zu sprechen. »Ich fürchte, in der heutigen Sitzung müssen wir uns mit einem sehr heiklen Thema befassen. Wie Sie mittlerweile sicher alle wissen, wird *Midwest Trailer and Hitch* im September seine Tore endgültig schließen. Die negativen Folgen werden in dieser Stadt deutlich zu spüren sein. Viele unserer Händler klagen über einen Umsatzrückgang im Weihnachtsgeschäft, und viele Bürger und Bürgerinnen sind arbeitssuchend. Die Zahl der zum Verkauf stehenden Häuser hat sich vervierfacht, und bestimmt ist Ihnen auch schon aufgefallen, dass in der Innenstadt mehrere Geschäfte zu vermieten sind. Die Steuereinnahmen der Stadt schrumpfen. Meine Botschaft an diesem Abend lautet: Wir müssen jetzt so fest wie noch nie zusammenstehen und Ruhe bewahren. Um zu überleben, müssen wir schwerwiegende Entscheidungen fällen und Ausgaben kürzen. Heute Abend wollen wir uns darüber austauschen, wie Crossing Trails am besten auf die Schließung von *Midwest Trailer and Hitch* reagieren kann. Außerdem müssen wir uns über Ausgabenkürzungen unterhalten und darüber, wie wir deren Auswirkungen auf unsere Gemeinde lindern können. Also – fangen wir an.«

Durch das Publikum lief ein leises Raunen. Ein Mann in einem Overall und mit einem grau-weiß gesprenkelten Bart hob die Hand und wollte wissen, ob denn das Trailer-Unternehmen möglicherweise wieder öffnen würde. Die Bürgermeisterin beantwortete diese Frage mit einem schlichten Nein.

Annie McDaniel übte ihre Bürgermeistertätigkeit ehrenamtlich aus, nahm sie aber trotzdem sehr ernst. Für sie war diese Versammlung eine Möglichkeit, unter ihrer Führung die Bürger der Stadt zu mobilisieren. Sie wusste, dass verschiedene Verläufe möglich waren. Ihre Hauptsorge war, dass viele verängstigte Menschen von ihr beziehungsweise von der Stadt erwarten würden, die Probleme zu lösen, auf die die Stadt im Grunde keinen Einfluss hatte. Sie wollte die Sitzung in eine andere Richtung lenken. Sie wollte den Menschen Hoffnung verleihen, die dann entsteht, wenn man etwas tut, und nicht, wenn man nur dasitzt und Forderungen stellt.

Die Bürgermeisterin atmete tief durch und beschloss, ohne Umschweife etwas vorzutragen, was sie als gut kalkuliertes Wagnis betrachtete. Sie holte einen Ordner vom Rednerpult und achtete nicht weiter auf einige erhobene Hände. Nachdem sie sich kurz geräuspert hatte, fuhr sie fort: »Ich möchte Sie heute Abend bitten, dass Sie sich gegenseitig unter die Arme greifen. Ich habe hier eine Reihe von Dienstleistungen notiert, die sich die Stadt nicht mehr leisten kann. Das heißt nicht, dass diese Dienstleistungen nicht wichtig sind oder dass sie uns gleichgültig sind. Es heißt nur, dass wir es uns nicht mehr leisten können, sie anzubieten. Ich werde diese Liste« – sie hielt die Liste hoch – »im Rathaus auslegen in der Hoffnung, dass Sie alle vorbeikommen und einen Blick darauf werfen.«

McDaniel versuchte, die Reaktion ihres Publikums einzuschätzen. Als sie nur wenige finstere Mienen entdeckte, fuhr sie fort: »Ich möchte Ihnen ein Beispiel geben: Ab ersten Januar können wir den Transportservice für unsere Senioren nicht mehr anbieten. Ob Sie mir glauben oder nicht, allein diese Transporte kosten uns über fünfzigtausend Dollar im Jahr. Wir brauchen freiwillige Helfer für diesen Dienst. Im Gesundheitszentrum wird eine Liste ausliegen mit den Namen der Menschen, die eine Transportmöglichkeit brauchen. Wenn Sie ältere Freunde, Nachbarn oder Verwandte haben, hoffe ich, dass Sie ihnen helfen können.«

Sie musterte die schockierten Gesichter im Saal und hörte, wie die Leute grummelten. Ihr war klar, dass es noch schlimmer kommen würde. Sie holte tief Luft, dann fuhr sie fort: »Wir müssen die Gehaltsliste der Stadt um zwanzig Prozent kürzen. Deshalb haben wir beschlossen, ab sofort einen Einstellungsstopp zu verhängen. Außerdem werden wir die Öffnungszeiten der Bücherei kürzen müssen sowie die der meisten öffentlichen Park- und Erholungsflächen einschließlich des städtischen Schwimmbads und der Tennisplätze. Daneben müssen noch weitere Programme gekürzt werden. Die diesbezüglichen Entscheidungen werden wir in Kürze fällen. Entweder wir kürzen, oder wir gehen pleite. Eine andere Wahl haben wir nicht.«

Der Blick der Bürgermeisterin fiel auf Hayley. Sie fuhr fort: »Das Tierheim braucht dringend unsere Hilfe, und zwar bald.« Schon allein dadurch, dass sie das Tierheim im gleichen Atemzug mit den anderen Kürzungen erwähnte, würden bestimmt viele Bürger vermuten, dass es ebenfalls auf der Abschussliste stand. »Hayley Donaldson, vielleicht berichten Sie uns etwas über die alljährlich zu Weihnachten stattfindende Adoptionsaktion des Tierheims. Diese Aktion ist dieses Jahr ganz besonders nötig.«

Hayley bemühte sich, auf dem Weg zum Podium die Fassung zu wahren. Sie stellte sich neben die Bürgermeisterin und nahm das Mikrofon in die Hand. »Dieses Jahr beherbergen wir sechsundfünfzig Katzen und Hunde, die gern wenigstens über die Feiertage bei einer Familie unterkommen würden. Wie die Bürgermeisterin schon sagte, müssen wir in unserer Gemeinde diverse Verpflichtungen akzeptieren und teilen. Wenn Sie in Ihrem Leben Platz für einen Hund oder eine Katze haben, hoffe ich, dass Sie uns bald besuchen. Ich staune immer wieder darüber, was für wunderbare Tiere bei uns landen. Eine weit verbreitete falsche Vorstellung lautet, dass unsere Hunde und Katzen von ihren Besitzern aus einem guten Grund abgelehnt und ins Tierheim gebracht worden sind. Das ist nur sehr selten der Fall. Zwei Wochen, nachdem die Trailer-Firma ihre Tore geschlossen hatte, mussten wir über dreißig Hunde und Katzen aufnehmen. Fast ausnahmslos handelt es sich dabei um wundervolle Haustiere. Ich möchte Ihnen jetzt einen jener fantastischen Hunde vorstellen, die von uns vermittelt werden konnten.«

Auf dieses Stichwort hin erhob sich Todd McCray. Das Publikum verfolgte Hayleys Blick und schenkte von nun an Todd seine Aufmerksamkeit. »Vor ein paar Jahren hatten wir einen ganz besonderen Gast, und ich dachte, den würden Sie vielleicht gern kennenlernen. Einige von Ihnen kennen ihn bestimmt schon, denn er versteht sich hervorragend darauf, neue Freundschaften zu schließen.« Sie winkte Todd zu. »Todd, bring Christmas doch mal her und zeig ihn uns.«

Todd marschierte nach vorn. In einer Hand hielt er die Leine, in der anderen einen Klappstuhl. Christmas schien es zu genießen, im Rampenlicht zu stehen. Unterwegs wurde er von mehreren Händen liebevoll gestreichelt. Für diesen Hund gab es keine Fremden.

Als Todd und Christmas neben Hayley standen, fragte sie: »Todd, kann man im Tierheim einen guten Hund finden?«

Todd sprach die Worte, die ihm Hayley sorgfältig auf sein Karteikärtchen notiert hatte: »Auf jeden Fall. In unserem Tierheim leben einige der besten Hunde der Welt.«

»Deine Familie hat diesen Hund bei sich aufgenommen. Würdest du uns eine Kostprobe seines Könnens geben?«

Todd klappte den Stuhl mit dem Rücken zum Publikum auf. Er klopfte auf den Sitz und befahl: »Hoch!«

Christmas sprang auf den Stuhl und stützte sich mit den Vorderpfoten auf der Lehne ab. Dann sah er auf Todd und wartete auf das nächste Kommando.

Todd befahl: »Winke!« Der Hund hob eine Vorderpfote und stellte sie wieder ab. Das tat er mehrmals, sodass es so aussah, als wolle er das Publikum freundlich begrüßen. Todd griff in seine Manteltasche und gab

Christmas ein Leckerli. Er befahl: »Sag hallo!« Christmas bellte einmal laut und bekam dafür stürmischen Applaus.

Hayley legte den Arm um Todds Schulter. »Danke, Todd. Ich hoffe, Sie alle besuchen uns im Tierheim und überlegen sich, ob Sie über Weihnachten einen Hund oder eine Katze bei sich aufnehmen wollen. Wir haben viele wundervolle Tiere, und sie alle brauchen wirklich ganz dringend ein Zuhause.«

Die Bürgermeisterin übernahm das Mikrofon und dankte Hayley und Todd, die mit Christmas zu den McCrays zurückkehrten. Annie McDaniel seufzte, dann machte sie mit ihrer Liste von Kürzungen, Kündigungen und Schließungen weiter.

Im Lauf des Abends beschlich George, Mary Ann, Hayley und viele andere Anwesende ein beunruhigendes Gefühl. Würde die Gemeinde sich umstellen können? Würde Crossing Trails überleben? Oder würde ihre Stadt einfach austrocknen und weggeblasen werden wie so viele andere kleine ländliche Gemeinden? Was vor Jahren, ja noch vor wenigen Monaten undenkbar gewesen war, schien jetzt durchaus möglich. Bei dieser Aussicht wurde George ganz flau im Magen.

Todd flüsterte seinem Vater ins Ohr: »Ich gehe ins Gesundheitszentrum. Laura möchte, dass ich ihr bei etwas helfe. Holt ihr mich dort ab, wenn ihr hier fertig seid?«

George nickte. »Wir sehen uns dann in einer Stunde oder so.« Todd überreichte George die Leine. Christmas rutschte ein wenig näher, und George vergrub die Finger in seinem dichten Fell. Er wusste nicht, auf wen er stolzer war – auf seinen alten schwarzen Labrador oder auf seinen Sohn. Christmas hatte seine Arbeit erledigt. Gähnend machte er es sich auf dem Boden des Sitzungssaals bequem.

ZWEI

Im Gesundheitszentrum von Crossing Trails befanden sich mehrere medizinische Einrichtungen unter einem Dach. Die Gemeinde konnte es sich nicht leisten, jeweils ein Krankenhaus, ein Pflegeheim, ein Ärztezentrum und eine Rehabilitationseinrichtung zu unterhalten. Deshalb hatte man alles in einem Komplex untergebracht. Auch wenn jede Einrichtung ordnungsgemäß zertifiziert war, wich das Zentrum notgedrungen ein wenig von der Norm ab. Das zeigte sich sehr deutlich in Laura Jordans Anstellung. In den meisten Krankenhäusern hätte die Einstellung einer jungen Krankenpflegerin mit einem Assistenzhund einen verwaltungs- und gesetzestechnischen Wirbelsturm ausgelöst, der die Personalreferentin dazu gebracht hätte, schleunigst in Deckung zu gehen. Nicht so im Gesundheitszentrum von Crossing Trails. Dort hatte man auf diese Herausforderung bemerkenswert gelassen reagiert und nur gemeint: »Lassen wir es auf einen Versuch ankommen.«

Laura war vierundzwanzig, schlank, zierlich, mit langen blonden Haaren, sanften braunen Augen und einem freundlichen Lächeln. Da sie stets bereitwillig ihre Hilfe anbot und nie um ein freundliches Wort verlegen war, bemerkten es viele ihrer Kollegen und Patienten nicht sofort, wenn sie sich an manchen Tagen etwas langsamer bewegte. Ihr Gelenkrheuma kam und ging wie ein ungebetener Gast. Wenn es sich meldete, bewegte sie sich steif und brauchte manchmal Hilfe beim Hinsetzen und Aufstehen.

Nicht zum ersten Mal prangte unter ihrem Foto die Auszeichnung: »Mitarbeiterin des Monats: Laura Jordan mit ihrer Assistenzhündin Gracie.«

Immer wieder fragte ein Patient an der Rezeption, wenn sein Blick auf das Foto fiel: »Kann ich diese Pflegerin bekommen?«

Die Empfangsdame lächelte dann und meinte: »Sie müssen sich hinten anstellen – für Laura gibt es eine lange Warteliste.«

Bald stellte sich heraus, dass Gracie sehr nützlich war. Sie half Laura beim Aufstehen und holte heruntergefallene Dinge. Aber darüber hinaus verfügte sie über eine ganze Reihe von Fertigkeiten, die im Gesundheitszentrum erst mit der Zeit bemerkt wurden. Menschen mit einer schulmedizinischen Ausbildung konnten es manchmal kaum glauben oder begreifen: Die Hündin bewältigte Aufgaben, die nicht in den Lehrbüchern standen – zumindest noch nicht.

So verharrte Gracie geduldig am Bett eines Patienten, während Laura den Blutdruck maß und ihn über seine Schmerzen und Symptome ausfragte. Die linke Hand des Patienten ruhte dabei auf dem flauschigen weißen Kopf des Hundes. Und dann passierte etwas Bemerkenswertes.

Es wurde in der Patientenakte festgehalten, man konnte es also nicht mit einem spöttischen Grinsen abtun. Blutdruck, Herzschlagfrequenz und Schmerzen der Patienten, also Dinge, die in mehreren Schichten gemessen und aufgezeichnet wurden, sanken durch die beruhigende Anwesenheit des Hundes bei auffällig vielen Patienten dauerhaft. Gracie war eine Heilerin der besonderen Art.

Die Hündin bot instinktiv etwas, was viele Kranke brauchten. Laura setzte sich auf einen Stuhl ans Bett und redete ein paar Minuten mit dem Patienten. Dabei wartete sie ab, ob Gracie sich aufgefordert fühlte, Kontakt aufzunehmen. Wenn Laura glaubte, dass dem so war, zog sie sanft an dem Geschirr, das Gracie immer trug. Mit dieser Erlaubnis legte Gracie die Vorderpfoten aufs Bett, damit der Patient ihr flauschiges weißes Gesicht streicheln und ihre Wärme spüren konnte. Innerhalb kurzer Zeit stellte sich ein Heilerfolg ein. Deprimierte Gesichter leuchteten auf, von Sorgen und Ängsten geplagte Menschen entspannten sich. Die Patienten waren dankbar. Sie fühlten sich geborgen und umsorgt auf eine Weise, die in einer normalen Krankenhausumgebung nicht möglich gewesen wäre.

Todd nahm die zwei Blocks vom Rathaus zum Gesundheitszentrum im Laufschritt. Laura erwartete ihn im Foyer. Während sie seinen Mantel an die Garderobe hängte, berichtete er ihr von der hervorragenden Vorstellung seines Hundes auf der Sitzung. Er tätschelte Gracie liebevoll, sah Laura an und zuckte fragend mit den Schultern, was stets einherging mit einem freundlichen Zwinkern seiner himmelblauen Augen. »Wie kann ich dir helfen?«

Laura führte Todd zum Schrank neben der Rezeption, der vollgestopft war mit Schachteln. Die Angehörigen der Patienten, die über die Feiertage im Gesundheitszentrum bleiben mussten, waren gebeten worden, ein paar vertraute Weihnachtssachen in eine Schachtel zu stecken, diese mit dem Namen des Patienten und seiner Zimmernummer zu versehen und im Schrank zu hinterlegen. Die Sachen sollten ihren Lieben helfen, sich an Weihnachten im Krankenhaus wie zu Hause zu fühlen.

Beinahe ausnahmslos war mehr als eine Schachtel abgegeben worden. Mit einem entschuldigenden Lächeln waren auch noch diverse andere Dinge in den Schrank gestopft worden – Weihnachtsbäumchen, große gerahmte Fotos, Krippen, Plüschrentiere, Lichterketten, Engel und Miniaturweihnachtsmänner.

Laura schaltete das Licht an und klopfte mit dem Fuß an eine der Schachteln. »Todd, könntest du die für mich herausziehen?«

»Warum?«

»Du wirst schon sehen. Sie ist für Mrs Walker in Zimmer 211.«

Todd kramte die Schachtel heraus und machte sich auf den Weg in die Abteilung, in der das Pflegeheim untergebracht war. »Was fehlt ihr denn?«, fragte er.

»Sie ist sehr alt und dement.« Da Todd mit dem Begriff wahrscheinlich nicht viel anfangen konnte, erklärte

Laura: »Demente Menschen vergessen viel und sind meistens verwirrt.«

Todd zuckte die Schultern. »Vielleicht bin ich auch dement?«

»Sag das nicht, Todd. Du bist nicht dement. Das wirst du erkennen, sobald du sie siehst. Wir vergessen alle manchmal etwas. Sie vergisst ständig alles. Verstehst du den Unterschied?«

»Verstanden«, meinte Todd. »Glaub ich zumindest.«

Laura lachte. Aus der Schachtel fiel ein roter Strumpf. »Gracie, hilf uns mal!« Sie deutete auf den Strumpf, ließ den Hund los und befahl: »Bring!« Gracie hüpfte zu dem roten Filzstrumpf, nahm ihn vorsichtig ins Maul und kehrte damit zu Laura zurück.

Mrs Walker war vierundneunzig und hatte ihr ganzes Leben in Crossing Trails verbracht. Sie liebte ihren rosafarbenen Morgenmantel und die warmen, mit Fleece gefütterten Hausschuhe so sehr, dass sie kaum etwas anderes trug. Am Nachmittag hatte Laura ihr erklärt, dass sie später vorbeikommen und ihr Zimmer weihnachtlich schmücken würde. Mrs Walker hatte beschlossen, sich dem Anlass gemäß zu kleiden. Es fiel ihr sehr schwer, sich an Details ihres langen Lebens zu erinnern – vor allem an die Namen und Gesichter ihrer zahlreichen Enkel und Urenkel. Für sie war Laura ein Teil ihrer Familie. Außerdem war sie schwerhörig, und deshalb dachte sie, an diesem Tag sei Weihnachten.

Nun hatte sie ihr schönstes rot-grünes Weihnachtskleid

angezogen, dazu trug sie die schimmernde Perlenkette, die ihr Mann ihr an ihrem fünfundsechzigsten Hochzeitstag geschenkt hatte, und eine blaue Strickjacke. Sie saß auf ihrem Liegesessel und wartete auf den Beginn der Feier.

Laura klopfte und streckte den Kopf durch die Tür. »Mrs Walker, dürfen wir reinkommen?«

Die alte Frau, die ihre Würde nicht verloren hatte, stand mühsam auf und hielt sich mit Hilfe ihres Stockes auf den Beinen. »Ja bitte, kommt rein!« Sobald sie sicher stand, legte sie den Stock weg. »Fröhliche Weihnachten!«

Laura wollte die nächsten zehn Minuten nicht damit zubringen, der alten Dame zu erklären, dass noch nicht Weihnachten war. Sie winkte Todd herbei, der die Schachtel auf den Boden stellte. Laura und Gracie traten näher, und Laura hob die Stimme. »Mrs Walker, das hier ist mein Freund Todd. Wir wollen Ihr Zimmer ein bisschen weihnachtlich schmücken.«

Mrs Walker streckte die Rechte aus. Todd schüttelte sie behutsam.

»Wie schön von euch, mich an Weihnachten zu besuchen.« Sie warf einen Blick auf die Schachtel zu ihren Füßen. »Ihr hättet nichts mitbringen müssen.«

Schließlich setzte sie sich wieder und musterte ihre Gäste und den Hund, der nicht von Lauras Seite wich. »Was für ein hübscher Hund!« Ihre Augen leuchteten. »Gehört er dir?«

Laura legte einen Arm um die gebrechlichen Schultern der alten Dame und versuchte noch einmal, den Zweck ihres Besuches zu erklären. »Ja, das ist mein Hund. Warum ruhen Sie sich nicht ein bisschen aus, während Todd und ich Ihr Zimmer schmücken?«

»Das wäre schön.«

Mrs Walker erinnerte sich zwar nicht an Gracie, aber Gracie kannte Mrs Walker sehr gut. Sie hatte sie im letzten halben Jahr beinahe jeden Tag besucht. Sie stellte sich neben die alte Dame und wedelte eifrig mit dem Schwanz.

Mrs Walker erinnerte sich an den Hund aus ihrer Kindheit, einen schwarz-weißen Collie-Mischling, der ihr und ihren Brüdern gehört hatte. Obwohl sie nicht recht wusste, warum dieser Hund nun in ihrem Zimmer war, war er das schönste Geschenk für sie. Sie tätschelte den Kopf des Hundes, und dabei tauchte eine Erinnerung auf: Als kleines Mädchen hatte sie einmal lange mit ihren Brüdern und ihrer Hündin Judy draußen in der Kälte gespielt. Schließlich waren sie alle wieder in die Wärme und Geborgenheit des Hauses zurückgekehrt. Sie hatte sich neben den alten bullernden Kanonenofen gesetzt, und langsam waren ihre gefrorenen Finger und Zehen wieder aufgetaut und zu neuem Leben erwacht. Mrs Walker beugte sich mühsam zu Gracie vor und legte die Arme um ihren Hals. Sie zog den weißen Hund näher, um das Gesicht in seinem flauschigen Nacken zu vergraben. Gracie stand geduldig da und gab kleine Laute von sich.

»Was für ein hübscher Hund«, wiederholte sie. »Wie heißt er denn?«

Laura hob den Blick von der Schachtel mit den Schätzen. »Gracie.«

»Wie schön«, erwiderte die alte Frau. »Das ist ein guter Name für sie.« Sie schloss die Augen. Das tiefe, warme Gefühl, das der Hund in ihr weckte, hallte in ihrem Herzen nach wie die Vibrationen in einer Kesselpauke.

Laura deutete auf die Schachtel. »Gracie.« Sobald sie sich der Aufmerksamkeit der Hündin sicher war, gab sie den Befehl: »Bring's!« Grace ging zu der Schachtel, nahm behutsam eine der Kartonlaschen ins Maul und zog die Schachtel zu Laura. »Brav, Gracie.« Die Hündin setzte sich und wartete auf den nächsten Befehl. Laura deutete auf Mrs Walker und sagte: »Patientin.« Gracie kehrte zu Mrs Walker zurück und setzte sich neben sie, sodass die alte Frau mit den Händen durch das dichte weiße Fell des Tiers fahren konnte.

Zwanzig Minuten später war Mrs Walker auf ihrem Stuhl eingeschlafen. Ihre alte faltige Hand ruhte auf Gracies Kopf.

Laura holte eine kleine Krippe aus der Schachtel. »Die macht sich bestimmt gut auf der Kommode.« Sie arrangierte die Figuren, so gut sie konnte, während Todd in der Schachtel nach weiterem Zierrat suchte.

Schließlich kramte er einen Stern heraus, der in einem Plastikfuß steckte, sodass man ihn auf eine flache Oberfläche stellen konnte. Auf den ersten Blick sah er eher wie ein Hut aus. Todd grinste. »Ich weiß, wo der hinpasst.« Er trat zu Laura und setzte ihn ihr auf den Kopf wie eine Krone.

Laura lachte. Todd hielt den Stern fest. »Jetzt siehst du

wie ein Weihnachtsengel aus, Laura«, sagte er, und seine blauen Augen funkelten.

Laura lächelte. Plötzlich errötete sie. »Als Weihnachtsengel befehle ich dir, den Stern auf den Tisch zu stellen und dich wieder an die Arbeit zu machen.«

»Wo schläfst du heute Nacht?«, fragte Todd den Hund und hielt die Wagentür für ihn auf. Als Christmas auf der Rückbank sitzen blieb, zuckte Todd mit den Schultern, schloss die Tür, winkte zum Abschied und machte sich auf den Weg zu seiner Hütte. Sie lag am Fuß des Hügels, in Sichtweite seiner wachsamen Eltern. Nachdem sie die Bürgerversammlung hinter sich gebracht, ihren Sohn vom Gesundheitszentrum abgeholt und an seiner Behausung abgesetzt hatten, kehrten Mary Ann und George zur alten Farm oben auf dem Hügel zurück. Sie setzten sich mit Christmas aufs Sofa und sahen die letzten Nachrichten im Fernsehen an.

Mary Ann stellte die Frage, die sie George bereits mehrmals gestellt hatte. »Du glaubst also, er wird sich damit abfinden, dass das Tierheim geschlossen werden muss?«

Jedes Mal, wenn sie ihn das fragte, packte George ein paar weitere Gedanken in seine Antwort. »Ganz sicher bin ich mir nicht. Ich denke, er wird ein bisschen Zeit brauchen, vielleicht sogar ein paar Tage, bis er begriffen hat, was das für ihn bedeutet. Jedenfalls wird er sich bei der derzeitigen Wirtschaftslage mit vielen anderen Bewerbern um einen Arbeitsplatz bemühen müssen. Für die alte Hütte verlangen wir keine Miete von ihm, und die Kosten für seinen Truck übernehmen wir ebenfalls. Er muss also kein Geld verdienen, um über die Runden zu kommen.«

Mary Ann verspannte sich. »George, siehst du denn ›über die Runden kommen‹ als Todds Lebensziel? Er hat noch nie ein Bewerbungsgespräch geführt oder sich schriftlich um eine Stelle beworben. Es wird nicht leicht werden für ihn. Vielleicht braucht er Hilfe. Das Tierheim ist ein wahrer Segen gewesen. Ich kann mir nicht vorstellen, dass er irgendwo anders arbeitet. Um ehrlich zu sein – ich bin mir nicht einmal sicher, ob er das könnte.«

»Du hast ganz recht, es wird nicht leicht werden. Aber er ist kein Kind mehr, und er kann sich seinen Lebensunterhalt auf unterschiedlichste Weise verdienen, selbst wenn er Zeit braucht, um seinen Weg zu finden.«

Mary Ann legte ihr derzeitiges Strickprojekt in den großen Weidenkorb neben dem Sofa. George wusste, das war das Zeichen, dass seine Frau zum Kern der Sache durchdringen wollte. »Ich habe Angst, dass Todd ohne den Job im Tierheim untergeht. Wir sollten uns darauf vorbereiten, ihm eine Rettungsleine zuzuwerfen.«

»Wie meinst du das?«, fragte George.

»Todd ist sehr sensibel. Ich habe Angst, dass er durchdreht, wenn er den Rest seines Lebens Hamburger braten muss. Wir können nicht tatenlos zusehen, wie ein möglicherweise sinnerfülltes Leben vergeudet wird.«

George nahm ihre Hand und drückte sie tröstend. »Natürlich nicht. Aber wir sollten ihm die Chance geben, seine Probleme selbst zu lösen. Vielleicht überrascht er dich ja.«

Mary Ann erhob sich. »Es ist ein schmaler Grat zwischen helfen und sich nicht einmischen. Wir werden beide unser Bestes tun, diese Wanderung zu bewältigen. Aber im Moment bin ich einfach nur todmüde.«

George pflichtete ihr bei. »Es war ein langer Tag.«

Mary Ann rief den Hund. »Komm, Christmas – letzte Chance für einen kleinen Ausflug.« Sie trat an die Hintertür, schaltete das Flutlicht ein und ließ den Labrador hinaus. Eine Weile sah sie ihm dabei zu, wie er im Hof herumschnüffelte. Sein schwarzes Fell hob sich deutlich von dem weißen Schnee ab, und die Haltung des alten Hundes hatte etwas Majestätisches an sich. Er hielt inne und schnupperte. Offenbar spürte er eine Bewegung, oder er hörte ein Geräusch, das den menschlichen Sinnen entging.

Nun trat er unter eine alte Wetterfahne an der Auffahrt, die George und sein Großvater Bo vor sechzig Jahren an einem Stahlpfosten befestigt hatten. Es war der verkleinerte Nachbau einer zweimotorigen Cessna, die jedes Mal, wenn der Wind drehte, die Richtung wechselte. Die winzigen Aluminiumpropeller drehten sich im Mondlicht.

Mary Ann machte die Tür auf und rief: »Komm rein, Christmas. Zeit, ins Bett zu gehen!«

DREI

Einen Kleinbetrieb zu schließen ist schwer – so schwer, dass manche Unternehmer die Schlüssel einfach bei der Bank abgeben und gehen. Fremden gelingt es leichter, zerbrochene Träume einzupacken und sie neben anderen Erinnerungen an den Misserfolg am Straßenrand abzustellen: Stapel von Kontoauszügen, mit roter Tinte befleckt; die Personalakten entlassener Angestellter; Werbebroschüren für erfolglose Produkte und all die anderen Bilder, Plaketten und Trophäen einer Mannschaft, die nicht mehr dazu taugt, einen weiteren Tag zu spielen.

Manche Schließungen sind schwerer als andere. Aber am schwersten ist es vielleicht, ein Tierheim zu schließen. Wenn das Inventar aus lebendigen, atmenden Geschöpfen besteht – Tieren, die einem ans Herz gewachsen sind –, ist es wirklich schwierig. Es waren unschuldige Haustiere, jedes mit einer eigenen, nicht erzählten Geschichte über eine Beziehung zwischen Mensch und Tier. Und im schlimmsten Fall würde man die Geschöpfe vernichten müssen, die man so lange gefüttert, umsorgt und geliebt hat – die Tiere, für deren Rettung man all die Zeit gekämpft hat.

Hayley saß schon sehr früh am Morgen nach der Bürgerversammlung an ihrem Schreibtisch und versuchte, sich durch die vielen Schichten dieser Katastrophe hindurchzuarbeiten, von der obersten bis zur untersten. Sie hatte die Arme aufgestützt und den Kopf zwischen die Hände gelegt. Ihr war kalt, und in ihrem Magen blubberte und köchelte es wie in einem Hexenkessel.

Schließlich holte sie Stift und Papier aus der obersten Schublade, um eine Liste anzufertigen. Doch sie schaffte es nicht, die Ereignisse des Vortages logisch anzugehen. Das Blatt blieb leer. Wie sollte sie vorgehen? Würde der große Arbeitsplan an der Wand, übersät mit Pfeilen und Notizen, ihr auf wundersame Weise einen Weg vorbei an den steilen, schneebedeckten Gipfeln weisen, die vor ihr aufragten wie der Kilimandscharo? Nein, das funktionierte auch nicht. Sie wusste nicht, wo sie anfangen sollte, weil sie das Problem noch nicht in seiner Gänze erfasst hatte.

Obwohl es erst fünf Uhr früh war, saß sie schon seit einer guten Stunde an ihrem Schreibtisch. Vor dem schwierigsten Teil einer jeden Krise, dem ersten Schritt, hatte sie sich bislang gescheut. Aber man kommt erst weiter, wenn man sich mit dem Inakzeptablen abgefunden hat.

Sie stand auf und knipste das Licht in den Räumen mit den Tierverschlägen an. Dann lief sie durch die Gänge, vorbei an den Käfigen der Hunde und Katzen, die jetzt gähnten, sich streckten und aussahen, als wunderten sie sich über die frühe Stunde und die Abweichung von ihrem gewohnten Tagesablauf. Hayley blieb vor jedem Käfig stehen und fragte sich, welcher ihrer Schützlinge es wohl schaffen würde. Welches Schicksal erwartete jedes dieser sanften, aufmerksamen Augenpaare? Wie konnte sie ihren Schützlingen den Rücken zukehren?

Angeblich werden wir von den Ereignissen im Leben geformt wie eine Skulptur. An diesem Morgen spürte Hayley, wie der Steinmetzhammer ungewöhnlich heftig, ja gnadenlos auf sie einschlug. Trümmer ihres alten Lebens wurden in alle Richtungen verstreut. Intuitiv wusste sie, dass sie die Krise nicht lösen konnte, wenn sie versuchte, sie zu umgehen. So schmerzhaft es auch sein mochte, sie musste mitten hindurch. Tief durchatmend versuchte sie, sich darüber klar zu werden, was die letzten zehn Jahre für sie bedeutet hatten. Dabei war ihr, als würde der Kern ihres Seins zersplittern.

Ihr ganzes Berufsleben schien sich auf jene kostbaren Momente zusammenfassen zu lassen, wenn ein neuer Besitzer mit einer Katze oder einem Hund aus dem Tierheim ging.

Auch wenn Tierheime eine Art Unternehmen sind, läuft in ihnen etwas ab, was über den üblichen Rahmen eines Unternehmens hinausgeht. Wenn ein Tier einen neuen Besitzer findet, verändern sich die Herzen, und eine nicht messbare Kraft – nennen wir es ruhig Liebe – wird ausgelöst. Das Tierheim in Crossing Trails hatte das Leben vieler Familien bereichert. Und nun sollte es vorbei sein mit all diesen beglückenden Momenten?

Nein, es war nicht nur ein weiteres Unternehmen, das seine Pforten schloss.

Als Hayley sich über den Verlust klarer wurde, rückte sie auch dem wunden Nerv ihres Schmerzes näher. Aber sie musste sich noch viel mehr Dingen stellen. Plötzlich wurde ihr einiges klar. Die Schließung des Tierheims würde für all die verlassenen Tiere in ihrer Ecke der Welt schrecklich sein. Ja, das war ein wichtiger Aspekt. Dass das scheinbar endlose Reservoir von Kameradschaft und Liebe für die Gemeinde versiegte, war schrecklich. Jawohl, auch das traf zu. Aber am schlimmsten war das, was sie als Nächstes tun musste und wovor ihr am meisten graute: Sie musste einem anderen Menschen Schmerz zufügen mit dem, was sie ihm zu sagen hatte. Schon allein diese Aussicht verursachte ihr selbst unerträgliche Schmerzen.

In wenigen Stunden würde sie einem jungen Mann die Neuigkeiten beibringen müssen; Neuigkeiten, die vielleicht sein ganzes Leben aus der Bahn warfen. Und zwar nicht nur irgendeinem jungen Mann, sondern Todd McCray, den sie mittlerweile wie einen Bruder liebte und achtete.

Der erste Punkt auf der Liste an diesem Morgen war eine grässliche Aufgabe. Ihr war die Rolle des Büttels der Stadt zugefallen. Da sie darin völlig ungeübt war, überlegte sie sich, ob sie sie nicht einfach ablehnen konnte. Würde sie ihre Autoschlüssel nehmen, aus der Tür gehen und wegfahren können, ohne einen Blick zurück zu werfen? Sie stellte sich Todds Gesicht vor, erschrocken, tief erschüttert. Ungläubig schüttelte sie mehrmals den Kopf. Wieder stieg Wut in ihr auf. Es war einfach nicht fair!

Sie stand von ihrem Schreibtisch auf, zog die Jalousien hoch und sah aus dem Fenster. Ein heftiger Nordwind drückte gegen die Scheibe. Sie spürte den kalten Luftzug durch den rissigen Lack. Ein neuer Tag brach an. Langsam ging die Sonne auf. Hayley biss sich auf die Lippen, einmal, dann noch einmal. Normalerweise ließ sie sich durch nichts erschüttern. Sie schmiedete Pläne, erstellte Listen, hängte einen Arbeitsplan an die Wand. Doch jetzt ließen sich ihre Sorgen nicht beschwichtigen. Normalerweise lautete ihre Devise: Handeln! Sie neigte nicht zu Sentimentalitäten. Doch jetzt wurden ihre Augen feucht. Die erste Träne war klein, kaum wahrnehmbar. Aber die nächsten flossen ihr schon ungehindert über die Wangen. Es tat gut zu weinen. Es hieß, dass sie den Durchbruch geschafft hatte und zum Kern der Sache vorgedrungen war. Es war ihr bewusst, was sie verlor. Sie hatte den ersten Schritt geschafft, den Verlust zu akzeptieren. Jetzt war sie bereit, damit umzugehen.

Sie erkannte, dass sie so überwältigt war, weil sie zu viel Last allein auf ihre Schultern lud und dachte, es sei ihre Aufgabe, alles zu regeln und jedem gerecht zu werden. Es war zu viel für sie – im Grunde zu viel für jeden. Sie musste das alles nicht allein bewältigen. Sie konnte um Hilfe bitten und weitermachen, so gut es ging. Sie konnte ihre Listen anfertigen und eine Aufgabe nach der anderen erledigen.

Sie zog eine neue Karteikarte heraus und schraubte die Kappe von ihrem Füller ab. Sie drückte fest auf und wartete, bis die Tinte floss, dann schrieb sie:

1. Besorg dir Hilfe.
2. Sag es Todd.

Hayley legte den Füller weg. Das reichte einstweilen.

Wen konnte sie um Hilfe bitten? Laura Jordan und Doc Pelot waren die Ersten, die ihr einfielen. Beide waren ehrenamtliche Mitarbeiter des Tierheims und gute Freunde. Die Neuigkeiten würden sie zwar aufregen, aber sie waren vernünftige, besonnene Partner im Tierheimgeschäft, auf deren Hilfe sie zählen konnte. Sie überlegte auch, ob sie George und Mary Ann McCray anrufen und um Hilfe bitten sollte. Andererseits – sosehr Todd seine Eltern liebte, sie kannte ihn auch als einen jungen Mann, der versuchte, seinen eigenen Raum außerhalb der elterlichen Fürsorge zu finden. Wenn sie seine Eltern hineinzog, könnte es einen Verrat an Todds Eigenständigkeit bedeuten, einen Schritt rückwärts für ihn. Sie beschloss, sich zumindest vorläufig mit Doc Pelot und Laura zu begnügen. Mit einem Blick auf die Uhr stellte sie fest, dass es leider noch zu früh war, um sie anzurufen.

Sie machte sich in der Mikrowelle eine Tasse Kaffee heiß, dann setzte sie sich wieder an ihren Schreibtisch und legte die Füße hoch. Schon bei dem Gedanken, sich Hilfe zu holen, ging es ihr besser. Sie dachte wieder an Todd. Warum nur fiel ihr die Aufgabe, es Todd zu sagen, so schwer wie sonst kaum etwas von all den elenden Herausforderungen, die ihr bevorstanden?

Kam es vielleicht daher, weil sie sich für ihn verantwortlich fühlte? Sie vertraute nicht darauf, dass er ohne ihre Führung in der Arbeitswelt bestehen würde. Sie hatte ihn in den letzten Jahren mit Freude angeleitet, und er hatte sie bereitwillig dafür belohnt – mit seinem Interesse, mit harter Arbeit und einem entschlossenen Engagement gegenüber den Tierheimbewohnern. Todds Talente passten genau zu den Bedürfnissen des Tierheims. Hayley konnte sich nicht vorstellen, dass es in Crossing Trails andere passende Arbeitsmöglichkeiten für Todd gab.

Allmählich reichten ihr die Grübeleien. Sie blickte wieder auf die Uhr. Mittlerweile war es Viertel nach sieben. Sie beschloss, dass das nicht zu früh war, um ihren zweiundachtzigjährigen Helfer Doc Pelot anzurufen und um Rat zu bitten. Früher war er der Amtstierarzt gewesen. Bevor sie seine Nummer wählte, versuchte sie, sich den Mann, von dem sie sich Hilfe erhoffte, bildlich vorzustellen. Sie malte sich aus, wie er in seiner alten Praxis saß, die in der Nähe seiner Wohnung lag. Er hatte die Praxis zu seiner Werkstatt umfunktioniert und entwischte dorthin, um all die Dinge zu tun, die seine Frau ärgerten – so viel Pfeife zu rauchen, wie er wollte, mit seinem schwindenden Kreis alter Freunde Karten zu spielen, ihnen Gin Martinis vorzusetzen, mit ihnen über Politik zu debattieren und ihnen immer dieselben alten Witze zu erzählen, über die sie sich stundenlang schieflachen konnten. Er behauptete, seine Laster sorgten dafür, dass er noch interessant für andere war. Worauf seine Frau unweigerlich erwiderte: »Ein bisschen zu interessant.«

Doc Pelot kannte Todd und Hayley von klein auf. Er liebte Tiere über alles und hatte das Tierheim in den Siebzigerjahren mitbegründet. Hayley wandte sich oft an Doc Pelot, wenn sie nicht mehr weiterwusste. Und an diesem Morgen wusste sie wahrhaftig überhaupt nicht mehr weiter.

Beim dritten Läuten nahm Doc Pelot die Pfeife aus dem Mund, auch wenn sie so früh noch nicht angezündet war, und meldete sich. »Pelot hier.«

»Doc, ich bin's, Hayley.«

»Rufst du mich an, um mir zu sagen, dass das Tierheim zumachen muss? Das brauchst du nicht. George McCray hat mich schon angerufen. Es ist lächerlich. Ich dachte, wir hätten all die Idioten nach Washington geschickt.« Seine Stimme hob sich vor Verärgerung. »Jetzt stelle ich fest, dass ein paar von ihnen zu Hause in Crossing Trails geblieben sind.«

Als Doc Pelot mit seinen Schimpftiraden über die Politiker fertig war, kam Hayley auf den eigentlichen Grund ihres Anrufs zu sprechen. »Was machen wir mit Todd? Ich weiß nicht, wie ich mit ihm umgehen soll.«

Doc Pelot dachte lange nach. Schließlich atmete er entnervt aus. »Es wird sehr schwer für ihn sein. Ich mache mich fertig und komme vorbei, um dir und Todd zu helfen, die Sache zu regeln.«

Nachdem sie den Hörer aufgelegt hatte, merkte

Hayley, dass ihr noch immer ein konkreter Rat fehlte. Deshalb beschloss sie, die andere ehrenamtliche Mitarbeiterin des Tierheims, Laura Jordan, anzurufen. Laura und Todd waren in der Highschool in dieselbe Klasse gegangen, aber richtig angefreundet hatten sie sich erst vor einem knappen Jahr, nachdem Laura versehentlich einen streunenden Hund angefahren hatte. Damals war ihr als Erstes eingefallen, bei ihrem Bekannten aus der Schule anzurufen, weil sie wusste, dass er im Tierheim arbeitete. Sie war so besorgt um die Hündin gewesen, dass sie von da an täglich im Tierheim vorbeigekommen war. Mit jedem Besuch kam Laura der Hündin und dem jungen Mann, der sich um sie kümmerte, näher und auch dem wundervollen Ort, an dem verlassene Tiere eine neue Heimat fanden.

Ach Gracie – was hatte Todd bei dieser Hündin nicht alles geschafft, dachte Hayley. Der weiße Retriever war nur einer in einer langen Reihe von Hunden, die einer Zwangsvollstreckung zum Opfer gefallen waren. Aber von Anfang an hatte sich gezeigt, dass Gracie ein ganz besonderer Hund war. Unter Doc Pelots sanfter Anleitung hatten Todd und Hayley den weißen Retriever wieder gesund gepflegt. Gracies Genesung war ein wahres Wunder. Innerhalb weniger Wochen krabbelte sie furchtlos wie ein sechs Wochen alter Welpe über Laura und Todd. Sie wollte es gern allen recht machen und war extrem lernfähig. Todd begann, mit ihr zu arbeiten, und bald beherrschte Gracie ein beträchtliches Repertoire an Grundregeln des Gehorsams.

Nach zwei Monaten Genesung und Ausbildung kam es, wie es kommen musste. Obwohl sie vollständig wiederhergestellt war, weigerte sich Todd, Gracie zu den normalen Tierheimbewohnern zu stecken, die zur Weitervermittlung anstanden. Er hatte andere Pläne für sie. Es brauchte nicht viele Überredungskünste, bis er Laura, die mittlerweile ehrenamtlich im Tierheim arbeitete, so weit hatte, dass sie Gracie adoptierte. In den folgenden Monaten arbeitete er weiter mit der Hündin. Todd ging stets ganz offen auf die Leute zu. Er erklärte Laura unumwunden: »Manche Dinge, die dir schwerfallen, können wir Gracie beibringen, damit sie sie für dich erledigt.«

Hayley wusste, dass Laura jeden Morgen Yoga machte, was ihrer Beweglichkeit und ihrem Gleichgewicht förderlich war. Wenn es ihr Arbeitsplan im Gesundheitszentrum erlaubte, arbeiteten Laura und Gracie jeden Freitagvormittag im Tierheim. Selbst zu dieser frühen Stunde war Laura bestimmt schon wach. Hayley suchte die Nummer unter ihren Kontakten auf dem Handy und rief sie an.

»Laura, hier ist Hayley. Ich wollte gern kurz mit dir reden, bevor du heute herkommst.«

»Gern. Um was geht es denn?«

»Es gibt ein paar grässliche Neuigkeiten, die ich dir und Todd sagen muss. Ich wollte, dass du gleich erfährst, was hier im Tierheim los ist, damit du noch ein bisschen Zeit hast, um darüber nachzudenken, bevor du hier eintriffst. Außerdem brauche ich vielleicht deine Hilfe.

Wissen deine Eltern und du schon, was gestern Abend auf der Bürgerversammlung besprochen wurde?«

Hayley berichtete in allen Einzelheiten über die bevorstehende Schließung des Tierheims. Laura sagte nicht viel. Sie stützte sich auf die Küchentheke und schaute auf Gracie hinunter. Sie dachte an all die Hunde, die im Lauf der Jahre gerettet worden waren. Und sie dachte an die Hunde, die vielleicht vergeblich auf Rettung warteten, wenn das Tierheim nicht mehr da war. Sie konnte sich kein Leben mehr ohne Gracies Liebe und Unterstützung vorstellen. Ohne das Tierheim wäre Gracie nie in ihr Leben getreten. Vielleicht hätte die Hündin keine weitere Chance bekommen. Was für eine tragische Vergeudung wäre das gewesen!

»Am allerschwersten fällt es mir, es Todd zu sagen«, erklärte Hayley soeben. »Und dabei brauche ich deine Hilfe.«

»Keine Sorge, Hayley, Todd kommt bestimmt damit klar. Ich werde für ihn da sein. Wir müssen die Sache gemeinsam durchstehen. Anders geht es nicht. Ich ziehe mich an und komme gleich.«

VIER

Todd betrat mit Christmas im Schlepptau den kleinen Pausenraum des Tierheims. Er hängte seinen Mantel auf und steckte sein Lunchpaket in den Kühlschrank. Als er Hayley am Schreibtisch entdeckte, begrüßte er sie sofort mit der Frage: »Wie hat sich Christmas vor all diesen Leuten gemacht, was denkst du?« Er nickte aufgeregt und beantwortete seine Frage selbst. »Ich fand, er hat seine Sache toll gemacht.«

Hayley stand auf und trat um ihren Schreibtisch herum zu Christmas, um ihn an seinem grauen Kinn zu kraulen. »Zweifellos. Er ist ein fantastischer Hund. Aber auch du hast dich wacker geschlagen. Es schien dir überhaupt nichts auszumachen, vor so vielen Leuten zu reden.«

Christmas beugte den Rücken und streckte sich. Damit wollte er Hayley auffordern, seinen ganzen Rumpf zu kraulen. Hayley kam dieser Aufforderung bereitwillig nach. Christmas drehte sich um und sah sie mit seinen grünen Augen an, in denen nichts als Dankbarkeit stand.

»Vor Leuten zu reden fällt mir nicht schwer. Dinge aufzuschreiben – das hasse ich«, sagte Todd.

»Todd, heute Morgen müssen wir uns über etwas Wichtiges unterhalten.«

Bevor Hayley weiterreden konnte, ging die Tür des Tierheims auf. Lauras Stimme trug weit. »Hallo! Todd, bist du schon da?«

»Hier hinten«, rief er.

In diesem Moment bog Doc Pelot in seinem alten Chrysler Imperial, mit dem er gewohnheitsmäßig zu schnell fuhr, auf den Parkplatz ein. Er holte Gracie und Laura ein und kraulte die weißen Ohren des Retrievers. »Gracies neues Geschirr gefällt mir«, dröhnte er auf dem Weg in Hayleys Büro.

»Danke«, sagte Laura. »Meine Eltern haben es für uns gekauft.«

Todd erklärte Hayley: »Das neue Geschirr hat einen Griff, an dem sich Laura besser festhalten kann. Und Lauras Mutter gefielen die rot-gelben Warnfarben besser. Das alte war nur rot, und manche Leute haben nicht begriffen, dass sie Gracie nicht streicheln sollen, wenn sie arbeitet.«

Doc, Laura und Gracie bogen um die Ecke in den Bürobereich, und Hayley begrüßte sie. »Guten Morgen, liebe Ehrenamtliche. Danke, dass ihr gekommen seid.«

Doc Pelot murrte etwas Unverständliches.

Hayley versuchte, die Peinlichkeit zu überbrücken. »Es sieht so aus, als wäre das ganze Team heute Morgen da.« Es lag ihr auf der Zunge, das zu sagen, was zwei aus ihrem Team bestimmt dachten – wie traurig, dass wir uns nicht mehr sehr lange treffen werden.

Todd überlegte kurz, warum die anderen so bedrückt wirkten, doch er konnte es kaum erwarten, Laura und

Doc Pelot einige Neuankömmlinge vorzustellen. Er fragte Hayley: »Sollen wir uns an die Arbeit machen?«

»Klar, aber fangt schon mal ohne mich an. Ich muss heute Morgen noch ein paar Dinge erledigen, und dann muss ich mit euch allen reden.«

Hayley setzte sich an ihren Schreibtisch, während Todd Doc Pelot und Laura durch den Hauptgang des Hundetraktes führte. Todds rote Converse Sneakers quietschten auf dem Linoleumboden. Doc Pelot schlurfte leicht gebeugt hinter den jungen Leuten her.

Viele Hunde in den Käfigen wurden unruhig und bellten, winselten oder jaulten sogar beim Anblick der Menschen und der beiden Hunde – Christmas und Gracie –, die sie begleiteten. Andere Hunde saßen stumm und reglos in ihrem Zwinger, als hätten sie sich aufgegeben.

Laura schob das Wägelchen mit den Tierarztutensilien und assistierte Doc Pelot, als er die Hunde untersuchte. Jeder kam zwei Mal die Woche an die Reihe. Weil die Hunde und Katzen in unmittelbarer Nähe zueinander untergebracht waren, konnte es vorkommen, dass sich eine Krankheit schnell ausbreitete. Deshalb wurden die Tiere engmaschig überwacht. Todd holte den jeweiligen Kandidaten aus seinem Käfig, damit Doc Pelot ihn begrüßen und untersuchen konnte. Schon an den Bewegungen – oder dem Mangel an Bewegungen – konnte der Tierarzt rasch den Gesundheitszustand eines Tieres erkennen. Wenn er sich davon überzeugt hatte, dass der Hund gesund war, sagte er immer sein Mantra auf: »Hier haben wir keinen kranken Hund.«

An diesem Morgen bemerkte Laura den Kummer in seiner Stimme. Sosehr sie sich bemühte, sie wusste, dass auch in ihrer Stimme bei jedem Wort dasselbe Gefühl mitschwang.

Wenn Doc Pelot mit seiner Schnelluntersuchung fertig war, forderte Todd jedes Tier enthusiastisch auf, »Sitz« oder »Bleib« zu machen oder sonst einen Grundbefehl auszuführen. Todd war dafür zuständig, den Hunden Bewegung zu verschaffen, und er nutzte diese Zeit auch, um mit jedem Gast den Grundgehorsam und die Sauberkeit zu üben und ihm manchmal auch einen besonderen Trick beizubringen. Das demonstrierte er bei dem nächsten Kandidaten.

Er erklärte seinen Begleitern: »Das hier ist Earl. Er ist vor drei Tagen zu uns gekommen, wir haben ihn bereits geimpft.« Todd deutete auf den jungen braunen Pitbull-Labrador-Mischling, der in Lichtgeschwindigkeit mit dem Schwanz wedelte. »Er ist sehr freundlich und lernwillig. Ich habe ihm einen Trick beigebracht, der schon recht gut klappt.« Todd holte Earl aus seinem Käfig und befahl ihm, sich hinzusetzen, damit der Tierarzt ihn gründlich untersuchen konnte.

Doc Pelot machte das Maul des Hundes auf und spähte hinein. Zufrieden notierte er etwas in seinen Unterlagen und sagte: »Hier haben wir keinen kranken Hund.«

»Passt mal auf.« Todd lenkte Earls Aufmerksamkeit auf sich, dann führte er mit der rechten Hand kleine, rasche Kreisbewegungen aus, als schlage er eifrig Eischnee. Earl ahmte die Handbewegungen nach und fing an, sich im Kreis zu drehen und seinen Schwanz zu jagen. Als er damit aufhörte, gab ihm Todd ein kleines Leckerli und umarmte ihn begeistert. »Er kann das wirklich sehr gut – sich auf der Stelle im Kreis drehen.«

»Dann würde er einen guten Politiker abgeben«, warf der alte Tierarzt ein. Er ärgerte sich noch immer über die Lokalpolitik und die Sparmaßnahmen, denen das Tierheim zum Opfer fallen sollte. Als er merkte, dass Todd ihn neugierig musterte, führte er den Trupp schnell weiter durch den Gang. »Der Nächste!«, befahl er.

Christmas trödelte hinterher. Er lief in letzter Zeit langsamer, schien jedoch seine Pflichten als ranghoher ehemaliger Tierheimbewohner zu genießen.

Im zweiten Käfiggang kamen sie etwa auf halber Höhe zu einem besonders lethargischen Tibet-Terrier-Mischling namens Westin. Der arme Kerl hatte einen hässlichen Abszess am Nacken, und die Entzündung hatte sich ausgebreitet. Westin stand nicht einmal auf, als Doc Pelot mit seinem Walnussstock an die Käfigtür klopfte. Auch Todd versuchte, den Hund zu ermuntern, aber dem Ärmsten ging es einfach zu schlecht. Er rührte sich nicht von der Stelle.

Bekümmert fragte Todd: »Was ist mit ihm los?«

Doc Pelot beugte sich herab und untersuchte die entzündete Stelle. Dann nahm er die alte Pfeife aus dem Mund und versicherte Todd: »Keine Sorge, ein Antibiotikum wird ihn wieder auf die Beine bringen. Wart's ab.«

Wenn ein Tier eine Spritze brauchte oder ein Verband

gewechselt werden musste, überließ Doc Pelot diese Arbeit oft Laura, egal, wie die staatlichen Tierarztvorschriften lauteten. Er deutete mit dem Stock auf den Hund. »Laura, kannst du bitte eine Stelle desinfizieren, dann geben wir ihm eine Spritze.« Er wählte das passende Antibiotikum aus dem Arzneiwägelchen und sagte Laura, welche Dosis sie aufziehen sollte.

Todd öffnete die Zwingertür etwas weiter, und Doc Pelot deutete auf eine Stelle am Nacken des Hundes, die Laura säubern sollte. Laura stützte sich an Gracies festem Körper ab und betupfte Westins Nacken mit einem in Alkohol getränkten Wattebausch. Dann legte sie dem kleinen Hund zur Beruhigung sanft die Hand auf den Rücken, und mit der anderen verpasste sie ihm rasch die Spritze.

»Gut gemacht, Laura.«

»Hunden eine Spritze zu geben ist viel leichter als Menschen.«

»Westin wird es schon in wenigen Stunden besser gehen. Ich schau noch mal nach ihm, bevor ich gehe.«

Am Ende des zweiten Ganges waren mehrere Käfige für Hunde reserviert, die noch nicht zur Vermittlung standen. Das Tierheim räumte den Hundebesitzern drei Tage ein, in denen sie einen Hund zurückfordern konnten. Danach wurde das Tier zu den übrigen Bewohnern verlegt, die zur Vermittlung freistanden. Die Wartezeit verschaffte Hayley und Todd auch die Möglichkeit, den Gesundheitszustand eines Hundes und seine Eignung zur Vermittlung einzuschätzen. Ein bösartiger Hund wurde zum traurigen Ausnahmefall und musste eingeschläfert werden, aber zum Glück kam so etwas nur sehr selten vor. Dank Hayleys und Todds Geduld und Eifer konnten fast alle Hunde und Katzen vermittelt werden.

Wenn ein Hund aus seinem Gastkäfig in den allgemeinen Bereich verlegt wurde, hatte er neunzig Tage Zeit, um einen neuen Besitzer zu finden. Danach mussten unterschiedliche, jedoch nicht die Tötung umfassende Möglichkeiten erwogen werden, damit das Tierheim nicht von unvermittelbaren Hunden überschwemmt wurde.

Nachdem er die Gastkäfige hinter sich gelassen hatte, setzte sich Doc Pelot auf einen der Stühle, die er an strategisch günstigen Orten verteilt hatte, um sich ein bisschen auszuruhen. Langsam sank er in sich zusammen und richtete die blaugrauen Augen auf den weißen Retriever. Er klopfte mit dem Stock auf den Boden, um Gracie auf sich aufmerksam zu machen. Gracie näherte sich dem alten Mann mit beträchtlicher Würde. Sie legte ihm nur den Kopf aufs Bein, und er fuhr mit seinen langen, runzeligen Fingern durch ihr weißes Fell. Es fühlte sich gut an. Der Hund erinnerte ihn daran, warum er tat, was er tat. Der alte Mann hatte lange genug gelebt, um viele Dinge kommen und gehen zu sehen. Veränderungen gehörten zum Leben. Doch dieses Wissen machte es nicht leichter. Er sah Todd an und schüttelte den Kopf, dann brummelte er halblaut: »So ein Mist!«

Während die anderen ihre Runden drehten, kramte Hayley ein paar Fotos aus der Schreibtischschublade.

Die Schnappschüsse stammten von kürzlich vermittelten Hunden und ihren glücklichen neuen Besitzern. In den vergangenen Jahren hatte sie mit den Adoptionsfotos des Jahres immer den Christbaum des Tierheims geschmückt und ihn als Erinnerungsbaum bezeichnet. Als sie durch ihre jüngsten Vermittlungen blätterte, wurde ihr wieder schwer ums Herz. Sie legte die Fotos weg und trat aus dem Büro, um sich zu sammeln. Ein paar der Neuzugänge rannten im umzäunten Hof herum, damit Hayley feststellen konnte, wie sie mit anderen Hunden zurechtkamen. Sie rauchte eine Zigarette – eine Gewohnheit, die sie schon mehrmals erfolglos aufzugeben versucht hatte – und blickte zum Horizont. Warum konnte nicht eine Antwort über den grauen Winterhimmel wehen, auf dem Rücken einer fernen Wolke reitend?

Sosehr es ihr auch davor graute – sie beschloss, dass es nun Zeit war, die Sache hinter sich zu bringen. Ihr rechtes Augenlid fing an zu zucken. Dieser Tick plagte sie nur selten, doch sie wusste, dass er sich häufig dann einstellte, wenn sie vor etwas davonlaufen wollte. Sie trat ihre Zigarette aus und sah dem letzten Rauchfähnchen nach. Nein, es wurde einfach nicht leichter.

Schließlich drehte sie resolut den Türknauf und gesellte sich zu den anderen, die mit Doc Pelot im Gang plauderten.

Todd entdeckte sie als Erster. »Hey!«

»Hey, Todd.«

Todd fragte sich, ob etwas nicht stimmte. Er hatte den Eindruck, dass Hayley ihm den ganzen Morgen aus dem Weg gegangen war. »Wie geht es dir?«, fragte er stirnrunzelnd.

»Ich schlage mich mit ein paar schlechten Nachrichten herum. Willst du sie hören?«

»Nicht unbedingt«, erwiderte er voller Unbehagen. Er zog Christmas näher. Wer wollte denn schon schlechte Nachrichten hören?

Hayley fing ganz von vorn an. »Gestern Abend hat mich der Stadtdirektor gebeten, noch vor der Versammlung ins Rathaus zu kommen, um mit ihm und Bürgermeisterin McDaniel zu reden.« Sie holte tief Luft und versuchte, Todd in die Augen zu schauen, doch es gelang ihr nicht. »Die Stadt und der Bezirk können das Tierheim nicht mehr finanzieren. Keiner hat genug Geld. Deshalb haben sie beschlossen, unsere Einrichtung zu schließen, und zwar zum Ende des Jahres. Wir müssen zumachen. Wir können keine neuen Hunde mehr aufnehmen, und wir müssen unsere derzeitigen Schützlinge rasch anderweitig unterbringen. Ausnahmslos.«

»Was sie uns zu sagen versucht«, fügte Doc Pelot mit brüchiger Stimme hinzu, »ist, dass wir unseren Betrieb einstellen müssen – so wie es bei der Videothek und der Bäckerei der Fall war.«

Selbst mit dieser Übersetzung war Todd verwirrt. Aber die Mienen der anderen zeigten ihm deutlich, dass es keine guten Nachrichten waren.

»Ich verstehe das nicht ganz. Was sollen wir denn tun, wenn wir uns nicht mehr um Hunde kümmern?«

Todds Frage traf Hayley wie ein Stich in den Bauch,

doch sie wusste, dass es noch viele weitere schmerzliche Fragen geben würde. »Wir werden keine Arbeit mehr haben. Das ist ein Teil dessen, was ich dir zu sagen versucht habe.«

»Wie bitte?« Todd riss die Augen auf und machte ein langes Gesicht. »Können sie das denn tun?«

»Ich glaube schon«, erwiderte Hayley.

»Vielleicht sollten wir mit einem Anwalt reden«, meinte Todd. »Ich kümmere mich um den Hund von Susan Reeves. Sie ist Anwältin. Vielleicht kann sie der Bürgermeisterin sagen, dass sie das Tierheim nicht einfach schließen kann. Wo sollen denn die Hunde leben? Wo sollen wir arbeiten?«

Hayley versuchte, Ruhe zu bewahren, aber es war schwer. Sie schwankte hin und her zwischen Zorn und Kummer, und hatte das Gefühl, als habe ihr jemand die Luft zum Atmen genommen. Nur mit Mühe schaffte sie es weiterzureden. »Todd, es gibt kein Gesetz, das der Stadt oder dem Landkreis vorschreibt, dass sie ein Tierheim für unsere Hunde unterhalten oder uns Arbeit geben müssen. So ist das nun mal.«

»Aber das ist nicht fair. Susan Reeves hat mir gesagt, dass Anwälte versuchen, für Fairness zu sorgen.« Todd überkam dasselbe Gefühl der Hoffnungslosigkeit, das ihn vor Jahren geplagt hatte, wenn er im Geschichts- oder im Matheunterricht aufgerufen worden war und die Antwort nicht kannte. Damals hatte er einfach nur wegrennen wollen. Aber das hier war etwas anderes. Mathematik oder Geschichte war ihm egal, diese Hunde nicht. Er fing an zu keuchen wie nach einem Sprint um den Block. Er musterte seine Freunde einen nach dem anderen, und schließlich sagte er: »Wir müssen etwas tun. Das ist nicht richtig.«

Laura schüttelte den Kopf. »Ich glaube nicht, dass es etwas gibt, was wir tun können.«

»Ich verstehe das nicht. Sind Hunde denn nicht wichtig?«

»Doch, Todd. Sie sind sehr wichtig.«

Todd begann, auf und ab zu stampfen. Dann fiel ihm eine weitere verlässliche Quelle ein. »Wie wär's mit Brenda Williams von Channel Six? Ihr wisst schon, die Problemlöserin.« Todd hatte Brenda vor etlichen Jahren kennengelernt, als sie über die Weihnachtshund-Aktion des Tierheims – »Adoptieren Sie über Weihnachten einen Hund!« – im Fernsehen berichtet hatte. Damals hatte sich gezeigt, dass Brenda Williams die Nöte verlassener Haustiere sehr ernst nahm. Obwohl Cherokee County am Rand des Sendegebiets lag, hatte der Sender eine großartige Geschichte gebracht, dank derer sich die Pflege- und Adoptionsraten des Tierheims deutlich gesteigert hatten.

Laura nahm Todd an der Hand und zog ihn sanft zu einem Stuhl. »Ich weiß, dass sie die Geschichte mit den Weihnachtshunden gebracht haben. Aber ich glaube, die Problemlöserin kümmert sich eher um Leute, die schlechte Autos kaufen und ihr Geld nicht zurückbekommen. Wenn du glaubst, dass es hilft, kannst du es natürlich bei ihr versuchen. Wer weiß?«

Hayley seufzte. Sie wusste, dass sie das Gespräch mit Todd bis zum Ende durchstehen musste. »Todd, du und ich, wir beide werden schon mal anfangen müssen, uns einen neuen Job zu suchen. Die Hunde, die wir nicht vermitteln können, müssen in andere Tierheime verlegt werden. Es tut mir leid. Es gefällt mir nicht, aber es sieht so aus, als ob es nichts gäbe, was ich daran ändern könnte. Wir müssen uns gegenseitig helfen, diese Sache durchzustehen.«

Wie gern hätte Hayley Todd etwas Tröstliches gesagt. Er war bestimmt völlig überwältigt von dieser Hiobsbotschaft. Mit dem, was als Nächstes passierte, hätte sie allerdings nie gerechnet.

Verstört und besorgt, wie er war, versuchte Todd, nicht an sich und die Hunde zu denken. »Es tut mir so leid, Hayley. Ich weiß, dass du unsere Hunde und Katzen liebst. Es ist nicht deine Schuld.«

»Danke für dein Verständnis, Todd. Das tut mir sehr gut.«

»Trotzdem ist es nicht fair«, fügte er hinzu.

»Ich weiß. Ich habe bislang noch nie einen Job verloren.«

»Ich auch nicht. Es ist der einzige Job, den ich je hatte.«

Todd schüttelte den Kopf. Er zog Christmas wieder näher heran und suchte Trost in der Kraft und der Liebe des Tieres. »Wo sollen all die neuen Hunde hin?«

Hayley beobachtete die beiden ein paar Sekunden. Sie dachte daran, wie viel Glück Todd hatte, dass der alte Labrador bei ihm war. Vermutlich war der Hund für Todd weitaus hilfreicher, als Hayley selbst es je sein könnte. »Ich weiß es nicht, Todd. Wir können am Wochenende darüber nachdenken. Nächste Woche sehen wir mal, was uns eingefallen ist.«

Laura hielt Todds Hand noch immer fest. Nun drückte sie sie sanft, und noch einmal und noch einmal.

Todd schien es nicht zu bemerken, aber sie drückte ihm eine Botschaft in die Hand: *Wir stehen das durch. Gemeinsam*.

FÜNF

Später an diesem Tag zog Todd Jacke und Handschuhe an, öffnete die Hintertür seines Häuschens und rief Christmas zu sich. Bevor seine Eltern das Haus gekauft hatten, hatte es einem Mann namens Thorne gehört, und noch heute nannte George es oft Thornes Haus. Vor einem Jahr hatten George und Mary Ann ihrem Jüngsten erlaubt, dort einzuziehen, weil sie seine Unabhängigkeit fördern wollten.

Todd hatte einen Lieblingsweg, den er schon als kleiner Junge gern gelaufen war. Er führte westlich am Haus seiner Eltern vorbei, das nur ein paar hundert Meter von Thornes Haus entfernt lag, und verlief weiter Richtung Süden über eine vierzig Hektar große Wiese, die gesäumt war von Wacholderbüschen. Schließlich gelangte man zum Kill Creek, einem Flüsschen, an dem man meilenweit entlangwandern konnte. Heute wollte Todd dorthin.

Sein Lieblingsplatz befand sich unter einer riesigen Platane in der Nähe einer Furt. An diesem Ort fühlte er sich geerdet. Seit vielen Generationen versammelten sich die McCrays hier am Ufer und verbrachten frohe Stunden im Kreis der Familie. Ein alter Picknicktisch war an einen Baum gekettet, damit er bei Hochwasser nicht weggespült wurde. Nicht weit vom Tisch gab es zwei stämmige Hickorybäume. Zwischen ihnen war eine Hängematte gespannt, und am westlichsten Baum waren Gartenstühle festgebunden, die dort geduldig auf die Ankunft des Frühlings warteten.

Todd fegte den Schnee von der Bank des Picknicktisches und setzte sich. Auf der Tischplatte waren im Schnee Spuren von Eichhörnchen zu sehen. Walnussreste wiesen darauf hin, dass der Tisch erst vor Kurzem genutzt worden war.

Es dauerte nicht lange und kostete Todd keine große Mühe, bis er das Lachen, Rufen und Planschen im Wasser aus wärmeren, fernen Zeiten hören konnte – all die fröhlichen Geräusche, mit denen die vielen Stunden an diesem geheiligten Familientreffpunkt angefüllt waren. Er erinnerte sich an einen heißen Nachmittag im August vor vielen Jahren. Er konnte die Kraft in den Armen und Händen seines Vaters spüren. Mit der einen Hand packte George McCray ein Bein des kleinen Jungen, mit der anderen den Arm und ließ Todd spielerisch über die Oberfläche des kühlen Flusswassers gleiten. Als Todds Körper ein wenig untertauchte wie ein Habicht auf der Jagd nach einem Frosch, rief seine Mutter: »George, sei vorsichtig! Er ist doch kein Kiesel, den man auf dem Wasser hüpfen lassen kann.«

Das Winseln des alten Labradors holte Todd wieder in die Gegenwart zurück. Der Hund wedelte mit dem buschigen Schweif und bettelte um ein wenig Aufmerksamkeit. Todd zog die Handschuhe aus und vergrub die Finger tief in dem dichten, warmen Fell des Tieres. Wieder ließ er sich von Christmas trösten und beruhigen. Heute kam sich Todd vor, als hätte ihn ein Grobian auf dem Schulhof zu Boden geschlagen. Er war so verstört, dass er erst einmal zur Besinnung kommen musste, bevor er wieder aufstehen konnte. Ohne das Wie oder das Warum zu verstehen, holte er sich Trost bei dem Hund und dieser Stelle am Fluss.

Vielleicht hatte Hayley deshalb gewollt, dass er sich den Rest des Tages freinahm? Damit er wieder auf die Füße kam? Nachdem Laura und Doc Pelot gegangen waren, hatten sich Hayley und er zum Lunch zusammengesetzt. Über einer Tüte Chips fragte sie ihn: »Hast du jemals überlegt, was du machen würdest, wenn du nicht hier arbeiten würdest?«

Todd hatte sehr lange nachgedacht. So lange, dass ihnen beiden unbehaglich geworden war. Schließlich erwiderte er: »Ich habe nicht gewusst, dass ich eines Tages nicht mehr hier arbeiten würde.«

Hayley langte über den kleinen Resopaltisch und legte die Hand auf Todds Unterarm. »Verstehe. Warum nimmst du dir nicht den Rest des Tages frei und denkst noch einmal gründlich darüber nach? Was willst du machen?«

»Hayley, ich weiß nicht … Wir haben nur noch wenige Tage im Tierheim, und es gibt viel Arbeit, die wir für diese Hunde erledigen müssen.« Er deutete auf die Halle mit den Tieren.

»Stimmt. Aber Todd, denk trotzdem mal darüber nach, okay? Was willst du machen?«

Todd sah Hayley stumm an. Dennoch war ihm klar, dass sie recht hatte. Er musste nachdenken. Schließlich folgte er ihrem Vorschlag und ging eine Stunde früher.

Nun stand er vom Picknicktisch auf und lief die paar Schritte zum Ufer. Um diese Zeit war der Wasserstand des Kill Creek ziemlich niedrig. Das Wasser floss in kleinen Rinnsalen um Eisbrocken und Schneehaufen herum. Todd warf die schwarzen Walnussschalen ins Wasser. Früher wäre der Labrador in den Fluss gesprungen und hätte einen Riesenwirbel darum gemacht, nach den Schalen zu schnappen und sie herauszufischen. Jetzt gab er sich damit zufrieden, am Ufer zu sitzen und die Walnussschiffchen dabei zu beobachten, wie sie ein bisschen auf und ab hüpften und langsam davontrieben.

»Was will ich wirklich machen?«, fragte Todd sich selbst laut. Die Frage kam ihm seltsam vor. »Kapierst du das, Christmas?«

Der Hund blickte ihn eifrig an. Seine Augen schienen zu sagen: *Mach dir keine Sorgen. Ich liebe dich, und eigentlich kommt es nur darauf an.*

Was willst du mal machen, Todd? Diese Frage hatte er öfter gehört, zum Beispiel von seinen Lehrern an der Highschool. Wenn er ihnen dann seine Wünsche und Hoffnungen offenbarte, meinten sie nur: »Todd, das ist nicht realistisch.« So lauteten ihre Worte, aber Todd wusste, was dieser Satz im Grunde bedeutete: *»Todd, du* *hast Behinderungen. Du kannst nicht alles, was andere können. Vergiss nicht, du bist nicht besonders schlau.«*

Wenn Todd dann mit Mary Ann darüber sprach, wie er die Bemerkungen der Berufsberater oder Lehrer aufgefasst hatte, warnte sie ihn: »Sei dir da nicht so sicher. Vielleicht denken sie ja ganz anders über dich.« Trotzdem war er sich ziemlich sicher. Seine Lehrer trauten ihm nicht besonders viel zu. Als Todd älter wurde und mit seiner Behinderung bewusster umgehen konnte, sagte ihm seine Mutter, dass jedes Defizit mit einer Stärke aufgewogen wurde. »Todd, es stimmt – es gibt Dinge, die du nicht so gut kannst wie andere Leute. Aber es gibt auch Dinge, die du viel besser kannst als ich oder dein Dad oder sonst jemand, den ich kenne.« Es war eine schlichte kleine Botschaft, doch sie wurde so oft und so überzeugend wiederholt, dass Todd daraus die Entschlossenheit zog, die Chancen im Leben beim Schopf zu ergreifen. So musste man es machen, wenn man in vollen Zügen leben wollte. Mary Ann war dabei völlig aufrichtig. Für sie hatte Todd mehr, nicht weniger zu bieten, vor allem in den Bereichen des Lebens, auf die es wirklich ankam. Ihr schien, als stecke das ganz besondere Elixier, das Todd auszeichnete, in einem schadhaften Tiegel. Das war die Kehrseite der Medaille. Sie verspürte ständig den Drang, ihren Jüngsten nah bei sich zu haben, damit sie den Behälter beschützen konnte. Egal, wie weit sie sich in Zukunft voneinander entfernten, Todd würde diese Nähe immer spüren.

An diesem Nachmittag fiel Todd ein, was er seinen Lehrern vor fünf Jahren erzählt hatte, als sie ihn fragten, was er werden wollte. Vor Verlegenheit lief er rot an. Damals hatte er bei *American Idol* als Sänger auftreten wollen, er hatte Pilot oder Kriminalermittler werden wollen. Lächelnd meinte er halblaut: »Kein Wunder, dass sie mich für dumm gehalten haben.«

Am allerliebsten arbeitete er mit Tieren, insbesondere mit Hunden. Das wussten alle. Doch in ganz Crossing Trails konnte er das nur im Tierheim machen. Er fragte sich, warum sich alle den Kopf darüber zerbrachen, wie er einen Job finden wollte. Für ihn kamen jetzt erst einmal die Hunde und Katzen im Tierheim, um die man sich sorgen musste.

Er dachte auch an Laura und daran, wie viel Spaß er mit ihr in den letzten Monaten gehabt hatte. An den Freitagen, an denen sie im Tierheim arbeitete, hatte er sie regelmäßig gesehen. Auch damit wäre nun bald Schluss. Wie sollte er eine Möglichkeit finden, auch weiterhin mit Laura zusammen zu sein? In den letzten Monaten hatte er jede Woche die Tage gezählt, bis endlich wieder Freitag war und er Laura sehen konnte. Auf was würde er sich fortan freuen können? Er liebte den alten Doc Pelot wie einen Großvater, den er nie gehabt hatte. Wann würde er ihn sehen, wenn es das Tierheim nicht mehr gab? Hayley war wie eine Schwester für ihn, auch wenn sie seine Chefin war. Todd hasste den Gedanken, dass all diese wundervollen Menschen in seinem Leben nur noch eine untergeordnete Rolle spielen sollten. Und ebenso wenig gefiel ihm die Vorstellung, dass es demnächst verlassene Haustiere gab, die nirgendwohin konnten.

Er stupste Christmas an zum Zeichen, dass es Zeit zum Aufbruch war. Sie machten sich auf den Heimweg. Als die Scheune in Sicht kam, bahnte sich Todd einen Weg durch den Schnee dorthin. Sein Vater hatte in der Scheune einen kleinen Arbeitsbereich eingerichtet. Da es für einen Farmer im Winter nicht so viel zu tun gab, beschäftigte sich George wahrscheinlich mit irgendetwas in der Scheune.

Und tatsächlich – als Todd das Scheunentor aufstieß, fiel sein Blick auf seinen Vater, der am Tisch saß und eine alte Kuhglocke polierte.

Für George war es eine angenehme Nachmittagsbeschäftigung. Als Junge war es seine Aufgabe gewesen, in aller Herrgottsfrühe aufzustehen, auf sein Pferd zu klettern und die frei laufenden Kühe zum Melken vor der Scheune zusammenzutreiben. Die Kuhglocken machten es leichter, die Wanderer aufzuspüren. Kühe zu hüten war eine ziemlich schwere Arbeit für einen kleinen Jungen. Nachdem Georges Vater gestorben war, wurde die Arbeit noch mühsamer. Seit fünf Generationen tränkten die McCrays den Boden ihrer Farm mit Schweiß und Blut, und sie fanden es sehr befriedigend. Ihre harte Arbeit hatte sich gelohnt und der Familie Wohlstand eingebracht. George fiel es schwer, sich mit dem Gedanken anzufreunden, dass es mit der Familienfarm eines Tages zu Ende gehen könnte.

»Was ist das?«, fragte Todd, als sein Vater den Blick hob.

George legte die verrostete Glocke weg und stellte die

Schleifmaschine aus. »Nur eine alte Kuhglocke, die im Futterpferch vergraben war. Sie stammt von einer der Milchkühe noch aus der Zeit, als dein Urgroßvater Bo und ich den Milchhof gemeinsam betrieben haben. Ich dachte, es wäre ganz nett, wenn ich sie poliere. Heute sieht man nicht mehr so viele von diesen Dingern.« Christmas lief zu George und begrüßte ihn schwanzwedelnd. George tätschelte den Kopf des alten Labradors. »Christmas, wie war dein Tag?«

Wie üblich kam Todd direkt auf den Punkt. »Es war ein schlechter Tag für uns und auch für eine Menge Katzen und Hunde. Das Tierheim wird geschlossen.« Er blickte auf seine roten Turnschuhe. »Ich weiß nicht, was ich jetzt tun soll. Vermutlich müssen wir eine andere Möglichkeit finden, all die Hunde und Katzen zu retten, und ich muss einen neuen Job finden, bei dem ich etwas anderes mache.«

»Junge, solche Tage gibt es immer wieder im Leben, ob uns das gefällt oder nicht. Frauen, Arbeit und Hämorrhoiden sind die größten Herausforderungen eines Mannes. Hol dir einen Stuhl, dann reden wir darüber.«

George und Mary Ann hatten den ganzen Abend nach der Bürgerversammlung damit zugebracht, sich auf dieses unausweichliche Gespräch mit Todd vorzubereiten.

George vertrat im Allgemeinen die Auffassung, dass der beste Weg, Todds Unabhängigkeit zu fördern, darin bestand, sich nicht einzumischen. Das hatte er auch bei seinen anderen vier erwachsenen Kindern so gehalten.

Wenn sie ihn um Hilfe baten, bekamen sie welche, und wenn sie nicht darum baten, war es ihm auch recht. Damit wollte George zum Ausdruck bringen, dass er ihre Fähigkeit respektierte, selbst Entscheidungen zu fällen und aus ihren Fehlern zu lernen, so wie auch er es getan hatte. Ihm gefiel der Spruch: *Wer keine Fehler macht, legt sich nur nicht genug ins Zeug*. Wenn ein Kleinkind hinfällt, muss es wieder aufstehen. Das kräftigt die Beine, bis sie so stark sind, dass sie das Kind tragen können. George hatte keine Angst, dass Todd stolpern könnte. Diese Angst hatte er nie gehabt und hatte sie auch jetzt nicht.

Mary Ann war anders. Ihr Bedürfnis, ihre Kinder zu beschützen, hatte sich bei Todd noch verstärkt. Sie hatte Angst, dass er zu zerbrechlich war, um das Auf und Ab im Leben auszuhalten. Wenn sie sah, dass er ins Stolpern geriet, wäre sie am liebsten immer mit einem Kissen in der Hand zu ihm gerannt, um den Sturz zu mildern. Sie fand, dass eine liebevolle und fürsorgliche Elternschaft auch eine behutsame Überwachung beinhaltete, damit sich Todd keinen Hindernissen stellen musste, die zu groß für ihn waren. Immer wieder fragte sie sich, warum George nicht einsehen wollte, dass Todd nicht wie ihre anderen Kinder war.

»Wenn du ihn ständig anders behandelst«, gab George dann zurück, »wird Todd nie die Chance haben, aufzuholen und schließlich auf eigenen Füßen zu stehen.«

Im Lauf der Jahre hatten sie immer wieder versucht, einen Mittelweg zu finden. George war der Ansicht, dass Todd nach Crossing Trails ziehen und dort allein leben sollte. Todd schien bereit, sich mit seinem Geld, seiner Zeit und seinen Lebensumständen zu arrangieren. Mary Ann fand es völlig in Ordnung, wenn er bei ihnen im Haus lebte, wie er es immer getan hatte und hoffentlich auch immer tun würde. Schließlich hatten sie einen Kompromiss gefunden und Todd in Thornes Haus am Fuß des Hügels ziehen lassen.

Wie bei vielen Kompromissen waren weder George noch Mary Ann völlig zufrieden. Mary Ann fiel es schwerer, Todd ständig im Auge zu behalten und ihm notfalls zu helfen. Sie machte sich mehr Sorgen um ihn, wenn sie nicht wie früher ständig mit ihm und seinen Bedürfnissen in Verbindung stand. Sie fand, dass in der Hütte stets Unordnung herrschte und Todds Essgewohnheiten schlecht waren. George gab ihr zu bedenken, dass sich Todd in dieser Hinsicht kaum von anderen jungen Männern unterschied, die zum ersten Mal in ihrem Leben einen eigenen Haushalt führen. Aber Mary Ann machte sich nicht nur Sorgen über Todds Haushalt. Sie machte sich auch Sorgen, dass er sich vielleicht einsam und isoliert fühlte.

George wollte Todd gern die Erfahrung ermöglichen, ohne ständige elterliche Überwachung zu leben. Seiner Meinung nach gingen Todds beträchtliche Fortschritte in den vergangenen Jahren darauf zurück, dass er die Pflichten eines Erwachsenen akzeptierte. Dies beinhaltete auch, eine Arbeit und eine eigene Wohnung zu haben. George war nicht geneigt, Todd aus seinen momentanen Nöten zu retten, zumindest nicht, bevor er ihm nicht die

Chance gegeben hatte, sich allein durchzukämpfen. Mary Ann wollte Todd vermitteln, dass er nicht allein war auf dieser Welt und dass seine Eltern schon dafür sorgen würden, dass sich wieder alles zum Besten wendete.

Doch George und Mary Ann mussten nicht immer einer Meinung sein. Sie kamen überein, dass jeder auf seine Weise mit Todd reden sollte.

Todd zog den Stuhl heran und erläuterte das Problem. »Wir müssen für viele Hunde und Katzen noch in diesem Jahr einen neuen Platz finden. Uns bleibt nicht mehr viel Zeit.«

»Du kannst das doch ziemlich gut. Du wirst es schon schaffen.«

»Ich weiß nicht, Dad. Es wird jedes Jahr schwieriger. Hayley meint, dass die Wirtschaftslage daran schuld ist. Im letzten Dezember haben wir nur zwölf neue Familien für unsere Tiere gefunden. Ich weiß nicht, ob es dieses Jahr mehr werden.«

»Gibt es denn noch andere Dinge, die du tun musst, abgesehen davon, dass du für all diese Tiere ein neues Heim finden musst?«

»Ich muss mir einen Job suchen.«

George hielt die alte Glocke hoch und bimmelte leise damit. »Gute Antwort. Wie willst du vorgehen?«

»Darüber wollte ich mit dir reden. Hayley meint, ich müsse mir überlegen, was ich den Rest meines Lebens tun will. Ich will mit Hunden arbeiten, und das Tierheim ist der einzige Ort, wo ich das kann.« Bei diesen Worten kam es Todd vor, als säße er in einer Falle und habe keinerlei Handlungsspielraum. Er versuchte, dieses Gefühl in Worte zu kleiden. »Mir ist, als steckte ich mit dem Traktor im Schlamm fest. Meine Räder drehen einfach nur durch.«

George hatte den ganzen Tag darüber nachgedacht. Er hielt nicht viel von der Devise »Verwirkliche deine Träume«. Seiner Meinung nach führte so etwas nur zu Nachgiebigkeit gegen sich selbst und war für Todd kein brauchbarer Ansatz. »Todd, ich will dich mal was fragen: Wenn du richtig Kohldampf hast, sitzt du dann rum und überlegst, was du gern essen würdest, oder gehst du zum Kühlschrank und nimmst dir, was dort ist?«

Diese Frage war leicht zu beantworten. »Ich gehe zum Kühlschrank in der Hoffnung, dass dort auch was ist, was ich gern esse. Eiscreme wäre gut.«

»Na bitte. Mit der Arbeitssuche ist es eigentlich dasselbe. Du wirst nicht weit kommen, wenn du nur darüber nachdenkst, was für dich am besten wäre. Du musst herausfinden, welche Jobs es gibt, und dann dafür sorgen, dass es mit einem klappt. Wenn du in deinem Kühlschrank kein Eis findest, dann musst du dir vielleicht ein Sandwich mit Erdnussbutter und Marmelade machen. Leuchtet dir das ein?«

»Oder ich steige ins Auto, fahre zum Laden und kaufe eine Packung Eis.«

George musste zugeben, dass Todd ihn mit diesem Argument geschlagen hatte. Er versuchte es noch einmal anders. »Todd, wenn du in ein Restaurant gehst, bestellst du dann etwas von der Speisekarte, oder sagst du der Bedienung, was du in dem Moment gern hättest?«

»Man muss sich etwas von der Speisekarte aussuchen.« Todd langte nach unten und tätschelte nervös seinen Hund. Er wusste, dass sein Dad versuchte, zu ihm durchzudringen und ihm zu helfen, etwas zu verstehen, was knapp außerhalb seiner Reichweite lag. Er wusste, dass sein Dad das so geduldig und liebevoll tat, wie er konnte. Aber trotzdem begriff er nicht, was er ihm zu sagen versuchte.

»Versteh doch, Todd – du musst dich auf die Socken machen und herausfinden, welche Jobs es gibt. Das ist wie die Gerichte auf einer Speisekarte oder das Essen in deinem Kühlschrank. Wenn du herumsitzt und darüber nachdenkst, was du gern arbeiten würdest, ist das wie mit dem Essen in deinem Kopf. Solche Speisen kann man nicht essen. Übers Essen nachzudenken macht einen nicht satt, oder?«

Allmählich dämmerte es Todd, worauf sein Dad hinauswollte. Er wollte ihm wohl klarmachen, dass er keinen Job fand, wenn er nur darüber nachdachte. Das leuchtete ihm ein. Er stand auf und umarmte seinen Vater. »Danke, Dad. Ich glaube, jetzt hab ich kapiert, warum meine Räder durchdrehen.«

»Glaub mir, Todd, du bist nicht der Erste, der feststellt, dass ihm bei so etwas die Räder durchdrehen. Ich höre oft von Kindern von Bekannten, die aufs College oder auf eine Berufsschule gehen, um ihr Traumfach zu studieren – Lyrik, Höhlenbewohner, was auch immer; jedenfalls etwas, was ihnen wahnsinnig interessant erscheint. Und dann kommen sie heim und wundern sich, wenn sie keine Arbeit finden. Sie zäumen das Pferd von hinten auf. Erst sollte man herausfinden, wer gerade Leute einstellt und welche Arbeit es gibt, und dann kann man sich dafür ausbilden lassen.«

George zeigte Todd eine Ausgabe des *Prairie Star*. Er blätterte bis zum Anzeigenteil, dann breitete er ihn auf seinem Schreibtisch aus. »Komm mal kurz her und schau dir das an.«

Todd blickte seinem Vater über die Schulter, während George fortfuhr: »Das hier sind die Jobs im Ort. Hier annoncieren Leute, die Hilfe brauchen. Aus dieser Liste musst du dir etwas aussuchen. Es ist die Speisekarte für Jobs. Weil es um die Wirtschaft momentan ziemlich schlecht bestellt ist, gibt es nicht sehr viele freie Stellen. Aber ob uns das gefällt oder nicht – das ist das Angebot auf der Jobspeisekarte. Lies dir die Anzeigen mal durch und finde heraus, was es so alles gibt. Es kann gut sein, dass du eine Zeit lang etwas machen musst, was dir nicht ganz so perfekt vorkommt.«

Todd nahm die Zeitung. »Danke. Ich schau es mir an.«

»Ich habe schon ein paar Stellen markiert, bei denen es sich vielleicht lohnt, sich näher damit zu befassen.«

Todd ging zur Tür. »Bis später, Dad. Vielen Dank für deine Hilfe.« Er wandte sich an Christmas. »Kommst du mit, oder bleibst du hier?«

George und Mary Ann amüsierten sich immer darüber, wie Christmas zwischen Thornes Haus und ihrer Farm hin und her wechselte. Heute schien er zufrieden damit, zu Georges Füßen zu liegen. Morgen wollte er den Tag vielleicht wieder mit Todd verbringen. Manchmal kratzte er mit der Pfote an der Tür und wanderte dann über die schmale Wiese, die zwischen den beiden Gebäuden lag. An solchen Tagen wollte er offenkundig lieber in seinem anderen Zuhause übernachten.

Der alte Labrador wedelte ein paar Mal mit dem Schweif, stand aber nicht auf, als sich Todd anschickte, die Scheune zu verlassen. Deshalb knöpfte Todd seinen Mantel zu, setzte seine blaue Bommelmütze auf und meinte: »Ich denke, er will bei euch bleiben.«

Es war so kalt, dass Todd den Hügel schnell hinablief. Von Weitem wirkte Thornes Haus wie ein kleiner Landsitz, aber im Grunde war es nur eine sehr schlichte Behausung. Es gab einen einzigen großen Raum, im hinteren Bereich eine Küche und ein Schlafzimmer, seitlich davon ein kleines Bad. Drinnen hängte Todd seinen Mantel an einen Haken und sah die Post durch. Auf dem Tisch stand ein Teller mit seinen Lieblingsplätzchen, daneben lag eine Nachricht von seiner Mutter.

Todd, es tut mir sehr leid, dass das Tierheim schließen muss. Ich weiß, dass du dir Sorgen um die Hunde machst. Ich bin heute Abend zu Hause. Warum kommst du nicht vorbei, dann können wir darüber reden. Gemeinsam stehen wir das schon durch. Wir lieben dich!

Mom

Todd legte die Nachricht auf den Tisch, ließ sich ein Plätzchen schmecken und überprüfte sein Handy, das er auf den Küchentisch neben die Autoschlüssel gelegt hatte. Es gab eine Nachricht. Er drückte auf das kleine Symbol für die Wiedergabe und den Lautsprecherknopf, damit er die Nachricht abhören konnte, während er Plätzchen aß. Eine weibliche Stimme ertönte. »Todd, Laura hier. Ich könnte heute Abend wieder ein bisschen Hilfe beim Weihnachtsschmücken brauchen. Kannst du so gegen sieben vorbeikommen?« Todd stopfte sich noch ein Plätzchen in den Mund, dann rief er Laura an und sagte ihr Bescheid, dass er kommen würde.

Danach rief er Mary Ann an und bedankte sich bei ihr, sagte ihr aber auch, dass er am Abend Laura helfen wollte. Seine Mutter klang zwar ein bisschen enttäuscht, aber sie fand sich damit ab. »Fahr vorsichtig, Todd. Wir sprechen uns dann später.«

Nachdem sie den Hörer aufgelegt hatte, versuchte sie, sich einen Reim aus der zermürbend kryptischen Zusammenfassung zu machen, die George ihr von seinem Gespräch mit Todd geliefert hatte. »Ich habe ihm die Stellenanzeigen aus der Zeitung gegeben. Er wollte sie durchlesen. Das reicht einstweilen. Gib ihm die Chance, die Sache allein zu bewältigen.«

SECHS

Am Wochenende passierte nicht viel. Hayley wie auch Todd hatten das Gefühl, einen Fremden im Spiegel zu sehen, als ob jemand ihnen eine neue Identität gegeben hätte. Am Montag waren beide noch immer so verstört, dass es ihnen schwerfiel, nicht nur herumzuwandern und immer wieder dieselbe Frage zu stellen, auf die sie sich dieselbe Antwort gaben.

»Wie geht es dir?«

»Lausig. Und dir?«

»Genauso.«

Nach der Arbeit besuchte Todd Laura, die ihm angeboten hatte, ihm bei seinem Lebenslauf zu helfen. Hayley hatte darauf bestanden, dass dies der erste Schritt bei der Suche nach einer neuen Arbeit war, auch wenn Todd sich dagegen gesträubt hatte. Lauras Vater stellte ihnen sein Büro zur Verfügung, wo sie den Computer und den Drucker benutzen konnten. Todd saß am Computer und hackte auf die Tastatur ein, Christmas lag zu seinen Füßen. Das Tippen bereitete Todd keine allzu große Mühe, und im Texteschreiben war er sogar noch besser, aber bei der Grammatik und der Rechtschreibung brauchte er Hilfe. Laura saß neben ihm, Gracie zu ihren Füßen, und las Korrektur. Die beiden Hunde saßen nebeneinander. Gracie versuchte immer wieder einmal, Christmas zum Spielen zu verlocken, indem sie seine Pfoten anknabberte. Dann zog der schwarze Labrador die Pfoten geduldig weg, und schließlich legte er Gracie eine Pfote auf den Kopf, um den viel jüngeren Hund daran zu erinnern, dass die Tage, in denen er das Haus auf den Kopf gestellt hatte, weit hinter ihm lagen.

Da es in nahezu jeder Zeile ein bis zwei Fehler gab, brauchten Todd und Laura über eine Stunde für den Entwurf. Als sie fertig waren, druckte Laura den Text aus, um ihn noch einmal genau zu überprüfen.

»Das klingt gut«, sagte sie schließlich. »Ich würde dich sofort einstellen.«

Todd seufzte erleichtert auf, dass er diese fürchterliche Aufgabe hinter sich gebracht hatte. Er erhob sich und lief im Büro auf und ab, als wäre ihm gerade eine lebenslange Strafe erlassen worden. Auf der Highschool hatte er sämtliche Unterrichtseinheiten, die etwas mit Schreiben zu tun hatten, immer nur mit größter Mühe geschafft. Diese schwierigen Zeiten wollte er wahrhaftig nicht noch einmal erleben, nicht einmal einen einzigen Abend lang. Er setzte sich neben Christmas auf den Boden und zog ihn zu sich heran. Er fühlte sich sehr wohl bei Laura, und außerdem waren sie bislang nahezu nie allein gewesen. Wie gern hätte er diese Zeit mit etwas anderem als mit dem Verfassen seines Lebenslaufes verbracht. Trotzdem hatte er sich bestätigt gefühlt, als Laura ihm geholfen hatte, seine Fähigkeiten aufzuschreiben. Er war richtig überrascht über das, was er dabei über sich erfahren hatte.

Laura verstand sich hervorragend darauf, den ganz gewöhnlichen Aufgaben, die Todd tagaus, tagein erledigte, eine gewisse Bedeutung zu verleihen. Er las den Abschnitt über seine momentane Tätigkeit immer wieder durch. Es klang wirklich ziemlich beeindruckend.

Assistent der Geschäftsleitung eines staatlich anerkannten Tierheims: verantwortlich für die Pflege und Versorgung von rund fünfzig Katzen und Hunden. Auch die Entwicklung innovativer Strategien und Taktiken, um die Vermittlungsraten zu steigern, fiel in den Tätigkeitsbereich. Nur Bestnoten bei allen Mitarbeiterbewertungen.

»Laura?«, fragte Todd.

Laura sah ihn an. »Was denn?«

»Glaubst du, ich werde in Crossing Trails einen Job finden?« Da sie nicht sogleich antwortete, fragte er noch einmal: »Glaubst du denn, jemand wird mich einstellen?«

Laura wusste, dass es auf dem Arbeitsmarkt momentan nicht gut aussah. »Todd, ich denke, viele Leute würden dich einstellen, wenn sie eine Arbeit hätten. Ich weiß nicht, wie viele Leute im Moment eine Stelle anbieten können. Das ist das Problem. Wenn ich eine freie Stelle hätte, würde ich dich und Christmas sofort einstellen.«

Todd gähnte, schloss die Augen und legte, ohne viel

darüber nachzudenken, den Kopf auf Lauras Schulter. Einen Lebenslauf zu schreiben war ziemlich anstrengend. »Ich bin müde.«

»Das ist aber nicht gut, wenn du noch so weit fahren musst.«

Todd schlug die Augen auf. »Zehn Meilen sind nicht sehr weit.«

»Mit deinem alten Truck ist es zu weit, vor allem nachts.« Laura kuschelte sich an Todd. »Ich vermisse dich, wenn du dort draußen in deiner alten Hütte steckst. Mir kommt es sehr weit weg vor. Wie in einer ganz anderen Welt.«

Todd spürte, wie sich in seiner Brust etwas zu regen begann, eine Mischung aus Glück und Traurigkeit. Er stupste Laura spielerisch an. »Danke, dass du mir bei meinem Lebenslauf geholfen hast.«

Laura grinste verlegen. »Du hast nur ein bisschen Hilfe gebraucht beim Beschreiben, was für ein großartiger Bursche du bist und was für ein wunderbarer Mitarbeiter du wärst.«

Stolz hielt Todd seinen fertigen Lebenslauf hoch. »Aber jetzt muss ich wohl los.«

Er streckte die Hand aus, um Laura beim Aufstehen vom Sofa behilflich zu sein. Sie überlegte, ob sie ihm sagen sollte, dass er allein zu seinem Truck gehen müsse. Ihr Gelenkrheuma flammte gerade wieder auf, und sie war schrecklich müde. Unschlüssig sah sie Todd an. Doch schließlich schob sie ihre Schmerzen beiseite und meinte: »Danke, aber Gracie und ich schaffen das schon.

Wir brauchen die Übung und die Bewegung. Schau uns ruhig zu, dann wirst du sehen, was sie dank dir alles kann.«

Sie beugte sich vor und rief Gracie zu sich. Wenn Gracie ihr Geschirr umgeschnallt bekam, war dies ein Zeichen für sie, dass sie für Laura arbeiten musste. Laura erteilte ihr den Befehl »Steh!«, den Todd der Hündin beigebracht hatte, um Laura beim Aufstehen zu helfen. Sich hinzusetzen war nicht problematisch für Laura. Doch um sich vom Sofa hochzuhieven, musste Laura sich auf den Hund stützen.

Manchen Hunden fällt es sehr schwer, reglos stehen zu bleiben, während jemand sich auf sie stützt, als wolle er sie wegschubsen. Anfangs war Gracie verwirrt gewesen, und Todd hatte nicht gewusst, wie er ihr helfen konnte. Er hatte im Internet nach Videos mit Hundetrainingseinheiten gesucht, die er eifrig studierte. Dabei stieß er auf die Telefonnummern einer Reihe von landesweit führenden Assistenzhundetrainern. Schon als kleinem Jungen war es Todd nie schwergefallen, zum Telefon zu greifen. In den folgenden Monaten baute er telefonische Kontakte zu einigen hervorragenden Assistenzhundetrainern auf. Mit Hilfe von ein paar Trainingstipps arbeitete er mehrere Wochen intensiv mit Gracie, und mittlerweile war die Hündin ein richtiger Profi, wenn es darum ging, Laura beim Aufstehen zu helfen.

Bei dem Kommando »Steh!« baute sie sich seitwärts vor Laura auf wie ein vierbeiniger Schemel. Sie spreizte die Beine leicht und sammelte ihre Kräfte. Laura legte eine Hand auf Gracies Hinterhand und die andere in die Nähe ihres Nackens, wo die Vorderbeine der Hündin Lauras Gewicht besser tragen konnten. Sie schwang den Oberkörper über den Körper des Hundes und stemmte sich hoch. »Brav, Gracie.«

Sobald Laura stand, legte sie die Rechte auf Todds Ellbogen. »Ich begleite dich nach draußen.«

Todd und Laura gingen hinaus, gefolgt von den beiden Hunden. Es war Neumond, die Sterne funkelten hell am nachtschwarzen, klaren Himmel. Sie blieben noch ein Weilchen neben der Fahrerkabine stehen, während der Motor warm wurde. Laura steckte die Hände in Todds Manteltaschen, um sie zu wärmen.

Wie auf ein Stichwort klingelte Todds Handy. Er überprüfte das Display, seufzte und zeigte es Laura. Mary Anns Anruf wurde auf die Mailbox weitergeleitet. »Manchmal liebt mich meine Mom zu sehr.«

Laura wandte sich von ihm ab. »Komm, Gracie. Todd muss sich auf den langen Heimweg machen«, sagte sie und verdrehte scherzhaft die Augen. »Rufst du mich noch an? Dann muss ich mir keine Sorgen machen, dass dich die Kojoten aufgefressen haben, die ich dort draußen immer heulen höre.«

Todd lachte. »Kojoten fressen keine Menschen.«

»Bist du dir sicher?«, fragte sie.

»Ach, du denkst wohl an Wölfe, oder?«

Laura knurrte. »Grrr! Also dann, bis morgen.«

Sie langte nach dem Griff an Gracies Geschirr und kehrte zu dem kleinen Ranchhaus zurück, in dem sie ihr Leben lang gewohnt hatte. Am Eingang drehte sie sich um und winkte Todd zum Abschied, während dieser losfuhr. Sie blieb noch einen Moment lang stehen und lauschte den Geräuschen des Motors, die sich langsam in der Ferne verloren.

Am Stadtrand überprüfte Todd die Nachrichten auf seinem Handy. Seine Mutter wollte immer noch, dass er kurz bei ihr vorbeischaute, bevor er ins Bett ging, oder, falls er dazu zu müde war, am nächsten Morgen, bevor er zur Arbeit ging. Die zweite Nachricht war eine, auf die er sehnlichst gewartet hatte. Brenda Williams, die Problemlöserin, bat um einen Rückruf am nächsten Morgen. »Jawohl!«, rief er laut und fühlte sich, als habe er einen kleinen Sieg errungen.

Die Sterne funkelten, am Straßenrand lag Schnee. In der Ferne sah Todd ein Reh im Scheinwerferlicht. Er beobachtete das Tier, wie es die Straße überquerte, und bremste ein wenig, um ihm Zeit zu geben, die andere Seite zu erreichen. Dann gab er wieder Gas und setzte seinen Heimweg fort.

Er parkte am Ende der Schotterzufahrt zum Haus seiner Eltern. »Komm, Christmas. Wir sind da.« Der Hund trottete hinter Todd her, als dieser durch die Hintertür ins Farmhaus ging.

George und Mary Ann warteten im Wohnzimmer auf ihn. Am Nachmittag hatte George aus den Zedern am Ufer des Kill Creek einen Weihnachtsbaum ausgesucht, ihn geschlagen und ins Wohnzimmer gestellt. Die Lichterketten und der Schmuck lagen noch in ihren

Schachteln. Mary Ann saß auf dem Sofa und strickte eine Decke für einen ihrer Enkel. Sie stand auf und umarmte Todd. George blieb auf seinem Lehnstuhl am Feuer sitzen und legte die Handkante zum Gruß an die Schläfe wie beim Militär. Todd holte stolz das Schreiben heraus, das er so mühevoll erstellt hatte, und reichte es seinem Vater. Dann ließ er sich auf dem Sofa nieder. »Ich habe meinen Lebenslauf geschrieben. Laura hat gemeint, er ist hervorragend.«

George las den Lebenslauf durch. Währenddessen trottete Christmas zum Kamin und machte es sich auf dem Boden bequem, den Rücken der Wärme zugekehrt. Erschöpft von den vielen Aktivitäten an diesem Tag, schlief er rasch ein. George gab Todd den Lebenslauf zurück. Er strahlte vor Stolz auf seinen Sohn. »Klingt ziemlich beeindruckend, würde ich sagen.«

Todd war sehr zufrieden mit sich. »Ich bin ziemlich gut, stimmt's?«

Mary Ann trat zu den beiden und drückte Todd einen Kuss auf den Kopf. »Du bist der Beste!«

»Danke, Mom.« Todd versuchte, seine Gedanken so weit zu sammeln, dass er seinen Eltern zumindest eine Zusammenfassung seiner Probleme liefern konnte. »Ich muss einen neuen Job finden und auch eine neue Unterkunft für unsere Hunde und Katzen. Hayley und ich konzentrieren uns auf die Hunde.« Todd lächelte seinen Dad liebevoll an. »Und Dad hat mir die Jobspeisekarte gegeben.«

George verbesserte seinen Sohn sanft. »Die Stellenanzeigen aus der Zeitung. In gewisser Weise sind sie eine Art Speisekarte, aber es geht dabei um Jobs, nicht um Essen.«

Mary Ann setzte sich neben Todd. »Dein Dad und ich haben uns unterhalten. Wir wollten dir noch einmal versichern, dass es für dich immer einen Platz auf der Farm gibt, entweder hier bei uns oder in Thornes Haus.« Christmas begann leise zu schnarchen.

George fügte seine eigenen Gedanken hinzu: »Damit meint deine Mom, dass wir nicht wollen, dass du dir Sorgen machst. Wir sind zuversichtlich, dass du die Sache hinbekommst. Du wirst es schaffen, auch wenn es vielleicht ein Weilchen dauert. Jetzt ist erst mal Geduld gefragt.«

Todd stand vom Sofa auf und setzte sich neben Christmas, um sich am Feuer zu wärmen. »Danke, Dad. Aber ich glaube, dass ich bald etwas finden werde. Je nachdem, was ich finde, möchte ich dann vielleicht auch nach Crossing Trails ziehen.«

Christmas schnarchte lauter. Todd kraulte den alten Labrador hinter den Ohren.

Mary Ann legte ihr Strickzeug weg. »Was soll das heißen?«

Todd ahnte, dass er mehr gesagt hatte, als er hätte sagen sollen. »Es hängt davon ab, wo ich einen Job finde. Vielleicht wäre es einfacher für mich, wenn ich in Crossing Trails leben würde – ihr wisst schon, näher bei der Arbeit.«

Als Todd vor einem Jahr gefragt hatte, ob er in die

Stadt ziehen könne, war der Umzug in Thornes Haus ein Kompromiss gewesen. Jetzt spürte George deutlich, wie zwei gegensätzliche Bedürfnisse aufeinanderprallten: Todds wachsende Bestrebungen nach Unabhängigkeit und Mary Anns brennender Wunsch, ihren Sohn vor der Welt zu beschützen, die ihn, wie sie befürchtete, nicht gut behandeln würde. Er versuchte, das Gespräch zu beenden, bevor die eine oder die andere Seite sich in eine unhaltbare Position verrannte. »Todd, im Moment sollten wir uns nicht den Kopf zerbrechen, wo du wohnen wirst. Darüber unterhalten wir uns, wenn du weißt, wo du arbeitest.«

Seine Mutter fügte noch hinzu: »Wir finden es schön, dass du hier in unserer Nähe wohnst.«

»Ich weiß.« Todd steckte die Hände in die Taschen und musterte seine Eltern und das Zuhause seiner Kindheit. Die Schließung des Tierheims hatte ihn dazu gebracht, über Dinge nachzudenken, über die er bislang noch nie hatte nachdenken müssen. Nach und nach veränderte sich seine Vorstellung davon, wo und wie er am besten in die Welt passte. Im Lauf des letzten Jahres und vor allem, seit er in Thornes Haus gezogen und Laura nähergekommen war, hatte Todd angefangen, sein Zuhause von dem seiner Eltern zu unterscheiden. Zu seinen Eltern zurückzuziehen kam ihm nicht wie ein Schritt in die richtige Richtung vor. Er wollte vorwärts.

Er erklärte: »Ich gehe jetzt heim.« Dann beugte er sich vor und tätschelte dem schlafenden Labrador sanft den Kopf. »Gute Nacht, Christmas.«

Todd stieg in seinen Truck und fuhr den Hügel hinab. In seiner Hütte schaltete er den Fernseher an, um seine Lieblingssendung auf *Channel Six* zu sehen: Brenda Williams, die Problemlöserin. In diesem noch sehr ländlichen Teil von Kansas gab es kein Kabelfernsehen. Todd hatte sich jedoch eine Satellitenschüssel geleistet, mit der er drei so genannte Lokalsender empfangen konnte, die in der über hundert Meilen entfernten Landeshauptstadt ausgestrahlt wurden. Normalerweise sah er sich landesweite Sendungen an, zum Beispiel *Animal Planet.* Dort wurden hauptsächlich Dokumentationen aus dem Tierreich gebracht. Und natürlich interessierten ihn sämtliche Sendungen, bei denen es um Hundeausbildung und -pflege ging. Doch abends hatte er sich angewöhnt, die Lokalnachrichten aus der Großstadt anzuschauen.

Channel Six brachte auch immer wieder Sendungen über die Rettung von Hunden. Jedes Jahr am Labor Day strahlten sie ihren Vermittlungsmarathon *Pet-a-thon* aus, der Todd besonders gut gefiel. An diesem Tag wurden rund um die Uhr Hunde über den Sender vermittelt.

In der heutigen Sendung wurde von einer älteren Dame berichtet, die einem Handwerker fünfhundert Dollar als Anzahlung für sechs neue wärmegedämmte Fenster in die Hand gedrückt hatte. Der Handwerker hatte versprochen, die Fenster einzubauen, bevor es richtig kalt wurde. Die alte Dame hatte ihm schon zahllose Male hinterhertelefoniert, doch bislang war er noch nicht aufgetaucht. Brenda Williams spürte ihn auf, zielte mit der Kamera direkt auf ihn und verlangte eine Erklärung.

Dann schwenkte die Kamera auf das Haus der älteren Dame. Dort war schon am nächsten Morgen der Handwerker erschienen und arbeitete jetzt mit Volldampf an dem Einbau der Fenster. Die alte Dame lächelte selig. Dramatische Musik ertönte, und eine tiefe Stimme dröhnte: »Problem gelöst!«

Todd war sehr beeindruckt und wiederholte den Wahlspruch laut: »Problem gelöst!«

Bei der nächsten Werbepause schrieb er Laura eine SMS: »Gut zu Hause gelandet.« Am nächsten Morgen wollte er sie gleich anrufen. Dann diktierte er sich selbst eine Nachricht: »Brenda anrufen.« Er stellte den Weckruf auf halb zehn. Selbst eine Städterin, die wahrscheinlich länger schlief, sollte um diese Zeit wach sein.

SIEBEN

Am nächsten Morgen klingelte Todds Handy pünktlich um halb zehn, und er rief Brenda Williams an, um ihr von den Sorgen des Tierheims zu berichten. Sie war fassungslos.

»Todd, das ist ja schrecklich! Wie kann man euren Tieren nur so etwas antun? Aber Hunde können schließlich nicht zur Wahl gehen, also sollte ich mich wohl nicht darüber wundern.«

»Ich glaube, es geht ums Geld«, fügte Todd hinzu.

»So wie immer. Ich fürchte, für die Stadt und den Bezirk angemessene Steuergelder einzutreiben, ist selbst für die Problemlöserin eine große Herausforderung.«

»Können Sie denn irgendetwas tun?«

»Vielleicht sollten wir ein gutes altmodisches Hunde-Sit-in organisieren. Wir könnten die Böden im Rathaus mit Zeitungspapier auslegen und die Hunde dorthin bringen. Vielleicht lenken die Verantwortlichen ein, wenn die Hunde ein paar Tage lang ihre Häufchen hinterlassen haben.«

Todd fand die Vorstellung lustig und lachte. »Das gefällt mir. Glauben Sie, das würde funktionieren?«

»Wahrscheinlich nicht. Aber ich denke noch ein bisschen darüber nach und rufe dich an, sobald mir etwas Realistischeres eingefallen ist.«

Laura bereitete für Todd und Hayley ein kleines Mittagessen zu und brachte es im Tierheim vorbei, um sie ein wenig aufzuheitern. Sie hatte auch ein paar selbst gebackene, bunt dekorierte Plätzchen eingepackt, die eine der Krankenschwestern des Gesundheitszentrums mitgebracht hatte. Im Pausenraum stellte sie ihre Mitbringsel auf den Tisch und suchte im Radio einen Sender, der den ganzen Tag lang Weihnachtslieder brachte. »Kommt her, ihr zwei«, rief sie. »Mal sehen, ob wir ein bisschen Feiertagsstimmung verbreiten können. Schließlich steht Weihnachten vor der Tür.«

Hayley warf einen Blick auf die Gaben, grummelte: »Pah, Blödsinn«, und kehrte zu ihrem Schreibtisch zurück, um ein paar E-Mails zu beantworten.

Laura blieb mit Todd am Tisch sitzen und plauderte mit ihm, während er es sich schmecken ließ. Sie versuchten, sich auf die bevorstehenden Herausforderungen zu konzentrieren. Christmas und Gracie saßen brav daneben.

»Wie viele Bewerbungen hast du denn schon verschickt?«, fragte Laura.

»Sieben. Ich habe mich für alle Jobs beworben, die mir passend schienen. Hayley hat mir heute Morgen geholfen, sie gleich loszuschicken. Mein Dad hat ein paar Anzeigen angestrichen, und Hayley hat noch einige weitere gefunden. Sie meint, vielleicht ruft bald jemand an, dem meine Bewerbung gefallen hat.«

»Welche Stellen haben dir denn am besten gefallen?«

»Meiner Meinung nach war die beste Stelle eine bei den *Paradise Valley Farms*. Das ist ein großer Milchbetrieb in der Nähe, und dort könnte ich mit Kühen arbeiten. Kühe sind zwar nicht so lustig wie Hunde, aber ich mag sie trotzdem. Am wenigsten hat mir die Anzeige von *Bargain Beds Motel* gefallen. Dort suchen sie eine Reinigungskraft.«

Als sich Laura vorstellte, wie Todd in einem Motel putzte und die Bettwäsche wechselte, musste sie kurz lächeln. Aber ihr war klar, dass die Sache nicht lustig war. Im Moment fiel es selbst überaus qualifizierten Leuten schwer, eine Stelle zu finden. Für Todd konnte es nahezu unmöglich sein. Für jede freie Stelle bewarben sich zahllose Kandidaten. Welche Chance hatte Todd bei so einem Andrang?

»Die Arbeit hier wird mir fehlen«, sagte Todd.

»Das weiß ich. Es wird auch mir fehlen, hier zu arbeiten und dich, Hayley und Doc Pelot zu sehen.«

Todd wollte nicht, dass Laura den Kummer und die Sorge in seinem Gesicht bemerkte. Deshalb beugte er sich nach unten und streichelte die Hunde.

Laura spürte die Traurigkeit, die in der Luft lag. Sie holte ihr Handy aus der Tasche. »Todd, ich würde gern unsere Terminkalender abgleichen.«

Todd sah erschrocken auf.

Laura fuhr fort: »Wir haben viel um die Ohren, und hier wird es drunter und drüber gehen, wenn wir uns nicht gut organisieren. Ich will nur dafür sorgen, dass keiner von uns einen wichtigen Termin versäumt. Deshalb sollten wir unsere Kalender abgleichen.«

Todd war bemerkenswert geschickt mit seinem Handy. Seine Finger hüpften zwischen den zahllosen Funktionen hin und her. Bei dem Symbol, das wie die Seite eines altmodischen Abreißkalenders aussah, öffnete sich die Kalenderfunktion. Er sah Laura erwartungsvoll an. »Ich bin bereit.«

»Heute ist Dienstag, der zehnte Dezember. Diesen Freitag brauchen wir bei unserem Mitarbeitertreffen eine Strategie, wie wir für rund fünfzig Hunde und Katzen in weniger als drei Wochen eine neue Bleibe finden können.«

Todd blickte auf seinen Kalender. Das Freitagstreffen war bereits notiert. »Okay, Freitag steht schon drin.«

»Gut. Und außerdem gehen wir zwei am Freitagabend zum Essen aus. Halbe-halbe, okay?«

Laura versuchte, Todd fest in die Augen zu blicken. Sie wartete, bis er es merkte. Als er ihren Blick erwiderte, legte sie die Hand sacht auf seine Rechte. Sobald sie sich sicher war, dass sie seine ungeteilte Aufmerksamkeit hatte, drückte sie seine Hand und beendete den Gedanken. »Das hast du noch nicht notiert, weil ich diese Verabredung gerade erst gemacht habe. Und jetzt verabreden wir uns noch zu ein paar weiteren Terminen. Ich werde da sein für dich, Todd. Egal, ob du im Tierheim arbeitest oder nicht.«

Als Todd begriffen hatte, was sie ihm damit sagen wollte, lief er rot an. Ihm wurde abwechselnd heiß und kalt. »Danke, Laura. Dann schieß los.«

»Notier dir doch bitte Mittwoch, den 18. Dezember. Meine Eltern hätten dich gern dabei, wenn wir als Weihnachtssänger um die Häuser ziehen.«

»Ich trag es ein, Laura«, erwiderte Todd. »Schon passiert.«

ACHT

Am frühen Nachmittag machten viele Patienten ein kleines Nickerchen. Da momentan ohnehin nicht viele Patienten da waren, war es im Gesundheitszentrum ziemlich ruhig. Laura und Gracie hatten unerwartet eine Stunde frei und schlenderten durch die Gänge. Sie kamen zur Tür eines ihrer Lieblingspatienten, Hank Fisher. Leise streckte Laura den Kopf ins Zimmer, um zu sehen, ob er wach war. Als Hank das Duo erblickte, war er sofort munter.

»Kommt doch rein und besucht mich!«

Lauras Beine machten ihr neuerdings Schwierigkeiten, und dann strahlten die Schmerzen oft bis in die Hüften aus. Trotzdem beklagte sie sich nie. »Ist es Ihnen recht, wenn ich mich setze?«

Hank deutete auf einen Stuhl. »Bitte schön!«

Er hatte in den letzten Jahren immer wieder mit Herzbeschwerden zu tun gehabt, und jetzt hatte er sich auch noch eine böse Grippe zugezogen. Zu Hause wollte er nicht das Bett hüten, wie er es eigentlich hätte tun sollen. Deshalb hatte seine Familie ihn ins Krankenhaus gebracht, wo ihm nichts anderes übrig blieb, als sich zu fügen. Hanks Frau war im Frühsommer gestorben.

Da Hank ein Nachbar der McCrays war, half George bei ihm zu Hause aus, während er im Krankenhaus lag. Hank und Doc Pelot waren ebenfalls alte Freunde. Sie waren die einzigen Überlebenden einer Gruppe, die vor vielen Jahren dazu beigetragen hatte, das Tierheim zu gründen. Seitdem pflegten sie eine innige Freundschaft. Doc Pelot beschrieb Hank bewundernd als den »Mann mit dem Geld«. Hank spöttelte zwar darüber, dass ein Milchbauer vermögend sein sollte, doch vor einigen Jahren hatte er zwanzigtausend Dollar für einige der nötigsten Renovierungsarbeiten im Tierheim gespendet.

Als Laura ihm berichtete, dass das Tierheim demnächst geschlossen werden sollte, regte sich Hank ziemlich darüber auf. »Ich wünschte, ich hätte gewusst, dass es dazu kommen würde. Welch eine Vergeudung meines schwer verdienten Geldes! Wenn ich nicht schon krank wäre, hätte das dafür gesorgt. Diese zwanzigtausend Dollar hätte ich genauso gut aus dem Fenster werfen können.« Er atmete tief durch, bis er sich wieder einigermaßen beruhigt hatte. »Na gut, wahrscheinlich hätte ich mein Geld auch in weit unsinnigere Einrichtungen stecken können. Man lernt nie aus.«

Hank fuhr mit seiner runzeligen Linken durch Gracies Fell. Sie blieb bei ihm stehen und blickte ihn dankbar an. Offensichtlich wusste sie seine Massage zu schätzen. In dem großen Krankenhausbett und zwischen den weißen Laken wirkte Hank klein und zerbrechlich. Aber er hatte noch immer eine stark ausgeprägte Meinung.

»Laura, je länger man lebt, desto klarer erkennt man,

dass es im Leben vieles gibt, was man einfach hinnehmen muss. Dennoch gibt es auch Zeiten, da muss man sich durchsetzen. Weißt du, Gandhi hat mal was über Tiere gesagt, was mir lange in Erinnerung geblieben ist.« Er hielt nachdenklich inne. »Als Doc Pelot und ich in den Siebzigern das Tierheim gründeten, wollte ich es sogar zu unserem Wahlspruch machen. Du weißt schon, es auf einen großen Stein oder so gravieren lassen und den Stein vor das Tierheim stellen, damit es jeder lesen kann. Ich habe nie die Zeit dafür gefunden. Wahrscheinlich hätte ich sie mir nehmen sollen.«

Laura lehnte sich an die Bettkante, um sich abzustützen. »Erinnern Sie sich noch, was er gesagt hat?«

»Na klar. Nun, zumindest sinngemäß. Er sagte, die Größe einer Nation ließe sich daran ermessen, wie sie ihre Tiere behandelt. Das sollte einen zum Nachdenken bringen, wie es um uns bestellt ist. Teilst du seine Meinung?«

»Unbedingt, Mr Fisher. Mir ist klar, was er damit meinte. Und ich kenne diese Botschaft auch in anderen Worten.« Das Gandhi-Zitat gehörte zu Lauras Lieblingszitaten. Sie senkte kurz den Kopf, weil sie nicht wusste, ob sie sagen sollte, woran sie gerade dachte. Dann fuhr sie fort: »Was ihr einem der geringsten meiner Brüder getan habt, habt ihr mir getan.«

Hank lächelte. »Genau. Auch das könnte auf unseren Gedenkstein graviert werden. Aber du hast es ganz richtig verstanden. Es bedeutet, dass wir nicht tatenlos herumsitzen dürfen.« Mit einem Schalter stellte er das

Kopfteil seines Bettes hoch, bis er beinahe aufrecht saß. »Nun, junge Dame, diese Gesinnung gefällt mir. Also – was sollen wir tun?«

»Was können wir denn tun?«

»Eine ganze Menge.«

Todd legte das letzte Plätzchen aus Lauras Lunchpaket in die Mikrowelle. Plätzchen schmeckten am besten warm, fand er. Nachdem er es verspeist hatte, machte er sich an seine Nachmittagspflichten. Etwa zwanzig Minuten später rief ihn sein Vater an. Er fragte ihn, ob es ihm recht wäre, wenn er einen alten Bekannten kontaktierte, der bei *Paradise Valley Farms* arbeitete – dem Milchbetrieb, der in der Zeitung annonciert hatte. Todd hatte auch seinen Eltern erklärt, dass ihm dieser Job am besten gefallen würde.

»Warum willst du ihn anrufen?«, fragte Todd.

»Ich wollte ihm nur sagen, dass du dich um die Stelle beworben hast und dass du tüchtig zupacken kannst. Vielleicht schauen sie sich deine Bewerbung dann genauer an. Es schadet nicht, wenn man Leute kennt, die ein gutes Wort für einen einlegen können.«

»Wann soll ich anfangen?«

»Todd, ich habe nicht gesagt, dass ich dir den Job besorgen kann. Ich sage nur, dass ich dort anrufen und nachfragen kann, wie es aussieht. Was sie genau wollen und so weiter.«

»Okay. Sag mir Bescheid, wenn du was weißt.«

Manchmal stellte die Behinderung seines Sohnes

Georges Geduld auf die Probe, aber er fasste sich stets rasch wieder. Dann lächelte er nur, staunte, wie Todds Kopf funktionierte, und wurde wieder gelassen. Er überlegte, ob er Mary Ann anrufen und ihr von dem jüngsten Streich ihres Sohnes in der Kunst, einen Job zu ergattern, berichten sollte. Dann jedoch beschloss er, stattdessen bei Ed Lee anzurufen. Er durchsuchte sein altes Adressbuch, bis er auf die Nummer stieß. Seit Jahren hatte er mit Ed nichts mehr zu tun gehabt. Ob der sich überhaupt noch an ihn erinnerte?

Bis Anfang der Achtziger hatten Ed Lee und George kleine Milchfarmen in unterschiedlichen Teilen von Cherokee County unterhalten. Große Unternehmen hatten sie und die meisten kleineren Betriebe aus dem Geschäft gedrängt. Georges Nachbar im Westen, Hank Fisher, bildete die bemerkenswerte Ausnahme. Nachdem Ed seinen Betrieb geschlossen hatte, trat er nach dem Motto »Wen man nicht besiegen kann, mit dem muss man sich verbünden« eine Stelle als Manager bei *Paradise Valley Farms* an. George hingegen hatte sich von der reinen Milchwirtschaft auf einen Bereich verlegt, in dem sich die kleinräumige Landwirtschaft noch lohnte. Er baute vor allem Feldfrüchte wie Weizen, Sojabohnen und Mais an, und daneben hielt er noch ein paar Dutzend Rinder als Schlachtvieh, um auch im Winter etwas zu tun zu haben. Seine Farm warf nicht viel Gewinn ab, aber zusammen mit seiner Kriegsversehrtenrente – im Vietnamkrieg hatte er eine Beinverletzung erlitten – und Mary Anns Gehalt als Lehrerin kamen sie ganz gut über die Runden.

Ed und George waren sich früher gelegentlich bei den Treffen der Milchbauernkooperative begegnet und später dann noch ein paar Mal in der Stadt. Ed erinnerte sich tatsächlich noch an ihn. Sie plauderten ein paar Minuten über die Milchwirtschaft, bevor George auf den Grund seines Anrufes zu sprechen kam. Er versuchte, möglichst offen über seinen Sohn und dessen Behinderung zu reden. »Todd ist ein tüchtiger Arbeiter«, sagte er. »Er ist nur manchmal etwas schwer von Begriff. Schneller geht es, wenn man ihm zeigt, was er zu tun hat, und nicht nur erklärt.«

Ed schien das nicht weiter zu stören. »Bei der Stelle, um die sich dein Sohn beworben hat, geht es vorwiegend um rein manuelle Tätigkeiten – die Zementböden reinigen, die Wände schrubben, solche Dinge eben. Kann er das?«

»Das kann er mit Sicherheit. Aber seine wahre Liebe gilt den Tieren.«

»George, wir sind ein sehr großer Milchbetrieb. Mit den Kühen haben wir kaum etwas zu tun. Heutzutage ist alles automatisiert. Wirklich ganz erstaunlich. Nicht so wie früher. Komm doch mal vorbei, wenn du Lust hast, und schau es dir an. Überall stehen Computer rum.«

»Hm.« George wusste nicht recht, was er von Ed Lees Bemerkungen halten sollte. Er beschloss, dass es Todds Sache war, es für sich selbst herauszufinden. »Nun, Todd arbeitet gern mit Tieren. Ich nehme mal an, das ist ein Vorteil.«

»Vielleicht. Aber er muss begreifen, dass unser Viehbestand etwas anderes ist als die Haustiere in einem Tierheim. Unsere Kühe sind eine Investitionsmasse. Sie müssen möglichst viel Milch produzieren, und wenn sie das nicht tun, kommen sie zum Schlachter.«

Nun war George klar, worauf sein alter Bekannter hinauswollte. »Wenn du ihn zu einem Gespräch einladen willst, rede ich mit ihm darüber und sehe zu, dass er das begreift.«

Ed dachte kurz nach, dann beschloss er, das Risiko einzugehen. Der Job war seit Langem unbesetzt, sie brauchten dringend jemanden für diese Arbeit. »George, ich würde zumindest gern mit Todd reden. Wenn möglich, greife ich ihm gern unter die Arme. Sag ihm, dass er mich anrufen soll, dann vereinbaren wir einen Gesprächstermin. Natürlich kann ich dir darüber hinaus nichts versprechen.«

Ganz oben auf Hayleys Liste der wesentlichen Voraussetzungen für ein ordentlich geführtes Tierheim stand tadellose Sauberkeit. Einem Besucher fiel sofort auf, dass es hier klinisch sauber und nahezu geruchsfrei war. Viele Leute seien so abgestoßen von den Ausscheidungen der Tiere, hatte sie Todd erklärt, dass sie sich beim ersten Blick auf einen schmutzigen Zwinger abwandten und gingen. Todd und Hayley führten jeden Hund mehrmals am Tag ins Freie, und nach Möglichkeit reinigten sie die Zwinger zwei Mal am Tag, um die unvermeidbaren Hinterlassenschaften zu beseitigen.

Am Spätnachmittag hatte Todd gerade die letzten

Käfige gesäubert und danach Laura angerufen, um sich bei ihr für den Mittagsimbiss zu bedanken, als Doc Pelot hereinschneite. Er zog so heftig an seiner Pfeife, dass sie rauchte wie eine alte Dampfmaschine. Gemeinsam mit Todd überprüfte er den Gesundheitszustand der Tierheimbewohner. Unterwegs gesellte sich Hayley zu ihnen. Sie wollte gern mit ihnen eine Tagesordnung für das Mitarbeitertreffen am kommenden Freitag festlegen. Doch bevor sie die Sprache darauf bringen konnte, sah Doc Pelot sich um und fragte: »Wie viele Viecher haben wir denn heute?«

Hayley warf einen Blick auf ihre Bestandsliste. »Diese Woche ging es auf und ab. Momentan sind es achtundvierzig.«

Fünfzig war die Obergrenze. Doc Pelot runzelte die Stirn. »Du meinst also, wir sind praktisch voll?«

Hayley zuckte mit den Schultern. »Ich fürchte, so ist es. Aber ich habe mich bemüht, publik zu machen, dass wir keine neuen Gäste mehr aufnehmen können. Auch in der Zeitung soll ein Hinweis darauf erscheinen. Doch den wird wohl nicht jeder lesen. Ich freue mich wahrhaftig nicht darauf, ein Tier abzulehnen. Aber was bleibt uns anderes übrig?« Hayley sah ihre Begleiter an, als wolle sie sagen: »Ich kann nichts dafür!«

Der Tierarzt ließ sich weiter über das Problem aus. »Das Schlimme ist, dass die meisten lokalen Tierheime nur Tiere aus ihrem Einzugsbereich aufnehmen. Wo sollen die Tiere aus unserem Gebiet in Zukunft hin?«

Da keiner der drei irgendwelche Erfahrungen mit der

Schließung eines Tierheims hatte, drehten sie sich in der nächsten halben Stunde mehr oder weniger im Kreis und machten kaum Fortschritte bei den Ideen, die sie am Freitagstreffen vorbringen wollten. Todd versuchte, Hayley zu unterstützen, indem er ihr vorschlug, das zu tun, was sie auch bei allen anderen Problemen tat. »Sollen wir eine Liste machen?«

Doc Pelot gefiel der Vorschlag. Er tappte zweimal mit seinem Stock auf den Zementboden wie der verdiente Staatsmann, der er ja schließlich auch war. »Diese Aufgabe ist zu groß für uns. Wir müssen das Problem in kleinere Stücke zerteilen und uns besser organisieren. Ich mache mir keine Gedanken darüber, wie man das Gebäude zum Abriss vorbereiten soll. Das ist nicht unser Problem. Konzentrieren wir uns auf die Hunde und die Katzen.«

Hayley steckte erst einmal den zeitlichen Rahmen ab. »Bis zur Schließung bleiben uns nur noch zwanzig Tage. In den nächsten Tagen sollten wir versuchen, ein paar Ideen zu sammeln, wie wir die Vermittlungsraten steigern können.«

Sie deutete auf die Zwinger. »Ricky, Curly, Dylan, Variable Rate, Sylvester, Freddy Mac, Ranger, Hulk, Bird Dog und ein paar andere hängen hier schon ziemlich lange rum. Womöglich können wir in einer derart kurzen Zeit nicht alle Hunde und Katzen vermitteln. Ich habe schon bei Tierheimen in der ganzen Region angerufen und gefragt, ob sie uns aushelfen können. Ihr wisst schon, im Notfall.« Sie sah Todd an. Wie würde er reagieren? Doch Todd wandte sich nur wortlos von ihr ab.

Doc Pelot pflichtete ihr bei. »Mehr können wir nicht tun. Soweit ich das einschätzen kann, bleibt uns nichts anderes übrig. Bei einer derart hohen Belegrate werden wir andere Tierheime um Hilfe bitten müssen.«

Todd blieb stumm und fing an, mit seinen roten Turnschuhen an einen Käfig zu klopfen. Hayley hatte den Eindruck, dass er mit den Füßen scharrte wie ein unruhiges Pferd. Sie wusste auch, warum. Selbst auf die Gefahr hin, den alten Tierarzt zu verärgern, fand sie, dass es besser war, alles auf den Tisch zu bringen. »Was ist los, Todd?«

Todd drehte sich wieder zu Hayley und Doc Pelot um. Diese Frage war eine der wenigen, bei der die drei nicht einer Meinung waren. Früher hatten sie versucht, das Problem irgendwie klammheimlich zu umschiffen, aber jetzt musste es einfach zur Sprache gebracht werden. Nervös rieb sich Todd die Nase, dann zog er an einer Strähne seines hellbraunen Haars, die ihm in die Stirn hing. Schließlich hatte er sich gesammelt. Er hörte auf herumzuzappeln, straffte die Schultern und erhob selbstbewusst die Stimme. »Mir gefällt die Idee nicht. Mir gefällt es nicht, wenn unsere Hunde und Katzen in andere Tierheime verlegt werden.« Er hielt inne und atmete tief durch. »In diesen anderen Heimen werden Tiere getötet.«

Hayley war beeindruckt, dass er sich der Realität stellte. Gleichzeitig betrübte es sie, so schonungslos daran erinnert zu werden. Tief seufzend meinte sie: »Auch mir gefällt das nicht. Aber wir können es uns nicht immer aussuchen. Diesmal am allerwenigsten.«

Doc Pelot versuchte, die Debatte abzuwürgen, bevor

sie richtig Fahrt aufnahm. »Hört mal zu: So schlimm es auch ist, die Hunde in Tierheime zu stecken, in denen die Tiere nach einer bestimmten Verweildauer getötet werden, es ist trotzdem weit besser, als dass ich gebeten werde, fünfzig Hunde und Katzen an irgendeinem Nachmittag in naher Zukunft einzuschläfern, weil wir kein Zuhause für sie gefunden haben. Das hat mir die Stadt nämlich aufgetragen. Ich werde es nicht tun. Also müsst ihr zwei euch etwas anderes einfallen lassen. Aber ich würde sagen, wenn wir das Glück haben, ein paar Tierheime zu finden, die uns aushelfen, dann sollten wir lieber nicht die Nase rümpfen oder eine helfende Hand ablehnen. Es geht eben nicht anders.«

Todd fühlte sich in die Ecke gedrängt und wusste nicht, wie er sich verhalten sollte. Dennoch konnte er sich mit dieser Möglichkeit nicht abfinden. »Ich werde Familien für alle auftreiben.«

»Dann wirst du dich beeilen müssen. Wir haben noch knapp drei Wochen, und achtundvierzig Hunde und Katzen brauchen ein neues Zuhause. Das ist ein ziemlich schwieriger Auftrag.« Frustriert schlurfte Doc Pelot davon. Sosehr Todd – der junge Idealist – an das Gute in der Welt glaubte, ihm – dem alten Tierarzt – oblag es, sich mit dem Mist auseinanderzusetzen, den die wahre Welt fabrizierte.

Nachdem Mary Ann aus der Schule heimgekommen war, machte sie sich gemeinsam mit George daran, die Einladungen für ihre alljährliche Weihnachtsparty zu schreiben. Das Fest fand am letzten Sonntag vor Weihnachten statt, und zwar seit fünfzig Jahren. In Anbetracht dieses Jahrestages meinte George, dass es vielleicht sinnvoller wäre, die Leute nur dann zu benachrichtigen, wenn die Party einmal nicht stattfand. Das würde ihnen viel Arbeit ersparen.

Mary Ann massierte ihm die Schultern, um ihm zu zeigen, dass sie ihm für seine Hilfe dankbar war. »Kein schlechter Versuch, George. Trotzdem – schreib einfach weiter.«

George erwähnte seinen Anruf bei Ed Lee.

»Glaubst du, er hat Interesse an Todd?«, fragte Mary Ann.

»Ich denke, wenn es völlig aussichtslos wäre, hätte er nicht angeboten, ihn zu einem Vorstellungsgespräch einzuladen. Er meinte, in diesem Gewerbe habe sich in den letzten zwanzig Jahren viel verändert. Nun sei es ein riesiges Unternehmen mit vielen Computern.«

»Das ist doch klar, George. Aber was, glaubst du, wollte er dir damit sagen?«

»Ich weiß es nicht so recht«, erwiderte er ausweichend. Das war einfacher, als das zu sagen, was er vermutete: dass es in einem modernen, hoch technisierten Milchbetrieb wohl nicht viele Arbeitsmöglichkeiten für Todd gab. Dennoch war es ein Job, es war ein Anfang.

»Wann kommt Todd heim?«

»Bald. Ich habe ihm gesagt, dass wir ein Gedeck für ihn auflegen und dass es eine seiner Leibspeisen gibt – Nudelauflauf mit Thunfisch.«

»Ich mache das Essen fertig, wenn du den Tisch deckst.«

»Abgemacht.«

Etwa zwanzig Minuten später tauchte Todd durch die Hintertür in der Küche auf, küsste seine Mom auf die Wange und fragte: »Also, was sind das für tolle Nachrichten, die Dad für mich hat?«

Mary Ann deutete auf das Wohnzimmer. »Geh rein und frag ihn.«

Todd setzte sich auf einen Stuhl gegenüber dem Lehnstuhl, in dem sein Vater saß. Christmas ließ sich neben ihm nieder, und Todd steckte die Hand unter sein Halsband.

George blickte von der Zeitung auf. »Hallo, die Herren. Wie geht es euch?«

»Uns geht's gut.«

Todd sah George erwartungsvoll an, und selbst in Christmas' Blick schien eine gewisse Erwartung zu liegen. Aber der Hund schien auch ganz froh, dass er nach einem langen Arbeitstag mit Todd wieder zu Hause war. Das Tierheim war ein ziemlich turbulenter Ort für einen älteren Hund. Er hätte sich bestimmt auch mit einem Plätzchen vor dem Kamin zufriedengegeben. George fragte sich, ob es für Christmas nicht an der Zeit war, sich von seinen Tierheimpflichten mit Todd zurückzuziehen und seine Tage etwas langsamer angehen zu lassen. Dann fiel ihm ein, dass das ohnehin passieren würde, ob es nun für den Hund an der Zeit war oder nicht. George war ein bisschen traurig, dass der Hund immer älter wurde.

»Ihr macht beide einen guten Eindruck auf mich, aber vielleicht seid ihr auch etwas müde.«

Christmas wedelte mit dem Schwanz und stand auf. George rief ihn zu sich und streichelte ihn ausgiebig. Dankbar stupste der Hund ihn mit der Schnauze an, als wolle er sagen: *Ja, George, ich habe dich vermisst. Und mir wird es sehr recht sein, wenn meine Tage etwas ruhiger sind.*

Nachdem er dem alten Hund die ihm zustehende Beachtung geschenkt hatte, wandte sich George wieder an seinen Sohn. »Ich hatte dich gebeten vorbeizukommen, weil ich gute Nachrichten habe. Du wirst zu einem Vorstellungsgespräch in den Milchbetrieb eingeladen. Ed Lee, mein alter Freund, von dem ich dir erzählt habe, meinte, du sollst ihn anrufen. Glaubst du denn, es wird dir Spaß machen, mit Kühen zu arbeiten?«

Todd zögerte nicht. »Ich mag Kühe. Aber Hunde sind mir lieber.« Als Nächstes kam er gleich auf die Details zu sprechen. »Wie viel Geld verdiene ich dort?«

George hob die Hand wie ein Verkehrspolizist. »Immer mit der Ruhe, Todd. Nicht so schnell. Ich habe gesagt, du sollst dich dort vorstellen. Vergiss nicht, das heißt nur, dass sie mit dir reden wollen. Wenn sie glauben, dass du für die Stelle der Richtige bist, dann werden sie sie dir anbieten und dir auch sagen, was du verdienst.«

»Ich glaube, ich bin der Richtige.«

»Schauen wir mal. Das glauben die meisten Leute von sich.« George versuchte, Todd klarzumachen, worum es in einem Bewerbungsgespräch ging. Dann beherzigte er Ed Lees Rat und wies seinen Sohn noch einmal ausdrücklich auf den Unterschied zwischen einem Tierheim und einem Milchbetrieb hin. »Todd, sei dir darüber im Klaren, dass es in einem großen Milchbetrieb darum geht, Geld mit Kühen zu verdienen. In einem Tierheim hingegen geht es nicht darum, Geld mit Hunden zu verdienen. Der Milchbetrieb ist ein wirtschaftliches Unternehmen.«

»Ich mag Geld.«

George versuchte, es noch klarer auszudrücken. »Im Tierheim geht es darum, für die Sicherheit von Hunden und Katzen zu sorgen. Im Milchbetrieb geht es darum, Milch zu produzieren. Das ist etwas ganz anderes.« George wusste nicht, wie er es besser erklären konnte, versuchte es aber dennoch ein weiteres Mal: »In einem Milchbetrieb sind die Kühe wie Arbeiter, die lange dort bleiben. In einem Tierheim sind die Hunde wie Gäste oder Freunde, die eine Zeit lang bei einem übernachten und dann in ihr neues Zuhause umziehen.«

Todd blickte auf Christmas, als suchte er Bestätigung, dann meinte er: »Ich habe darüber nachgedacht, wie es sein wird, wenn ich keinen Job habe. Ich denke, ich sollte mich bemühen, dass es klappt, auch wenn ein Milchbetrieb etwas anderes ist als ein Tierheim.«

George pflichtete ihm bei. »Du hast recht. Dieser Job ist wahrscheinlich der beste auf der Jobspeisekarte.« Er reichte Todd einen Zettel. »Hier ist die Telefonnummer. Ruf Ed Lee gleich morgen an und vereinbare einen Termin mit ihm. Und dann überlegst du dir, was du von der Sache hältst.«

NEUN

Am Donnerstagnachmittag legte Todd eine kleine Pause ein, nachdem er dem letzten Hund ein wenig Bewegung verschafft hatte, und fuhr zum Tanken. Dabei rief er Ed Lee an und bestätigte noch einmal seinen Vorstellungstermin. Dann überprüfte er seine Nachrichten. Brenda hatte sich gemeldet. Todd rief sie gleich zurück. Sie hatte ein paar Ideen, die sie noch recherchieren wollte, und fragte nun, wann sie sich mit ihm und Hayley darüber unterhalten könne, am besten in einer Telefonkonferenz. Todd überprüfte seinen Terminkalender. Schließlich vereinbarten sie ein Gespräch am Freitag während des Mitarbeitertreffens im Tierheim. Brenda gab Todd noch den vielversprechenden Hinweis: »Ich finde die Sache immer spannender. Ich muss nur noch ein paar Leute überreden, uns zu helfen.«

»Sie sind die Problemlöserin.«

Am Freitagvormittag versammelten sich Todd, Laura und Doc Pelot zu ihrem wöchentlichen Treffen um Hayleys Schreibtisch. Diesmal ging es nicht um Hundefutter oder Herzwurmdiagnosen. Sie bemühten sich verzweifelt, ein paar Strategien zu entwickeln, um ihre Schützlinge zu retten und die zukünftigen Nöte eines Bezirks anzusprechen, der bald kein Tierheim mehr haben würde. Alle hatten sich vorgenommen, mit mindestens einer oder zwei Ideen zum Treffen zu kommen. Todd berichtete, dass er die Problemlöserin eingeschaltet hatte, sie jedoch noch ein Weilchen warten müssten, bevor sie mit ihr sprechen konnten. »Sie arbeitet bis spät in die Nacht bei den Abendnachrichten. Also steht sie wahrscheinlich nicht so früh auf.«

Als Nächste trug Hayley ihre Idee vor. Sie schlug vor, die vorhandenen Käfige und andere bewegliche Gegenstände einem gleich gesinnten Tierheim zu spenden – und im Gegenzug darum zu bitten, vier oder fünf Hunde und Katzen dorthin verlegen zu dürfen. Da keine Gegenstimmen laut wurden, versprach sie, Erkundigungen einzuholen.

Laura versuchte, ihr Gespräch mit Hank Fisher zusammenzufassen. »Er hat mir gesagt, dass er mit seinem Anwalt und der Bürgermeisterin über die Möglichkeit gesprochen hat, unser Tierheim in einen privaten, nicht gewinnorientierten Betrieb umzuwandeln.«

Doc Pelot war zwar schon älter, doch sein Gedächtnis funktionierte noch einwandfrei. »Hank und ich haben schon vor Jahren über diese Idee gesprochen, noch bevor der Bezirk und die Stadt sich bereit erklärten, eine Patenschaft für das Tierheim zu übernehmen. So etwas wäre nur mit Spenden zu finanzieren, und Spenden aufzutreiben ist heute alles andere als leicht.«

Laura pflichtete ihm bei. »Das stimmt. Aber Hank glaubt, dass man in Crossing Trails eines Tages vielleicht auch eine etwas kleinere Einrichtung unterhalten könnte, bei der man auf die finanzielle Unterstützung des Bezirks verzichten kann. Ich soll euch ausrichten, dass es ihm schon viel besser geht. Er hofft, in den kommenden Tagen wieder so weit bei Kräften zu sein, dass er diese Ideen weiter verfolgen kann. Außerdem meinte er …« – Laura versuchte, die tiefe, raue Stimme des Alten nachzuahmen – »sag ihnen, dass sie sich gut um meine Hunde kümmern sollen.«

»Sag du ihm, dass er sich um seine Gesundheit kümmern soll, und dass es meinen Hunden und Katzen recht gut geht.« Doc Pelot zündete seine Pfeife an und kam wieder auf seine Hauptsorge zu sprechen. »Mir ist auch etwas eingefallen. Wie wär's, wenn wir die Handelskammer kontaktieren und ihre Mitglieder dazu bringen, die Patenschaft für einen Hund oder eine Katze zu übernehmen? Sie könnten sich tagsüber eines von unseren Tieren holen und es herumzeigen, und sie könnten ihre Kunden per E-Mail über diese Aktion informieren. Es wäre ein Weg, um unsere Tiere ins Licht der Öffentlichkeit zu rücken.«

Die anderen waren beeindruckt, wie gewitzt ihr alter Freund in Sachen Marketing war. Hayley redete ihm zu, diese Idee weiter zu verfolgen. »Klingt gut. Können Sie das übernehmen?«

»Schätzchen, ich bin nicht zu alt, um zum Telefon zu greifen.«

Todd warf einen Blick auf die Uhr. »Wir müssen Brenda anrufen.«

Hayley schaltete den Lautsprecher an ihrem Schreibtischtelefon ein und wählte die Nummer des Fernsehsenders.

Nachdem sie alle begrüßt hatte, kam Brenda sofort auf das zu sprechen, was ihre Stärke war – das Lösen von Problemen. »Es tut mir schrecklich leid, dass das Tierheim schließen muss. Ich habe mich mit einer Idee beschäftigt, die vielleicht etwas bringt, auch wenn sie nicht besonders originell ist. Ich habe eine Sendung von einer unserer Tochtergesellschaften in Minnesota gesehen und mir gedacht, dass wir hier vielleicht etwas Ähnliches durchziehen könnten. Meinen Recherchen zufolge stammen nur etwa zwanzig Prozent aller Haustiere aus Tierheimen.«

Hayley bestätigte diese Zahl. »Das stimmt, und das ist natürlich auch ein Problem für uns. Die Leute bilden sich immer ein, dass sie eine ganz besondere Hunderasse brauchen. Und dann wenden sie sich an einen Züchter, oder sie kaufen sich spontan einen Hund in einer Zoohandlung.«

»Wie wär's, wenn ich euch für einen Nachmittag einen Raum in einem der bestbesuchten Einkaufszentren im Mittleren Westen besorgen würde? Dann könntet ihr eure Tiere Tausenden von Kunden vorstellen.«

Laura war sofort Feuer und Flamme. »Das wäre weit besser, als darauf zu warten, dass die Leute zu uns kommen. Aber wie wollen Sie das bewerkstelligen?«

»Zuerst bin ich zu unserem Nachrichtenchef und habe mich durch Hunderte von Pressemitteilungen gearbeitet. Dabei bin ich dann auf eine Anfrage der *Mall of the*

Prairie gestoßen. Sie hätten gern, dass wir eine Story über ihren Weihnachtsmann, ihre Rentiere und ihren riesigen Baum bringen. Das tun wir aber nicht, weil solche Sachen keinen Nachrichtenwert haben. Ich habe Joan, unsere Leiterin der Abteilung Öffentlichkeitsarbeit, angerufen und ihr einen Vorschlag unterbreitet, wie man das Weihnachtsevent bei der *Mall of the Prairie* so gestalten könnte, dass es eine Nachricht wert ist. Vielleicht stellt uns die Geschäftsführung einen Nachmittag lang einen tollen Standort zur Verfügung, und zwar gratis. Natürlich setzen sie darauf, dass kuschelige warme Welpen und Kätzchen unter Umständen eine größere Anziehungskraft besitzen als ein alter Mann in einem roten Anzug.«

Auch Hayley erkannte, worauf Brenda hinauswollte. »Und wann soll dieses große Ereignis stattfinden?«

»Das ist das Problem. Am Sonntag.«

Laura kippte die Kinnlade nach unten. »Sie meinen diesen Sonntag? In drei Tagen?«

»Richtig. Wenn ihr interessiert seid, sage ich Joan Bescheid, dass sie euch anruft. Dann könnt ihr alles Weitere besprechen.«

Doc Pelot wäre es egal gewesen, wenn sie schon in drei Stunden hätten antreten müssen. »Sagen Sie ihr, dass sie sich bei uns melden soll. Wir sind dabei!«

»Allerdings kann ich die Story nicht nur über euer Tierheim machen. Deshalb berichte ich von allen Tierheimen in der Gegend, konzentriere mich aber auf euren Auftritt im Einkaufszentrum als Hintergrund. Das bringt euch bestimmt zusätzliche Beachtung ein.«

»Das ist gut. Das machen wir!« Todd hoffte, dass seine Freunde ebenso begeistert waren wie er.

Am Ende des Treffens waren alle etwas erleichtert. Todd war froh, dass Brendas Idee allen gefallen hatte. Aber er hatte während der Besprechung immer wieder an seine Verabredung mit Laura denken müssen. Bevor sie ging, zog er sie kurz zur Seite, um mit ihr über ihre geplante Verabredung zum Essen zu sprechen. »Glaubst du, dass wir statt halbe-halbe auch jeder eine ganze Portion bestellen könnten? Pizza zum Beispiel?«

Laura lachte. »Todd, mit halbe-halbe meinte ich getrennte Kassen, sonst nichts.«

Je wohler sich Todd in seiner Beziehung mit Laura fühlte, desto weniger peinlich waren ihm seine falschen Schlüsse. So etwas steckte er mittlerweile bei ihr ganz locker weg. Er dachte nur kurz darüber nach, dann meinte er: »Ach so, das wusste ich nicht. Können wir trotzdem Pizza essen?«

Laura umarmte ihn sanft. »Na klar. Salami?«

»Bis später.«

Laura und Todd hatten die Füße auf die Holzkiste gelegt, die in Todds Hütte als Couchtisch diente, und verputzten eine Familienpizza mit extra viel Käse und Salami und dazu noch ein bisschen Knabbergebäck. Schließlich lehnten sie sich zurück, satt bis zum Anschlag. Todd nahm die Fernbedienung zur Hand, um ein Video über Hundeausbildung anzuschauen, das ihm am Vortag per Post zugestellt worden war. Anfangs wurde eine professionelle Ausbilderin bei ihrer Arbeit mit den Hunden und deren menschlichen Partnern gezeigt, denen die Tiere bald zugewiesen werden sollten. Jedes Team aus Mensch und Hund führte vor, wie es bei diversen Aufgaben zusammenarbeitete. Die Stimme im Hintergrund erklärte: »Die *Heartland School for Dogs* ist eine gemeinnützige Einrichtung, die Hunderten von Bedürftigen in über vierunddreißig Staaten Blinden-, Begleit- und Assistenzhunde zur Verfügung stellt.« Die Kamera schwenkte auf einen Hund, der einem Mann im Rollstuhl half, sein Hemd zu wechseln. Der Hund nahm den Ärmelaufschlag ins Maul und zog behutsam daran.

Todd war ein glühender Anhänger der *Heartland School for Dogs* und hatte schon mehrmals mit Julie Bradshaw, der Ausbildungschefin, telefoniert, die auch in dem Video zu sehen war und mit Hunden äußerst geschickt umgehen konnte. Schüchternheit war Todd völlig fremd. Wenn er einmal auf einer bestimmten Trainingsebene mit Gracie nicht mehr weiterkam, griff er einfach zum Telefon und beschrieb seiner neuen Freundin Julie das Problem. Sie half ihm stets mit Freuden und ließ sich auch gern von Gracies und Lauras aufblühender Partnerschaft berichten.

Je mehr Zeit Laura mit Todd verbrachte, desto mehr ließ sie sich von seinem Kleidungsgeschmack beeinflussen. Mittlerweile trug sie schwarze Converse Sneakers. In ihrer Freizeit tauschte sie ihre blütenreine Schwesterntracht ohnehin schon immer gern gegen ausgebleichte und löchrige Jeans ein. Für ihre Verabredung mit Todd hatte sie beschlossen, das Pet-a-thon T-Shirt zu tragen, das Todd ihr geschenkt hatte. Er hatte es gegen eine Spende von fünfundzwanzig Dollar bekommen. Als sie es zum ersten Mal trug, meinte er: »Dir steht es auf jeden Fall wesentlich besser als mir.«

Christmas saß aufrecht da. Todds linker Arm ruhte auf ihm. Auch der Hund schien das Geschehen auf dem Bildschirm aufmerksam zu verfolgen. Gracie hatte eine ähnliche Position unter Lauras rechtem Arm eingenommen und war genauso gebannt wie Christmas. Der Unterricht war in vollem Gang. Vier Paar Augen waren wie verzaubert von den Fertigkeiten, die sie zu sehen bekamen.

Nach einer Viertelstunde legte Todd eine Pause ein. Er unterbrach die Vorstellung und blickte auf den weißen Retriever. Mit fester Stimme sagte er ihren Namen. So zeigte er ihr, dass er sie gleich auffordern würde, einen Befehl auszuführen. »Gracie!« Nachdem er sich sicher war, dass er die Aufmerksamkeit der Hündin auf sich gezogen hatte, erteilte er ihr eine komplexe Reihe von Befehlen. Er hatte sie zwei Monate lang am Freitagnachmittag mit Gracie geübt, bis sie saßen. »Kühlschrank!«

Obgleich er anfangs dachte, er würde genauso vorgehen wie in dem *Heartland*-Video, war er im ersten Monat nicht sehr weit gekommen. Er hatte Julie Bradshaw ein Video seiner Bemühungen gemailt. Sie erkannte sofort, was er falsch machte.

»Todd, du darfst nicht so viele Schritte kombinieren«, hatte Julie ihm erklärt. »Du musst den Vorgang in kleinere Schritte aufteilen und der Hündin immer nur einen

Schritt beibringen. Jeder Schritt muss noch einmal in kleinere zerlegt werden.«

Gracie stand vor dem Kühlschrank und wartete auf den nächsten Befehl. Todd gab ihn ihr: »Zieh!«

Am Griff der Kühlschranktür war ein altes Handtuch festgebunden. Gracie nahm das Handtuch zwischen die Zähne und zog die Tür auf. Das Ziehen war anfangs nur ein Spiel gewesen, und nach ein paar Wochen hatte Todd das Zerrspielzeug – in diesem Fall ein geknotetes Handtuch – an dem Objekt angebracht, das Gracie öffnen sollte. Die alte Kühlschranktür ging nur schwer auf. Anfangs hatte Todd Gracie dabei helfen müssen und sie immer wieder gelobt. Mittlerweile zog sie selbstbewusst so kräftig daran, bis die Tür aufging.

Todd gab den nächsten Befehl. »Dr. Pepper!« Gracie steckte den Kopf in den Kühlschrank und holte vorsichtig eine Plastikflasche mit Limonade heraus. Sie hielt sie am Flaschenhals an der schmalsten Stelle. Julie hatte Todd erklärt, dass Retriever unter anderem auch deswegen hervorragend als Assistenzhunde geeignet sind, weil sie äußerst behutsam mit Dingen umgehen können. »Retriever haben ein sehr weiches Maul. Sie können ein Blatt Papier vom Boden aufheben, ohne es zu zerknittern oder vollzusabbern.«

»Mach die Tür zu!«, befahl Todd. Gracie stellte sich vor die offene Tür und stieß sie mit den Vorderpfoten zu. Auch diese Bewegung war für einen Hund sehr schwer auszuführen. Todd hatte sie in mehrere Schritte unterteilt. Er hatte ein Spiel daraus gemacht, Gracie dazu zu bringen, an der Wand hochzuspringen, und diese Bewegung auf Schranktüren, Badezimmertüren, Küchenschubladen und schließlich auf die Kühlschranktür ausgedehnt.

»Bring, Gracie!« Gracie brachte Todd die Plastikflasche und überließ sie ihm vorsichtig. Todd lobte Gracie überschwänglich und gab ihr ein kleines Trainingsleckerli.

Als Gracie den Kühlschrankbefehl vor einigen Monaten gemeistert hatte, filmte Todd sie dabei und schickte Julie das Video. Sie schrieb ihm zurück: »Großartige Leistung! Du und Gracie, ihr habt beide eine Eins plus verdient!«

Julie und Todd waren sich nie persönlich begegnet, doch es machte beiden großen Spaß, sich über Hundeausbildung zu unterhalten. Julie war neugierig, wie sich Gracies und Lauras Partnerschaft weiterentwickelte, und Todd hielt sie überaus bereitwillig auf dem Laufenden. Nach dem Austausch von einigen Videos und E-Mails war Julie klar, dass Todd bestimmte Einschränkungen hatte, aber zugleich auch ein natürliches Talent für die Ausbildung von Hunden besaß. Diese besondere Gabe hatte man, oder man hatte sie nicht.

Todd druckte die letzte E-Mail aus, die er von Julie Bradshaw erhalten hatte, und zeigte sie Laura. Eigentlich hatte Laura keine Probleme, Dinge aus dem Kühlschrank zu holen, und sie forderte Gracie nur selten dazu auf. Dennoch wusste sie Todds sorgfältig choreografierte Ausbildungsschritte durchaus zu würdigen. Für Menschen, die an einen Rollstuhl oder ans Bett gefesselt waren, bildeten solche Fähigkeiten das Kernstück dessen, was ein Assistenzhund können musste.

Todd reichte Laura ein Glas Limonade und ließ den Film weiterlaufen. Er war schwer beeindruckt von Julie und ihren Hunden. Ob es seinem Hund wohl genauso ging? »Ich weiß, auch du bist großartig, Christmas!« Er zog den Labrador näher. »Du bist fantastisch!«, tröstete er seinen alten Freund.

Schließlich war das Video zu Ende. Todd schaltete den Fernseher aus und fragte Laura: »Hat es dir gefallen?«

»Es war echt gut. Faszinierend, wie Julie es geschafft hat, den Hund dazu zu bringen, einen Rollstuhl zu ziehen. Sie weist ja immer wieder darauf hin, dass das Zerren und Bringen von Dingen die Grundlagen für viele Routinebewegungen sind. Wenn ich so etwas sehe, wird mir erst richtig klar, was du mit Gracie geschafft hast und was Gracie für mich tut.«

Todd warf den Pizzakarton in den Müll. »Möchtest du noch etwas Eiscreme?«

»Machst du Witze? Ich bin pappsatt.«

Todd zögerte, weil er nicht wusste, ob der Zeitpunkt günstig war, um etwas mit Laura zu besprechen, was ihm auf dem Herzen lag. Er legte seine Rechte so nah an Lauras Linke, dass sich ihre Hände beinahe berührten. Es wurde still im Raum, bis Todd schließlich sagte: »Es gibt etwas, worüber ich gern mit dir reden würde.«

Laura war es nicht gewohnt, dass Todd ein Gespräch so vorsichtig einleitete. Meist fiel er gleich mit der Tür ins Haus. Sie nahm die rechte Hand von Gracie weg und streifte sich damit das Haar aus dem Gesicht. »Was denn?«

Todd sah Laura an und versuchte, sich zu sammeln. Das Gebiet, in das er sich vorwagen wollte, war ihm völlig fremd. Er hatte das Gefühl, als müsse er mit einer Binde vor den Augen über Steine laufen, die aus einem tiefen, dunklen See hervorragten. Ein falscher Schritt, und er würde kopfüber ins Wasser fallen. Doch gleichzeitig vertraute er Laura. Wenn er mit ihr zusammen war, schienen die Steine immer genau dort zu liegen, wo er sie brauchte. Immer wieder hatte er mit dem Fuß danach getastet, Laura vertraut und festen Boden gefunden.

Schweren Herzens gestand er ihr: »Ich bringe meine Wörter oft durcheinander. Manche Leute nennen das eine Behinderung.«

Es waren knappe Worte, aber damit einher ging ein uralter Schmerz. Auch wenn man ihm immer wieder erklärt hatte, dass er behindert war, sah er sich selbst meist nicht so. Verlegen rutschte er auf dem Sofa herum. Er ließ das Kinn ein wenig hängen, als er den Blick von Laura abwandte, auf den leeren Bildschirm starrte und versuchte, nicht die Fassung zu verlieren. Er legte die Hand noch ein wenig näher an ihre und hoffte inständig, dass sie sie nicht wegziehen und ihn allein lassen würde mit der unseligen Realität seiner Beeinträchtigungen.

Laura wusste, dass Todd verzweifelt versuchte, offen mit ihr zu sprechen. Sie wusste auch, dass er in diesem Moment sehr verletzlich war. Sie beugte sich zu ihm und legte ihre Hand auf die seine. Vielleicht war sie der erste Mensch, mit dem er so offen über seine heikelsten Belange sprach. Sie nahm sich vor, ihre Worte gut zu überlegen, dabei aber ebenso offen zu sein wie er. »Ich weiß, Todd. Auch ich habe Behinderungen. Das haben wir beide. Das ist nicht weiter schlimm.«

Er sammelte seinen letzten Mut, um dieses brenzlige Thema abzuschließen. »Ich bin nicht so klug wie du.«

Laura wusste, wie schwer er es hatte, und sie spürte seinen Kummer wie einen Stich in ihrem Herzen. Beinahe setzte es einen Schlag aus. Seufzend drückte sie seine Hand. »Todd, hör mir gut zu.« Sie umfasste sein Kinn, damit er den Blick nicht mehr abwenden konnte. »Du bist klug in allen Bereichen, in denen du klug sein musst.«

Todd versuchte, noch tiefer in den verschwommenen Bereich seiner Behinderung vorzustoßen. »Ich weiß nicht, ob ich je viel Geld verdienen werde oder ob ich überhaupt je einen anderen guten Job finden werde.« Er betrachtete sein Wohnzimmer und lächelte schief. »Ich bin chaotisch, auch wenn mir meine Mutter zu helfen versucht. Das ist ein Teil meiner Behinderung.«

Laura legte die Stirn an Todds Schulter: »Beim Laufen merke ich manchmal, wie die Leute mich anstarren. Dann werde ich rot und würde am liebsten unsichtbar sein. Ich fühle mich beschädigt. Nicht heil. Das ist schwer, nicht wahr?«

»Laura, für Christmas und mich bist du perfekt.«

Sie hob das Gesicht und sah Todd an. »Danke. Du akzeptierst mich so, wie ich bin, Todd, und ich akzeptiere dich so, wie du bist. Du bist der wunderbarste Mensch, den ich kenne.« Sie drückte seinen Arm. »Es ist mir egal, dass du weder gut rechnen noch Shakespeare zitieren kannst. Das können viele Leute. Aber ich weiß nicht, ob es jemanden gibt, der das kann, was du bei Tieren und auch bei Menschen schaffst. Jeden Tag machst du die Welt und mein Leben ein bisschen besser. Das kann niemand so gut wie du.«

Todd strahlte und sah ihr fest in die Augen. »Danke.«

»Deshalb bist du mein bester Freund.«

»Und du wirst immer meine beste Freundin sein, Laura.«

Todd fühlte sich so sicher, dass er den Fuß ausstreckte und hoffte, abermals einen festen Stein zu finden, der ihn auf seinem Weg über den großen See seiner Angst weiterbrachte. »Laura, ich muss bald einiges entscheiden, und ich weiß nicht, was ich tun soll. Kannst du mir helfen?«

»Selbstverständlich. Ich werde es zumindest versuchen.«

»Nächste Woche habe ich ein Bewerbungsgespräch in diesem Milchbetrieb. Ich mag Kühe, aber ich würde lieber mit Hunden arbeiten. Ich weiß nicht, ob ich dort arbeiten will.«

Laura zog ihn an sich. »Todd, ich bin wirklich stolz auf deine Arbeit im Tierheim. Das machst du richtig gut.« Sie nahm ihre Hand weg und sagte im Brustton der Überzeugung: »Wenn die Arbeit mit Hunden das ist, was du wirklich tun willst, Todd, dann solltest du das tun.«

»Aber dann müsste ich vielleicht in einem Tierheim

in einer anderen Stadt arbeiten. Hayley und ich schicken unsere Bewerbungen überallhin.«

Laura nahm wieder seine Hand. »Ich fände es nicht so schön, wenn du wegziehen würdest.«

»Ich auch nicht. Deshalb weiß ich ja nicht, was ich tun soll.«

»Andererseits ziehen Leute ständig an andere Orte oder gehen woanders zur Schule. Und ihre Freunde, ihre besten Freunde, sogar ihre festen Freunde und Freundinnen warten auf sie. Sie telefonieren häufig und besuchen sich. Das könnten wir auch.«

Todd senkte den Blick. »Ich weiß nicht, ob ich wegziehen kann. Nicht nur von dir. Auch meine Eltern fänden das grässlich. Und ich vielleicht auch. Durch meine Einschränkungen brauche ich gelegentlich Hilfe. Ich habe immer nur auf dieser Farm gelebt, sonst nirgends. Ich kenne nichts anderes.«

Sie hielt ihn fest. »Wahrscheinlich ist es ziemlich beängstigend, wenn man von zu Hause wegzieht. Das kann ich gut verstehen.« Als sie aus dem Fenster sah, stellte sie fest, dass die Sonne bereits unterging. Sie schaute auf die Uhr – es war schon fast halb sechs. Sie hatte ihren Eltern versprochen, gegen sechs zu Hause zu sein, um nicht im Dunkeln auf der Landstraße herumkurven zu müssen. »Es ist schon ziemlich spät. Wir können morgen weiterreden.«

»Musst du los?«

»Ja.«

Todd stand auf und bot ihr die Hand an.

»Hey, das ist doch Gracies Job. Ich weiß zwar nicht, ob das richtig ist, aber ich verrate dir ein kleines Geheimnis: Selbst wenn mein Rheuma mal wieder Ruhe gibt, so wie heute, und ich Gracies Hilfe nicht brauche, lasse ich mir trotzdem von ihr helfen. Gracie tut es so gern. Deshalb biete ich ihr immer die Gelegenheit dazu.« Sie gab Gracie ein Küsschen auf die Stirn, dann erteilte sie dem weißen Retriever das erste Kommando. »Steh!« Sobald sich Gracie in Position gebracht hatte, erfolgte der nächste Befehl: »Bleib!«

Todd hatte ihr erklärt, dass sie diesen zweiten Befehl mit sehr fester Stimme äußern musste. Gracie musste wissen, dass Laura stürzen und sich verletzen konnte, falls sie ins Wanken geriet. Als Gracie fest dastand, kam der letzte Befehl: »Stemm dich!« Laura stützte sich auf den Hund und stand auf. »Braves Mädchen!« Sie breitete einladend die Arme aus.

Todd ging gern darauf ein. »Ich wünschte, du müsstest nicht gehen.«

»Ich würde gern noch bleiben. Aber keine Sorge, Todd, wir klären das alles. Wir haben ja noch Zeit. Ich bin schon ganz aufgeregt wegen Sonntag.« Sie ahmte die tiefe Stimme auf *Channel Six* nach: »Die Problemlöserin.«

Todd wagte es, noch ein bisschen länger als sonst in Lauras Armen zu verweilen. Er spürte, wie ihm das Herz in der Brust hüpfte. Schließlich drückte er ihr einen sanften Kuss auf die Wange und sagte: »Danke, dass du mich besucht und Julie Bradshaw mit mir angeschaut hast.«

Sie errötete ein bisschen und lächelte, dann beugte sie

sich nach unten und tätschelte Christmas. »Wir sehen uns dann am Sonntag.« Gracie wedelte mit dem Schwanz und lief neben Laura zur Tür. Christmas trabte ein bisschen unruhig hin und her, als trenne er sich nur ungern von den beiden Freunden.

Todd begleitete Laura und Gracie zum Auto und blieb stehen, bis Laura auf die Landstraße Richtung Stadt eingebogen war. Das Geräusch des sich entfernenden Autos schien wie das Grollen eines fernen Donners in der Luft zu hängen. Schließlich kehrte Todd in seine Hütte zurück, setzte sich aufs Sofa und versuchte, sein Leben zu verstehen, das sich momentan so rasch veränderte. Langsam ging die Sonne hinter dem Hügel unter, auf dem das Farmhaus seiner Eltern stand, und im Raum wurde es dunkel. Doch Todd rührte sich nicht vom Fleck. Er dachte über all das nach, was Laura zu ihm gesagt hatte. Es waren nette Worte gewesen, und er hatte sich darüber gefreut. Aber er wusste nicht, ob Laura wirklich verstanden hatte, was in ihm vorging. Sein Herz fühlte sich schwer an, und es schmerzte ein wenig. Er mochte dieses Gefühl nicht. Eine Welt, in der er Laura monatelang nicht sehen würde, konnte und wollte er sich nicht vorstellen. Und ebenso wenig konnte er sich eine Welt vorstellen, in der er nicht mit Hunden arbeitete. Warum musste er eine Wahl treffen zwischen dem einen und dem anderen? Das fand er einfach nicht fair. Er zog Christmas zu sich, damit der Hund die Leere füllte, die Laura hinterlassen hatte.

Wie immer, wenn die Schlafenszeit näher rückte, riefen seine Eltern bei ihm an, um zu hören, ob er etwas brauchte. Sobald er ihnen versichert hatte, dass es ihm gut ging, stand er auf, zog Mütze und Mantel an und trat mit Christmas ins Freie. Die Luft war kalt und feucht, es wehte ein sanfter Nordwind. An dem klaren Himmel konnte man das dichte Sternenband sehen, das Todds Vater als Milchstraße bezeichnete. Todd kam es vor, als lägen all die Dinge, die er gern haben wollte – einen guten Job, Unabhängigkeit, mehr Zeit mit Laura – so weit weg wie diese Sterne.

Als er glaubte, dass Christmas genug Zeit gehabt hatte, sein Geschäft zu erledigen, stieß er einen scharfen Pfiff aus. Sofort sprang der Hund herbei, und sie gingen gemeinsam zurück. Todd machte sich bettfertig. Er hatte schon seinen Flanellpyjama an, da fiel ihm die Trainings-DVD wieder ein. Er steckte sie in ihre Hülle zurück, dann beschloss er, der Webseite von *Heartland* noch einen Besuch abzustatten. Er hatte in deren Online-Shop ein paar T-Shirts entdeckt, die ihm gefielen. Sie würden bestimmt ein paar nette Weihnachtsgeschenke abgeben. Nachdem er eins für Laura und ein paar kleinere für seine vielen Neffen und Nichten bestellt hatte, beschloss er, Julie eine kurze Nachricht zu schreiben. Er fuhr mit dem Cursor auf die Kontaktleiste und tippte in das kleine Feld, in das man Kommentare schreiben konnte:

Julie,
habe gerade das Trainingsvideo angeschaut, von dem du mir erzählt hast. Du warst großartig. Ich habe schlechte Nachrichten: Das Tierheim in Crossing Trails wird ge-

schlossen. Ich muss mir einen neuen Job suchen. Kennst du jemanden, der einen Mitarbeiter in der Leitung eines Tierheims braucht?

Danke!

Todd

Nachdem er sich vergewissert hatte, dass sein bester Freund, das Rechtschreibprogramm, nichts zu beanstanden hatte, fügte Todd seinen Lebenslauf an und schickte die Mail ab.

Dann ging er ins Bett, knipste das Licht aus, schloss die Augen und betete leise. Er betete, dass der Sonntag gut laufen möge, vielleicht sogar besser als erwartet; dass Laura und seiner Familie nichts Böses widerfuhr; dass möglichst viele Hunde ein neues Zuhause fanden. Am innigsten aber betete er darum, dass all die Dinge in seinem Leben, die er nicht verstand, endlich einen Sinn ergaben.

Schließlich drehte er sich zur Seite und streckte die Arme aus, um Christmas zu spüren. Der schwarze Hund fühlte sich gut an. Todd atmete tief die frische Nachtluft ein, die noch im Fell des Tieres hing. Christmas atmete langsam aus und winselte leise vor Dankbarkeit. Sein Schweif ging zwei Mal hin und her, dann wurde es still in Thornes Haus.

ZEHN

Am frühen Samstagmorgen lehnte George an dem Zaun, der das nördliche Ende der alten roten Scheune säumte, und ließ sich den Wind ins Gesicht wehen. Er las dessen Botschaft: kalt und frisch. Obgleich der erste Schnee schon vor etlichen Tagen gefallen war, hatte George die Ankunft des Winters in diesem Jahr nur zögernd akzeptiert. An diesem Morgen hatte er seine normale Jeans gegen die mit dem Flanellfutter eingetauscht. Sie wartete im obersten Fach seines Schrankes auf ihn – ein vertrauter Freund, der nur wieder ein Jahr älter geworden war. Die warme Baumwolle fühlte sich tröstlich an.

George war schon lange auf den Beinen. Im Morgengrauen hatte er Hanks Kühe gemolken und sich dann an seine eigene Arbeit gemacht. Sein Gespräch mit Ed Lee hatte ihn daran erinnert, welch ein Dinosaurier er im Milchgeschäft war. Und Hank war sogar noch schlimmer. Seine Gerätschaften waren völlig veraltet. Er und Hank hatten in dieser Branche gearbeitet, lange bevor es zur Modernisierung, Globalisierung und etlichen anderen »Ierungen« gekommen war, die das Aus für die meisten Familienbetriebe bedeutet hatten. George war es damals nicht allzu schwergefallen, seinen Betrieb zu schließen. Es ist schwer, den Schweiß und die Seele in ein Unternehmen zu stecken, das gerade so viel abwirft, dass man das Jahr ohne Verluste übersteht. Außerdem ist es schwer, sich für etwas anzustrengen, was andere kaum zu schätzen wissen. Deshalb wunderte es ihn, dass ihm seine kurze Rückkehr ins Milchgeschäft Spaß machte. Bei der Arbeit, die er für Hank verrichtete, kehrten viele angenehme Erinnerungen zurück. Dennoch fragte er sich, ob es nicht die reine Nostalgie war, die ihn Hanks Betrieb in einem etwas zu rosigen Licht sehen ließ.

Einer plötzlichen Eingebung folgend ging er in die rote Scheune, die sein Urgroßvater um das Jahr 1900 herum errichtet hatte. Sein Ziel war eine verstaubte, dunkle Ecke, in die es ihn schon lange nicht mehr verschlagen hatte.

Auf dem Weg zum hinteren Teil eines mit allem möglichen Müll vollgestellten Ganges versuchte er, einen altbekannten Schmerz aus seinem rechten Bein zu vertreiben. Er knipste das Licht an und betrachtete die alten Melkgeräte, die Maschinen, das Werkzeug und die Kisten, die unter Planen oder auf Strohballen lagerten, damit sie trocken und geschützt blieben. Viele dieser Dinge, die Georges Vergangenheit ausmachten, schienen hier in einer Art Dornröschenschlaf auf ihn zu warten.

Es war eine schmerzliche Erkenntnis, dass Hank und sein ständig schrumpfender Milchbetrieb in vieler Hinsicht diesen alten Gerätschaften ähnelten – früher waren sie wertvoll gewesen, sie waren geschätzt worden. Jetzt aber waren sie völlig veraltet. Mit seinem schlechten Gesundheitszustand konnte Hank seinen Betrieb unmöglich allein weiterführen. Doch George wusste, dass Hank – egal, wie reich er war – niemals Geld für einen Mitarbeiter ausgeben würde oder für sonst etwas, was ihm das Leben leichter machen würde. Bald würde Hank seine kleine Herde verkaufen, und das war dann das Ende.

George hob eine Plane hoch und betrachtete die alten Gerätschaften. Er hatte in diesen Erinnerungen lange nicht mehr herumgestöbert. Die Sechziger – und dann die Siebziger, die Achtziger, die Neunziger und auch das erste Jahrzehnt des neuen Jahrtausends –, die Zeit war so schnell verstrichen. Er dachte an die kalten Wintermorgen, als er mit seinem Vater und seinem Großvater gemolken hatte. Er dachte an seinen geliebten Hund Tucker und die vielen Stunden, die sie zu zweit das Ufer des nahen Kill Creek erforscht hatten.

All das schien nun unendlich weit weg – nicht nur zeitlich gesehen, sondern auch in anderer Hinsicht, die nicht so leicht zu ermessen war. Alles war damals anders gewesen. Mühsamer, aber auch greifbarer. Wurde er etwa zu einem typischen alten Kauz, der davon überzeugt war, dass früher alles besser gewesen war? Aber vielleicht hatte er ja sogar recht? Etwas Bedeutendes war aus ihrem Leben verschwunden, und seine Reaktion auf diesen Verlust war durchaus angemessen.

Er stöberte weiter unter den Planen, bis er auf einen alten Überseekoffer stieß. Was sich darin wohl befinden mochte? Die Schlüssel zu dem Koffer waren mit einem kleinen Stück Draht am Schloss befestigt. Er sperrte das Schloss auf und öffnete vorsichtig den staubigen Deckel.

Der Inhalt wirkte alles andere als geordnet. Er fand alte Unterlagen und Bedienungsanleitungen – die Mehrheit der dazugehörenden Geräte und Werkzeuge war schon längst auf dem Müll gelandet –, ausgemusterte Kleidung und ein paar vergilbte Schwarz-Weiß-Fotografien. Tiefer wollte er nicht graben. Doch gerade als er den Kofferdeckel wieder schließen wollte, glitzerte etwas im matten Licht der Scheunenlampe. Erst zögerte er, dann grub er doch tiefer und zog ein gerahmtes Foto heraus. Das wollte er sich noch genauer ansehen. Dieses Foto hatte er völlig vergessen.

Es zeigte ihn als kleinen Jungen, auf den breiten Schultern seines Großvaters thronend. Bo McCray hielt in der Rechten eine große, schwere Milchkanne, und mit der Linken hatte er eines von Georges dürren Beinchen gepackt. Auch nachdem George den Staub von dem Foto geblasen hatte, war es noch ziemlich schmutzig. Er zog ein Stofftaschentuch aus der Gesäßtasche und wischte das Bild sauber. Ob Mary Ann dieses Foto kannte?

Nach seiner nostalgischen Reise durch die Scheune überlegte George natürlich, ob es nicht irgendwie so vorgesehen, ja nahezu unvermeidlich war, dass Todd im Milchgeschäft landete. Je mehr er darüber nachdachte, desto logischer kam es ihm vor. Todds Anstellung in einem Milchbetrieb wäre die Antwort auf viele offene Fragen im Leben seines Sohns und in ihrer Familiengeschichte. Dieses alte Foto sagte viel aus. Er wollte es

Todd zeigen und versuchen, ihm zu erklären, dass er die Chance bekam, ein Milchbauer der vierten Generation zu werden. Für George bedeutete das, im Einklang zu stehen mit dem Land und dem Ort, den er als sein Zuhause betrachtete.

Er steckte seinen neuen Schatz in die Jackentasche und kehrte zum Haus zurück. Als er den Kopf durch die Hintertür streckte, sah er Mary Ann am Waschbecken stehen. Sie spülte gerade das Geschirr. »Ich will noch kurz zu Todd. Möchtest du mitkommen?«, fragte er.

»Im Moment nicht. Aber warum nimmst du nicht Christmas mit? Er kann ein bisschen Bewegung brauchen.« Heute war der Labrador schon früh am Morgen von Thornes Haus zu ihnen hinaufgelaufen. Er hatte an der Hintertür gekratzt, bis Mary Ann ihn hineingelassen hatte.

»Dann komm, Christmas, besuchen wir Todd!«, rief George. Gemeinsam liefen sie an der Ostseite des Hügels hinab zu Thornes Haus. George warf einen Tennisball in die Luft und fing ihn wieder auf. Der Tennisball steckte stets griffbereit in einer seiner Jackentaschen. Georges linkes Bein war noch ein wenig steif und tat ihm weh. Aber die Muskeln lockerten sich meist bei sanfter Bewegung, und auf halbem Weg konnte George bereits schmerzfrei laufen. Christmas schien es ganz ähnlich zu gehen. Nach ein paar Minuten sprang er hinter dem Tennisball her und hatte sichtlich Spaß an dem flotten Morgenspaziergang.

George wartete geduldig, bis Christmas mit seiner

Beute wieder bei ihm war. In der Ferne trottete die kleine Rinderherde der McCrays langsam vom Bach herauf. »Na, komm schon, Christmas! Bring mir den Ball!«

Die Morgensonne bohrte sich ein kleines Loch in den wolkenverhangenen Himmel. Es sah fast so aus, als würde ein riesiger Scheinwerfer das Feld beleuchten, über das der Hund trabte. George schützte die Augen mit der Hand vor dem grellen Licht. Christmas bewegte sich trotz seines Alters noch immer sehr geschmeidig. George liebte es, ihm dabei zuzusehen.

Als Christmas bei ihm war, steckte George den Tennisball wieder ein, und sie setzten ihren Weg zu Todd fort.

»Guten Morgen, Dad!« Todd freute sich über den Besuch seines Vaters, wirkte aber auch ein wenig zerstreut. »Ich muss um zwölf im Tierheim sein und mit einer Menge Leute reden. Wir bereiten uns auf morgen vor.«

»Keine Sorge, Todd, ich bleibe nicht den ganzen Tag.« George ließ sich auf dem Sofa nieder, während Christmas Todd begrüßte, als hätten sie sich seit Wochen nicht mehr gesehen und nicht nur seit wenigen Stunden.

»Dad?« Todd wandte sich seinem Vater zu. »Woher weiß man, dass etwas ein gutes Weihnachtsgeschenk ist?«

George fragte sich, wohin dieses Gespräch führen sollte, doch er beschloss, sich einfach darauf einzulassen. »Wenn jemand sich darüber freut, dann ist es ein gutes Geschenk.« Liebevoll betrachtete er seinen Sohn und sagte ihm etwas, was er und Mary Ann schon oft bemerkt hatten. »Du verstehst dich bestens darauf, Geschenke zu machen.«

»Ich versuche, Leuten Sachen zu schenken, die sie brauchen können.«

George deutete auf den schwarzen Labrador, der sich auf dem Fußboden ausruhte. »Der da war ein gutes Geschenk.«

Todd setzte sich neben den Hund. »Ja, das finde ich auch.«

»Was hättest du denn gern dieses Jahr?«

»Ich glaube, am meisten würde ich mich darüber freuen, wenn ich aufhören könnte, mir ständig Sorgen zu machen. Über die Arbeit, über Freundschaft, über den Ort, wo ich leben soll – na, so Zeugs eben.« Todd legte eine kleine Pause ein. »Manchmal habe ich das Gefühl, dass ich nicht weiß, wo ich hingehöre.«

Diese Bemerkung beunruhigte George. »Todd, ich hoffe, du weißt, dass du immer hierher gehörst, zu deiner Mom und mir. Hier bist du zu Hause, so wie deine Mom und ich es sind.«

»Dad, kann ich dich noch was fragen?« Todd sah seinen Vater an und sprach einen Gedanken aus, mit dem er sich schon tagelang, vielleicht sogar wochen- oder monatelang abgeplagt hatte. »Wie fühlt es sich an, wenn man verliebt ist?«

Normalerweise war George darauf eingestellt, dass Todd keine großen Umschweife machte. Diese sehr direkte Frage überraschte ihn jedoch. Hatte sie vielleicht sogar etwas mit Todds Sorge zu tun, wohin er gehörte? Dieser Bereich war Neuland für Vater und Sohn. George wurde ein wenig mulmig zumute. Er versuchte, sich daran zu erinnern, wie es ihm in seiner Jugend ergangen war, als er das erste Mal verliebt war.

»Ich glaube, anfangs fühlt es sich ein bisschen beängstigend an. Wenn man es hinbekommt, ist es sehr schön. Wenn man es nicht hinbekommt, kann es sehr wehtun.«

Todds Miene erhellte sich, als wisse er genau, was sein Vater meinte. »Und was muss man tun, damit man es hinbekommt?«

Todd verdiente eine erwachsene Antwort, aber die Wahrheit war hart. George legte seinem Sohn die Hand auf die Schulter und bemühte sich, diese schwierige Frage so gut wie möglich zu beantworten. »Die meisten von uns bemühen sich ihr Leben lang, das mit der Liebe gut hinzubekommen. Manchmal ist nichts leichter, als verliebt zu sein, manchmal scheint es unmöglich, es in der Liebe richtig zu machen. Wir machen Fehler. Auch ich habe einiges verbockt, und dir wird es genauso gehen. Hauptsache, du vergisst nie, dass die Liebe diese Mühe wert ist.«

Todd legte die Hand auf Christmas. Aus dem schwarzen Fell des Hundes schien Liebe aufzusteigen. »Bei Hunden ist es ganz leicht, das mit der Liebe richtig zu machen.«

»Für dich ist das mit der Liebe leichter als für viele andere. So wie du dich hervorragend darauf verstehst, andere zu beschenken, bist du auch ein Naturtalent in Sachen Liebe.« George half Todd, dorthin zu gelangen, wohin er vermutlich wollte. »Fragst du mich das wegen Laura?«

»Ja. Vielleicht bin ich in Laura verliebt.«

Georges Griff um die Schulter seines Sohnes wurde fester. Nun verspürte zur Abwechslung einmal er den Drang, Todd zu beschützen. Er machte sich Sorgen über den unausweichlichen Liebeskummer. So schwer es ihm fiel, er musste zugeben, dass ihn dieser weitere Meilenstein in der Entwicklung seines Sohnes etwas beunruhigte. Doch schließlich lockerte er seinen Griff und meinte: »Die Liebe ist wie das Präriegras auf der Wiese hinter dieser Hütte. Wenn man ihr Zeit gibt, wird sie sich tief verwurzeln. Wenn dies gelingt, kann man sie kaum noch ausreißen. Sie wird stark werden und sich ausbreiten, bis sie alles Unkraut vertrieben hat. Also lass dir Zeit damit, Todd. Übereile nichts. Lass die Wurzeln deiner Liebe stark werden.«

Todd dachte darüber nach, dann fragte er: »Hat Mom dich noch geliebt, als du im Krieg warst?«

»Oh ja. Im Schrank liegt eine große Schachtel mit Briefen, die das beweisen. Sie hat mir jeden Tag geschrieben.«

Todd warf einen Blick auf sein Handy. George erkannte, dass sein Sohn sich gleich verschließen würde. Sie hatten ein gutes Gespräch geführt, es musste jetzt nicht weiter vertieft werden.

Dann fiel George ein, warum er Todd eigentlich hatte besuchen wollen. »Ich möchte dir gern etwas zeigen«, meinte er, holte das alte gerahmte Foto aus der Tasche und reichte es seinem Sohn.

Todd musterte es ziemlich lange. »Wer ist der Mann?«

»Das ist dein Urgroßvater Bo McCray. Du hättest ihn bestimmt sehr gerngehabt.«

Todd betrachtete das Foto noch einmal ganz genau. »Ich weiß, wer das ist – Grandpa Bo. Aber ich habe ihn nicht kennengelernt. Wer ist der kleine Junge?«

»Das bin ich, Todd.«

»Du?«, rief Todd so erstaunt, wie nur Todd das konnte.

»Jawohl. Wir waren gerade mit dem Melken fertig und kamen aus der Scheune. Ich habe mich von ihm auf den Schultern tragen lassen. Er hat mich gern so getragen. Ich habe mich dann immer so gefühlt, als würde ich auf dem Rücken eines Riesen reiten.«

»Grandpa Bo sieht glücklich aus. Ich glaube, es hat ihm gefallen, dich auf seinen Schultern reiten zu lassen.«

George vermisste seinen Großvater. Sein Verlust versetzte ihm auch jetzt noch einen richtigen Stich. Er senkte den Blick, weil er fürchtete, ein paar Tränen könnten sich aus seinen Augenwinkeln stehlen. Dann atmete er tief durch und wandte sich wieder an seinen Sohn. »Wahrscheinlich war das so. Er hat sich hervorragend darauf verstanden, Hunde und Menschen zu lieben, genau wie du. Ihr seid euch sehr ähnlich.«

George ließ die Stille zu, die sich zwischen ihnen ausbreitete. Er dachte daran, welch ein Privileg es gewesen war, auf Bo McCrays Schultern reiten zu dürfen. Ob er für seinen Sohn wohl eine ebenso wichtige Person war?

Todd betrachtete wieder die vergilbte Schwarz-Weiß-Fotografie. »Es sieht so aus, als ob das lange her ist.«

»Das ist es. Manchmal scheint es so lange her zu sein,

dass ich es mir gar nicht mehr richtig vorstellen kann.« Dann fiel ihm ein, warum er seinem Sohn dieses Foto unbedingt hatte zeigen wollen. »Todd, ich wollte dir nur noch sagen, dass du dich bei deiner Arbeitssuche bislang wacker geschlagen hast. Du hast einen anständigen Job auf der Jobspeisekarte gefunden und versuchst nun, ihn zu bekommen.« Er konnte sich nur mit Mühe die Bemerkung verkneifen, wie schön er es fände, wenn sein Sohn auch ins Milchgeschäft einsteigen würde. Todd sollte seinen eigenen Weg in der Welt beschreiten, so wie Bo und George es getan hatten. »Ich dachte, vielleicht würdest du dieses Foto gern bei dir aufhängen.«

»Danke, Dad. Ich finde, dass auch du sehr gut Geschenke machen kannst. Ich mag das Bild.«

George stand auf. »Deine Mom und ich wollen am Sonntag zur *Prairie Mall* mitkommen. Sag uns Bescheid, falls sich bei euren Plänen noch etwas ändert.«

ELF

Als die McCrays am Sonntag im Tierheim eintrafen, stand bereits der Sendewagen von *Channel Six* auf dem Parkplatz. Brenda Williams hatte ihr Team gebeten, nach Crossing Trails zu fahren, um ein paar Aufnahmen von den Hunden und Katzen in ihren Boxen und von den Helfern zu machen, die die Tiere für die Fahrt verluden. Ihre Mitarbeiter hatten sich zwar beschwert, dass sie für fünfzehn Sekunden Filmmaterial zwei Stunden fahren mussten, aber Brenda war die Chefin. Sie meinte, dass Vorher-Nachher-Aufnahmen am eindrucksvollsten seien. »Wir können mit den Shots aus dem Tierheim anfangen und dann die vermittelten Tiere und ihre neuen Besitzer zeigen. Wartet, bis ihr die Leiterin des Tierheims kennenlernt.« Das Gemurre hielt an, bis das Team im Tierheim eintraf, die Katzen und Hunde sah und Hayley kennenlernte. Dann beschlossen alle einstimmig, dass die Problemlöserin wieder einmal recht gehabt hatte.

Hayley war ziemlich aufgeregt über die erste Großveranstaltung. Erst vor einer Stunde hatte sie wieder eines der vielen anstrengenden Gespräche mit den städtischen Behörden hinter sich gebracht. Die Bürgermeisterin und der Stadtdirektor hatten mit ihr ein paar Details der bevorstehenden Schließung besprechen wollen. Der Stadtdirektor bestätigte den Termin – zum Jahresende müsse das Gebäude geräumt sein. Jeder kleine Schritt ließ das Unvorstellbare schmerzlich realer werden. Das Tierheim würde also tatsächlich geschlossen werden. Die Bürgermeisterin versuchte, den Schlag etwas abzumildern. »Wissen Sie, Hayley, selbst wenn der Bezirk sich nicht aus der Partnerschaft für das Tierheim zurückgezogen hätte, hätten wir einiges verändern müssen. Jedes städtische Ressort muss Einschnitte hinnehmen, damit die Ausgaben die Einnahmen nicht übersteigen. Wir haben es momentan alle nicht leicht.«

Hayley schüttelte den Kopf. »Soll es mir nach dieser Auskunft etwa besser gehen?«

Als Todd im Tierheim ankam, rief er gleich: »Hayley? Ich bin da. Bist du bereit? Kann's losgehen?«

Hayley war schon seit Viertel vor sieben da. Sie hatte Hunde gekämmt und gefüttert, Zwinger gesäubert und zum wiederholten Mal ihre Checkliste für die Veranstaltung überprüft. Hayley und Todd hatten fünfzehn Hunde mit den besten Vermittlungschancen ausgewählt, und dazu noch zwei Katzen. Nun gab Hayley den Tieren eine letzte Gelegenheit, ihr Geschäft zu erledigen, bevor es auf die lange Fahrt nach Kansas City ging.

»So bereit wie nur möglich, Todd.« Hayley überprüfte ihre Liste ein letztes Mal, atmete tief durch und meinte: »Auf los geht's los!«

Hayley und Todd verteilten Wegbeschreibungen zur *Mall of the Prairie* an die ehrenamtlichen Mitarbeiter, darunter auch an George, Mary Ann und Laura, die sich im Eingangsbereich versammelt hatten, und besprachen noch einmal, wie sie nach ihrer Ankunft vorgehen wollten.

Laura legte den Arm um Todds Schulter und drückte ihn aufmunternd. »Das wird bestimmt lustig.«

Er drückte ihren Arm. »Es ist nicht nur lustig, Laura. Es ist auch Arbeit.«

»Arbeit, die du liebst, Todd.«

George, der gehört hatte, was sie gesagt hatte, tauschte einen vielsagenden Blick mit Mary Ann.

Hayley band sich einen rot-grünen Schal um den Hals und scharte ihre Truppe um sich. »Laden wir auf, und dann ab die Post!«

Knapp zwei Stunden später – es hatte gerade heftig zu schneien begonnen – bog der Tierheim-Kombi in den Parkplatz der *Mall of the Prairie* ein. Das Einkaufszentrum war um 1980 herum erbaut worden und lag in einem ziemlich wohlhabenden Viertel von Kansas City. Es war zwar schon ein wenig in die Jahre gekommen, doch recht gepflegt. Die Böden glänzten, und es gab üppige Grünpflanzen, Brunnen und Sitzbereiche. Neben großen Geschäften im oberen Preissegment wie *Macy's* und *Saks* waren hier auch kleinere Läden zu finden, ein gut besuchtes Restaurant und viele Verkaufsstände, an denen man von Kalendern über Handys bis zu heißen Maroni alles bekommen konnte. Da es eines der letzten Wochenenden vor Weihnachten war, herrschte überall reger Andrang. Zusätzlich eingestellte Mitarbeiter halfen den Kunden beim Einparken, und die Autos stauten sich bis zur Autobahnabfahrt.

Das Nachrichtenteam baute die Kameras auf, während Todd und die anderen die Tiere in einer für sie reservierten Zone ausluden. Schließlich wurde die Gruppe von zehn Menschen, fünfzehn Hunden und zwei Katzen von Sicherheitsleuten zu dem ihnen zugeteilten Bereich geführt. Vor ein paar Monaten hatte sich hier noch eine Boutique mit Designermode befunden. Heute sollte hier wesentlich Wertvolleres einen Interessenten finden.

Brenda hatte ihr Versprechen gehalten, bei der Vorbereitung des Raums zu helfen. Und sie hatte sich selbst übertroffen. Fotos von den Tierheimbewohnern waren zu Postern vergrößert worden und hingen nun im Schaufenster des ehemaligen Geschäfts. Die Boutique lag strategisch sehr günstig in einem der bestbesuchten Bereiche des Einkaufszentrums. Die Poster lockten die Passanten an, die neugierig durch die geschlossenen Türen spähten, während das Team des Tierheims Kisten für die Katzen und ein paar provisorische Zwinger für die Hunde herrichtete.

Um Mittag herum drängten sich zahlreiche Weihnachtskunden vor der Boutique. Alle wollten wissen, was die Aufmerksamkeit der Kameras von *Channel Six News* erregte. Die Kameramänner ermunterten die Leute, dazubleiben und es herauszufinden.

Fünf Minuten vor der geplanten Öffnung leinte Todd den kleinen Tibetterrier Westin und Earl, den Pitbull-

Labrador-Mischling, an. Er ging mit den Hunden in einen kleinen, umzäunten Bereich, der sogar ein eigenes kleines Türchen hatte, und stellte sich mit ihnen auf einen roten runden Teppich, den Brenda mitgebracht hatte. Hier sollten die Hunde vorgestellt werden. Todd holte den kleinen Notizzettel heraus, den Hayley ihm gegeben hatte, und überprüfte seine Sätze vor dem Mikrofon. »Zwei großartige Hunde. Heute fallen keine Vermittlungsgebühren an.«

Hayley entschied, dass das nicht reichte. »Wenn die Leute reinkommen, solltest du die Hunde ein paar Tricks vorführen lassen. Wir brauchen mehr«, sagte sie nervös.

»Hayley, das hätte ich beinahe vergessen«, rief Laura.

Als Lauras Mutter ein neues Geschirr für Gracie bestellt hatte, hatte sie auch noch zwei Westen bestellt, auf denen zu lesen war: »Adoptieren Sie mich!«, und auf der anderen Seite die Telefonnummer des Tierheims. Laura zog die Westen aus ihrer Umhängetasche und reichte sie Hayley, die gleich beim ersten Blick erfreut ausrief: »Perfekt! Genau das, was uns noch gefehlt hat.« Sie eilte zu Earl und Westin und zog ihnen die Westen an. Jetzt waren die beiden wirklich für die Vorführung bereit.

Zur vereinbarten Zeit öffnete Brenda Williams, vielen Besuchern ein vertrautes Gesicht, die Pforten und hieß alle willkommen. »Hereinspaziert. Hier drinnen gibt es heute ein paar ganz besondere Hunde und Katzen.« Zwei Dutzend Kinder und ihre Eltern drängten sich sofort um den eingezäunten roten Teppich, auf dem Hayley stand.

Todd reichte Earl an Mary Ann weiter und trat, gefolgt

von Westin, durch das Türchen auf den roten Teppich. Der kleine Terrier war von seiner Entzündung vollständig genesen und schien sehr erfreut, im Rampenlicht zu stehen und sich zeigen zu dürfen. Als Todd vor dem Mikrofon angelangt war, befahl er: »Sitz!« Der Hund setzte sich artig hin und blickte Todd erwartungsvoll an. Todd langte in seine Tasche und überreichte dem Hund eine kleine Belohnung. »Lieg, Westin!« Der Hund legte sich sofort hin.

Dann wandte sich Todd an sein Publikum. »Westin braucht ein Zuhause. Er kann viele wundervolle Dinge für Sie tun. Würden Sie gern eine kleine Kostprobe sehen?«

»Jawohl!«, erklang es einstimmig.

Todd ließ Westin eine Reihe von Übungen machen, die sie oft trainiert hatten – holen, sitzen, betteln, bellen, zerren, küssen, rollen. Die Menge war begeistert und sparte nicht mit bewundernden Ausrufen. »Ist der süß!«, schienen mindestens zehn Leute auf einmal zu sagen.

Jemand rief: »Was kostet er denn?«

Hayley trat ans Mikrofon und verkündete: »Er kostet seinen neuen Besitzer viel Liebe, aber kein Geld. Heute verzichten wir auf die Vermittlungsgebühren. Unser Tierheim wird geschlossen, und wir müssen für diese Burschen dringend eine neue Bleibe finden.«

Mary Ann suchte nach Georges Hand und drückte sie so fest sie konnte. Als George sie fragend ansah, warf sie einen Blick auf Todd. »Dein Sohn ist wirklich beeindruckend!«

Als Westin sein Übungsprogramm absolviert hatte, reichte Todd ihn an Hayley weiter, die mit dem Terrier an der Leine vor dem Publikum auf und ab lief. Mehrere Erwachsene notierten sich die Telefonnummer des Tierheims. Schließlich kehrte Hayley zum Mikrofon zurück. »Wer an Westin interessiert ist, kann die Vermittlungsunterlagen an dem Tisch hinter mir ausfüllen.« Es dauerte keine Minute, bis jemand rief: »Ich nehme ihn!«

Als Nächstes stellte Todd Earl vor, der wiederum ein ganz eigenes Repertoire hatte. Seine Drehungen um sich selbst fanden beim Publikum, vor allem bei den Kindern, den größten Anklang. Nach jeder Vorstellung reichte Todd den jeweiligen Hund an einen seiner Mitstreiter weiter, der dann mit dem Tier durchs Publikum spazierte und schließlich auch noch eine Runde durch das Einkaufszentrum drehte. Jeder Kunde wurde mit einem liebevollen Schwanzwedeln und einem sehnsüchtigen Augenpaar begrüßt.

Um halb vier hatte sich das Tierheimteam richtig warmgespielt. Zu diesem Zeitpunkt merkten sie allerdings auch, dass sie einen schrecklichen Fehler gemacht hatten. Es war der Albtraum eines jeden Verkäufers: Sie hatten nicht genug Tiere dabei und mussten die Aktion vorzeitig beenden. Earl, Westin und all ihre Leidensgenossen hatten zu Weihnachten ein neues Zuhause gefunden. In wenigen Tagen würden diese wunderbaren Geschöpfe ihr ganz eigenes Kunststück vorführen, das Todd ihnen gar nicht beibringen musste. Heimlich, still und leise würde sich jedes Tier in die Herzen seiner neuen Familie einschleichen.

Bei *Channel Six News* lief an diesem Abend ein Bericht über die *Mall of the Prairie* und über all den Spaß, den die Kunden dort mit dem Weihnachtsmann und seinen Rentieren hatten und auch beim Karussellfahren und dem Begutachten von einigem ungewöhnlich zotteligem Inventar. Die Problemlöserin riet ihren Zuschauern, das örtliche Tierheim aufzusuchen und den dortigen Bewohnern zu einem neuen Zuhause zu verhelfen. Ihr Beitrag führte in den folgenden Tagen zu einem Sturm von Anrufen und Tierheimbesuchen. Zumindest für eine Weile war die Nachfrage hoch, und der Bestand schmolz.

Während die Tierheimmitarbeiter ihre Schützlinge in der großen Stadt vermittelten, sorgte Doc Pelot daheim dafür, dass die kleine Stadt Crossing Trails tat, was sie konnte. Er saß an seinem Schreibtisch und pries den Mitgliedern der örtlichen Handelskammer Hunde an. Am Montagabend hatte sich das Tierheim in eine richtige Geisterstadt von leeren Käfigen verwandelt. Alle Katzen waren vermittelt, und es gab nur noch zwölf Hunde. Allmählich zahlte sich die ganze Mühe aus.

ZWÖLF

Am Montag besuchte Todd nach der Arbeit noch kurz seine Eltern. George und Mary Ann wollten sich vergewissern, dass er für sein Bewerbungsgespräch am nächsten Tag gut vorbereitet war.

George versuchte, Todd noch einmal ausdrücklich zu erklären, was er bereits einige Male angesprochen hatte: dass ein Milchbetrieb ein wirtschaftliches Unternehmen war. Mary Ann schärfte ihrem Sohn ein, sich ordentlich anzuziehen. »Wer ordentlich gekleidet ist, zeigt damit auch, dass er den Job wirklich haben will«, meinte sie. »Bei einer solchen Gelegenheit sollte man nicht schlampig herumlaufen.« Zur Verdeutlichung zupfte sie aus Spaß an seinem T-Shirt, das mit Tierhaaren übersät war, und trat gegen seine fleckigen roten Converse-Sneakers, die ebenfalls deutliche Spuren seiner Arbeit im Tierheim aufwiesen.

»Soll ich meinen Anzug anziehen?«

Mary Ann dachte darüber nach. Nein, ein Anzug wäre wahrscheinlich übertrieben. Außerdem hatte Todd nur einen einzigen Anzug, der nicht mehr richtig saß. »Den haben wir dir doch für deinen Highschool-Abschluss gekauft. Seitdem bist du ziemlich gewachsen. Er passt dir nicht mehr. Zieh doch die nette blaue Stoffhose und den grünen Pullover an, den du an Thanksgiving getragen hast.«

George nahm Todd aus Spaß in den Schwitzkasten. »In zwei Wochen wirst du einen schicken Anzug tragen und das Unternehmen leiten. Und der alte Ed Lee wird sich nach einem neuen Job umschauen müssen.«

Todd lachte und versetzte George einen fingierten Aufwärtshaken in die Bauchgegend.

»Nicht schlecht«, meinte George, ließ seinen Sohn los und klopfte so viele kupferrote Hundehaare von ihm ab, dass es für einen mittleren Teppich gereicht hätte. »Viel Glück morgen. Du kriegst das bestimmt gut hin.«

Laura und Gracie drehten am Abend wie immer ihre letzte Runde im Gesundheitszentrum. Laura plauderte bei solchen Gelegenheiten gern noch ein wenig mit Hank über Todd, das Molkereiwesen und natürlich das Tierheim. Doch an diesem Abend schlief Hank schon, als Laura ins Zimmer kam. Sie setzte sich ein paar Minuten hin und versuchte, Hank ein paar starke Heilenergien zukommen zu lassen. Dazu stellte sie sich vor, wie er von einem hellen, heilenden Licht umgeben war.

Gracie winselte und wedelte mit dem Schwanz, womit sie Lauras Konzentration störte. Die Hündin schien um ihre Aufmerksamkeit zu betteln. »Was ist denn los, Mädel?«, fragte Laura.

Die Hündin wirkte unruhig, als wollte sie aus ihrer derzeitigen Lage befreit werden. Laura gab ihr das Signal »Brav!«, mit dem sie den Befehl »Bleib!« auflöste, durch den Gracie gelernt hatte, sich ruhig zu verhalten und sich nicht vom Fleck zu rühren, wenn Laura arbeitete. Eifrig lief die Hündin zu Hanks Bett. Dort winselte sie erneut und stieß mit der Pfote immer wieder an die Bettkante. Laura bemerkte, dass sich Gracies Rute diesmal ganz anders bewegte. Es wirkte viel langsamer und bewusster, wie bei einer Raubkatze, einem Tiger oder einem Leoparden.

»Gracie, Hank schläft. Mach dir keine Sorgen. Wir kommen morgen wieder vorbei und sehen nach ihm.« Doch die Hündin hörte nicht auf zu winseln. Laura befürchtete, dass es Hank stören könnte. »Gracie, Schluss jetzt. Komm wieder her!«

Als Gracie weiterwinselte, stemmte sich Laura vom Stuhl hoch – ein Unterfangen, das ohne Gracies Hilfe ein wenig mühsamer war. Dann trat sie an Hanks Bett. Die Überwachungsgeräte, mit denen Hank verbunden war, wiesen keine Unregelmäßigkeiten auf. Trotzdem kam Laura sein Atem angestrengt vor. Sie versuchte, ihn aufzuwecken. »Hank, alles in Ordnung?«

Er reagierte nicht.

Laura rüttelte ihn ein wenig. Endlich schlug er die Augen auf und sah sie an. Aber er schien sie nicht zu bemerken, und seine Augen fielen gleich wieder zu. Laura drückte den Notruf. Das Gesundheitszentrum von Crossing Trails erwachte aus seinem Dämmerschlaf.

Die Nachtschwester und Dr. Wilson, der diensthabende Arzt, arbeiteten an Hanks linker Bettseite und überprüften seine vitalen Funktionen. Laura und Gracie standen rechts neben ihm. Laura umklammerte Hanks Hand und hoffte inständig, dass der Arzt ihr gleich erklären würde, es bestünde kein Anlass zur Sorge und alles sei in bester Ordnung. Immer wieder warf sie einen Blick auf ihn, doch die erhofften Worte kamen ihm nicht über die Lippen.

DREIZEHN

Ed Lee stützte die Ellbogen auf den Schreibtisch, beugte sich über das Telefon, bei dem die Freisprechfunktion eingestellt war, und sagte: »Schicken Sie ihn rein.«

Todds Vorstellungsgespräch dauerte nur knapp fünf Minuten. Der Manager des Milchbetriebs war unwillkürlich angetan von Todd, der auf ihn den Eindruck eines gesunden, kräftigen, höflichen jungen Mannes machte – die besten Voraussetzungen für einen tüchtigen Arbeiter. Und obendrein war der Junge auf einer Milchfarm aufgewachsen und stammte aus einer guten Familie. Dennoch war nicht jedermann für die schwere Arbeit geschaffen, und außerdem wusste Ed noch nicht recht, ob Todd begriffen hatte, worum es in diesem Betrieb eigentlich ging.

»Wie wär's mit einer Tour durch unser Unternehmen?«, schlug er seinem jungen Bewerber vor.

Als Todd zustimmend nickte, erhob sich Ed und nahm sein Sprechfunkgerät vom Gürtel.

»Paul, Ed hier. Der junge Mann, von dem ich dir erzählt habe, ist in meinem Büro. Er hätte Lust auf einen kurzen Rundgang.«

»Verstanden«, erklang eine knisternde Stimme. »Ich treffe euch unten an der Tür.«

»Paul wird dir alles zeigen. Er wäre dein direkter Vorgesetzter. Gehen wir zu den Ställen, dann stelle ich euch vor.«

Auf dem Weg zu den Ställen durchquerten Ed und Todd die Großraumbüros der Vertriebsabteilung und der Buchhaltung. Obwohl Todd wahrhaftig nicht der Ordentlichste war, fielen selbst ihm die vielen Papierstapel und benutzten Kaffeetassen auf, die überall herumstanden. Die Jalousien waren staubig, und in einer Ecke neben dem Kopiergerät stand ein defekter Computer. Der Wandkalender neben dem Wasserspender war seit Mai nicht mehr abgerissen worden. Seiner Mutter, die ständig versuchte, Ordnung in seiner Behausung zu schaffen, hätte das alles gar nicht gefallen.

Paul Vernon, ein stämmiger Mann mit schütterem rotem Haar, trat durch eine der seitlichen Stahltüren und kam Ed und Todd entgegen. Paul schüttelte Todd die Hand. »Geh doch schon mal durch diese Tür und schau dich in den Ställen um!« Er deutete auf die fragliche Tür. »Ich komme gleich nach.«

Nachdem Todd der Aufforderung gefolgt war, fragte Paul Ed in der stammelnden Tonlage eines Zehnjährigen, der einen Behinderten nachäffte: »Wi… willst du … du etwa deem da 'nen Jooob geben?«

Ed fand es gar nicht lustig. »Stell dich nicht so an, Paul. Ich sage dir seit zwei Wochen, dass du dich um jemanden kümmern sollst, der hier sauber macht. Ich habe eine Anzeige geschaltet, nachdem du dich nicht darum bemüht hast. In den Ställen sieht es schrecklich aus. Wenn mal jemand vom Landwirtschaftsministerium unangekündigt hier reinschneit, bekommst du eine Anzeige. Du hast bislang noch keinen Bewerber gefunden, also versuche ich, dir zu helfen. Hast du damit ein Problem?«

Paul verdrehte die Augen. Seiner Meinung nach wollte Ed nur etwas Gutes tun, doch das am falschen Platz. »Ich brauche einen, der tüchtig zupackt und wenig redet. Kann dein Bursche das denn?«

»Das wird sich zeigen.«

Paul ging durch die Seitentür zu Todd in die Viehhalle. Er war nach wie vor nicht glücklich über diesen Bewerber. Die staatliche Einwanderungsbehörde unterhielt in der Nähe von Crossing Trails keine Niederlassung. Deshalb nahm es Paul Vernon mit dem Papierkram nicht allzu ernst. Viele der Arbeiter im Betrieb waren Migranten aus Mexiko, die kaum ein Wort Englisch sprachen, das taten, was man ihnen sagte, und sich nie beschwerten. Die Hauptgeschäftsleitung wusste Pauls geringe Personalkosten sehr zu schätzen. Paul rechnete mit einem stattlichen Bonus für das vergangene Jahr. Ed Lee leitete das Büro, Paul war für die Ställe zuständig. Es gefiel ihm nicht, wenn Ed sich in seinen Bereich einmischte. Es gefiel ihm nicht, dass ein anderer die Leute aussuchte, die ihm unterstanden. Aber vielleicht klappte es ja trotzdem mit dem Jungen.

Paul führte Todd eilig durch die Ställe und kommentierte die automatische Futteranlage, die automatischen

Waschanlagen, die automatischen Melkvorrichtungen und die scheinbar automatischen Kühe nur flüchtig. Jeder Kuh stand zeit ihres kurzen Lebens nur ein sehr knapper Raum zur Verfügung. Paul deutete auf die dicken roten Schläuche an den Wänden. »Das werden deine besten Freunde sein. Es sind Hochdruckschläuche, mit denen die Kuhscheiße weggespült wird.«

Pauls Aufmerksamkeit galt fast ausschließlich der Ausstattung, Todd hingegen betrachtete immer wieder das lebende Inventar. Milchkühe haben große Euter, aber die Hormone, die diese Tiere bekommen, führen zu gigantischen, krassen Schwellungen. Bei einigen der Kühe hatte Todd selbst aus der Ferne den Eindruck, dass sie krank waren. Und obendrein waren die Verschläge völlig verdreckt. Das kostbare Inventar von *Paradise Valley Farms* stand so eng nebeneinander wie Limonadenflaschen in einem Supermarkt und knöcheltief im eigenen Kot.

Todd hätte sich am liebsten gleich an die Arbeit gemacht und die Boxen gesäubert. »Sieht aus, als könnten Sie meine Hilfe gut gebrauchen. Die Verschläge sind ziemlich schmutzig.«

Paul musste zugeben, dass Todd tatkräftig wirkte. Deshalb bemühte er sich, seine negative Einstellung etwas zurückzuschrauben. »Vermutlich ist Ed Lee deshalb so scharf darauf, dich einzustellen. Mir sind ein paar Leute abhandengekommen. Sie haben ihren Lohn eingesteckt und sind auf Nimmerwiedersehen nach Juárez abgehauen.«

Paul beendete die Besichtigungstour eilig und brachte

Todd zurück in Ed Lees Büro. Als er sich zum Gehen anschickte, bot Ed Todd einen Stuhl an und meinte: »Eine Sekunde noch, Todd. Bin gleich wieder da.«

Er schloss die Tür hinter sich und fragte Paul: »Und – was meinst du?«

»Vermutlich wird er es hinkriegen. Aber die Entscheidung liegt bei dir.«

Ed wusste nicht recht, wie er sich entscheiden sollte. Er mochte Paul nicht besonders, aber die Hauptgeschäftsleitung mochte ihn. Deshalb fand er sich mit ihm ab und versuchte, ihm nach Möglichkeit nicht in den Rücken zu fallen.

Er kehrte zu Todd zurück. »Nun, was denkst du?«

»Die Ställe müssen unbedingt mal wieder richtig sauber gemacht werden. Aber das kann ich schon machen.«

»Todd, danke, dass du dich bei uns vorgestellt hast. Heute Nachmittag kommen noch ein paar andere Bewerber vorbei, aber in ein paar Tagen haben wir uns bestimmt entschieden. Dann rufen wir dich an und sagen dir Bescheid.«

Er begleitete Todd auf den Parkplatz. »Hast du an Weihnachten viel vor?«

»Nein. Meine Geschwister kommen zu Besuch, und meine Mom kocht ein großes Essen. Truthahn.«

»Klingt gut.«

Todd stieg in seinen Truck, ließ den Motor eine Weile leerlaufen und versuchte, darüber nachzudenken, was soeben passiert war. So etwas hatte er noch nie erlebt oder gesehen. Die Atmosphäre in dem Milchbetrieb war völlig anders als im Tierheim. Aus Gründen, die er nicht erklären konnte, war ihm dieser Betrieb nicht geheuer. Er wünschte, Christmas wäre jetzt bei ihm. Er vermisste die Sicherheit, die der Hund ihm bot. Er vermutete, dass sein Dad das gemeint hatte, als er ihm erklärt hatte, dass es in einem Milchbetrieb darum ging, Geld zu verdienen, und im Tierheim darum, sich um Tiere zu kümmern.

Schließlich schnallte er sich an und passierte das Sicherheitstor. Er reichte dem Pförtner seinen in Plastik eingeschweißten Besucherausweis. Der Pförtner nahm ihm den Ausweis ab und meinte: »Danke, dass Sie *Paradise Valley Farms* besucht haben. Fahren Sie vorsichtig.«

Todd nickte und fuhr nach Buckley, einem kleinen Ort auf halber Strecke zwischen Crossing Trails und dem Milchbetrieb. Dort tankte er und überprüfte währenddessen sein Handy. Hayley hatte ihm eine SMS geschickt: »Wie lief's?«

Todd rief sie an und erstattete ihr Bericht. »Mr Lee kam mir recht freundlich vor, und die Kühe haben mir gefallen. Sie brauchen meine Hilfe. Die Verschläge müssen dringend sauber gemacht werden. Der Mann, der für die Ställe verantwortlich ist, heißt Paul. Er ist ganz anders als du. Ich glaube nicht, dass er ein guter Tierheimchef wäre. Aber vielleicht sind Milchbetriebe etwas anderes, weil es dort ums Geld geht. Mr Lee meinte, er würde darüber nachdenken und mich anrufen. Ich würde dort mehr Geld verdienen als im Tierheim. Viel mehr. Das hat er mir gesagt, ohne dass ich ihn danach gefragt habe.«

»Du klingst ein bisschen unentschlossen. Willst du den Job denn haben?«

Todd dachte kurz darüber nach. Er wusste, dass er eine Arbeit brauchte, um Geld zu verdienen und um seinem Leben einen Sinn zu verleihen. Auf gar keinen Fall wollte er zu seinen Eltern zurückziehen, und die Vorstellung, nichts zu tun zu haben, gefiel ihm auch nicht. Er wollte nicht rückwärts gehen, sondern vorwärts. Er wollte mehr Unabhängigkeit, nicht weniger. Und vor allem wollte er nicht, dass Laura ihn für verantwortungslos hielt. Wenn er keinen Job hatte, war seine Zukunft mit Laura womöglich ziemlich begrenzt. Dennoch war ihm der Milchbetrieb nach wie vor nicht ganz geheuer. »Ich weiß nicht, ob ich ihn will, aber vermutlich brauche ich ihn. Es ist wahrscheinlich das Beste, was ich kriegen kann.«

VIERZEHN

Drei Tage nach ihrem erfolgreichen Auftritt im Einkaufszentrum wühlte Todd in einer alten Truhe mit Kleidern, die seine Mutter von diversen Halloween-Partys und anderen Feiertagen aufgehoben hatte. Er überlegte, was er für seine Verabredung mit Laura und ihren Eltern zum Weihnachtssingen anziehen sollte. Lauras Mutter war so stolz auf die Hundewesten, die sie für das Tierheim besorgt hatte, dass sie Laura vorgeschlagen hatte, zum Singen noch zwei Begleiter mitzunehmen. »Bringt doch ein paar Hunde aus dem Tierheim mit. Vielleicht nimmt euch jemand ganz spontan einen ab?«

Laura wusste nicht recht, was sie davon halten sollte. Aber als sie mit Todd und Hayley darüber sprach, kamen alle zu dem Schluss, dass es zu ihrer Taktik passte, die Hunde aus dem Tierheim unter die Leute zu bringen. Hayley meinte, ein Versuch könne nicht schaden.

Laura gab nach. »Wahrscheinlich hast du recht. Wir probieren es einfach, und dann sehen wir schon, was daraus wird.«

Ganz unten in der Truhe fand Todd eine Wollmütze, versehen mit einem Rentiergeweih, die ihm sein Bruder

Jonathan vor etlichen Jahren geschenkt hatte. Er nahm sie heraus und setzte sie auf, um zu sehen, ob sie noch passte. Sie war ziemlich eng, aber dafür umso wärmer.

Da er nicht recht wusste, was man zu so einer Gelegenheit anzog, rief er seine Mutter an. »Mom, was soll ich zu einem Weihnachtssingen mit Hunden anziehen?«

»Todd, noch mal ganz langsam. Ich habe keine Ahnung, wovon du redest.«

Todd war an diesen Vorwurf gewöhnt. Man hatte ihm immer wieder geraten, seine Gedanken in mehrere detailliertere Sätze aufzuteilen für die Leute, deren Denken anders funktionierte als das seine. »Ich gehe heute Abend mit Laura und ihren Eltern von Haus zu Haus und singe Weihnachtslieder.«

»Todd, beim Weihnachtssingen kann man tragen, was man möchte. Hauptsache, es ist warm.«

Todd betrachtete seine abgewetzte Jacke und die Arbeitshandschuhe. »Dann passt das, was ich anhabe.«

Er machte die Tür auf. »Mom, ich lasse Christmas raus. Er muss heute bei euch übernachten.«

Mary Ann war versucht, ihrem Sohn zu sagen, dass er leise singen sollte. Doch dann ermahnte sie sich, Todd einfach Todd sein zu lassen. »Viel Spaß heute Abend. Ich liebe dich.« Aber in letzter Minute konnte sie sich nicht bremsen. »Wenn du ein Lied nicht so gut kennst, solltest du vielleicht eher leise singen.«

»Danke, Mom.« Todd holte seinen Mantel und eilte hinaus. Sein Truck brauchte mehrere Minuten, um warm zu werden. Er überprüfte noch, ob er genug Benzin im Tank hatte, ob die Scheinwerfer an waren und ob keine Warnleuchte blinkte, dann setzte er den Wagen in Bewegung und bog auf den Highway Richtung Stadt ab.

Die Fahrt war angenehm. Todd schaltete das Radio an, in dem gerade Weihnachtslieder kamen. In dem Moment, als die letzten Takte von Dolly Partons »Hard Candy Christmas« verklangen, bog er auf den Tierheimparkplatz ein. Er eilte hinein, holte Ranger und Mac und kehrte mit den beiden und ihren »Adoptieren Sie mich«-Westen in der Hand zu seinem Truck zurück.

Als er bei Laura ankam – die beiden Hundesoprane saßen neben ihm auf dem Beifahrersitz – hatten sich die Weihnachtssänger bereits im Vorgarten versammelt und sangen sich warm mit »Leise rieselt der Schnee …«.

Todd wurde den Verwandten vorgestellt, die er noch nicht kannte, und dann schlug Lauras Mutter vor: »Todd, du und die zwei Hunde in ihren wundervollen Westen sollten vorn stehen, damit unsere Nachbarn Ranger und Mac sehen, sobald sie die Tür aufmachen, und sie sofort behalten wollen.«

»Mom«, wandte Laura ein, »so einfach ist das nicht.«

Todd erhob jedoch keinen Einspruch, und deshalb überhörte Mrs Jordan Lauras Bitte, die Hundevermittlung realistischer zu sehen. Sie winkte Todd an die Spitze der Gruppe. So zogen sie unter dem Vollmond eines kalten Dezemberabends über die West Birch Street.

Ginny und John Jordan, Lauras Eltern, wussten, dass das Weihnachtssingen ein bisschen aus der Mode gekommen war, aber jedes Jahr ermunterten immer mehr Leute sie, es beizubehalten. Wenn die Feiertage näher rückten, bekamen sie von Freunden und Nachbarn immer wieder dasselbe zu hören: »Wir haben kaum noch Traditionen. Ich bin so froh, dass eure Familie diese Tradition aufrechterhält.«

John war allerdings ein wenig misstrauisch. »Sie lachen gern über uns. Nur deshalb wollen sie nicht, dass wir aufhören.«

Lauras Mom fragte die Gruppe: »Warum fangen wir nicht mit ›Stille Nacht, heilige Nacht‹ an? Das ist ein einfaches Lied. Kennst du es, Todd?«

Auf Todds iPod-Liste befanden sich drei Versionen dieses Liedes, und er kannte es auswendig. Das war gut. Er musste nicht leise singen, weil er den Text kannte. »Es gefällt mir. Es ist ein schönes Lied.«

Als sie sich dem ersten Haus näherten, meinte Ginny zu Todd: »Läute einfach und sag: ›Frohe Weihnachten‹, und dann fangen wir zu singen an.«

Damit er wenigstens eine Hand frei hatte, übernahm Ginny die Leine des quirligen kleinen Terriers Ranger. Todd hielt Mac fest. Ranger freute sich ganz besonders über den nächtlichen Spaziergang und war kaum zu bändigen.

Sie standen vor den Stufen eines gelben Hauses mit schwarzen Fensterläden und einem wunderschönen Stechpalmenkranz am Eingang. Auf den drei Stufen, die zur Veranda führten, standen wie die Orgelpfeifen drei Styroporschneemänner, ausgestattet mit riesigen

Karottennasen und roten Knopfaugen. Todd jonglierte mit der Leine und den Notenblättern in der Linken, während er mit der Rechten auf die Klingel drückte. Die Sänger räusperten sich und warteten auf ihr Stichwort.

Aus der Küche war die Stimme einer älteren Frau zu hören, die überraschend deutlich zu ihnen herausschallte. »An der Tür ist jemand, Frank.«

»Dann mach auf, Peggy!«

Die Sänger kicherten.

Die Tür ging einen Spalt auf, und eine Frau in einem blauen Morgenmantel spähte heraus. »Komm her, Frank! Es sind Ginny und John, die uns wie alle Jahre ein kleines Weihnachtsständchen geben wollen.«

»Muss das sein?«, rief die Stimme aus dem Wohnzimmer, in dem der Fernseher sehr laut lief. »Bei den Steelers steht es gerade Spitz auf Knopf. Das will ich nicht verpassen.«

»Dann lass es eben bleiben«, rief sie zurück. Die Sicherheitssperre wurde entfernt, und die Tür ging weit auf. »Oh, wie schön, euch zu sehen.« Ihr Blick schweifte nach unten. »Ach, du meine Güte! Diesmal sogar mit Hunden!«

Todd rief munter: »Fröhliche Weihnachten!«

Die Tenöre legten los: »Sti-ille Nacht …«

Die Frau war ganz begeistert von Ranger. Sie beugte sich zu ihm, und der kleine Terrier begrüßte sie freudig. »Wie süß!«

Ginny nahm Peggy freundlich am Arm und unterbrach ihren Gesang gerade lange genug, um eine Vermittlung in die Wege zu leiten: »Ist er nicht entzückend? Er braucht ein neues Zuhause.«

»Ach so? Wir haben schon einen Hund. Zumindest ich habe einen – meine süße Kleine. Aber Frank liebt Terrier. Er hatte einen in seiner Kindheit. Ich wünschte, er würde sich aufraffen und an die Tür kommen, um diesen netten Burschen zu sehen.«

In dem Moment blies ein kräftiger Windstoß die Tür weit auf. Eine kleine weiße Zwergpudeldame mit einer rosa Schleife am Hals bekam mit, dass auf *ihrer* Veranda etwas los war. Sie setzte sich in ihrem Körbchen auf, in dem sie immer zusammengerollt zu schlafen schien, wenn sie gerade mal nicht kläffte. Schrill bellend flitzte sie aus dem Wohnzimmer, durch den Gang und direkt durch die offene Haustür auf die Veranda.

Ranger nahm diese Herausforderung gern an und stürzte sich auf die Hündin. Die verhätschelte kleine Pudeldame kniff den Schwanz ein und raste ins Haus zurück. Ranger hatte wohl das Gefühl, dass seine Kühnheit auf die Probe gestellt wurde. Er riss sich von Ginny los und setzte seiner Herausforderin nach.

Die Pudeldame stürmte durch den Gang. Ihre Klauen knatterten wie Gewehrschüsse auf den polierten Dielenbrettern. Ranger ließ sie nicht aus den Augen. Die kleine weiße Hündin spürte, dass sie in Nöten war. Sie sprang in hohem Bogen auf Franks Schoß. Von diesem Aussichtspunkt aus fletschte sie die Zähne und knurrte bedrohlich.

Frank rief: »Peggy, im Wohnzimmer ist ein fremder Hund!« Er hielt inne, bemerkte, dass es sich bei dem ungebetenen Gast um einen Terrier handelte, und stellte den Fernseher lauter, um das unablässige Kläffen der Pudeldame zu übertönen. *Ich wette, die Stimme dieses kleinen Burschen würde mir weniger auf die Nerven gehen*, dachte er.

Laura kicherte verlegen. Ginny war ein bisschen beunruhigt, weil der kleine Köter in seiner roten Weste sich schlecht benahm. Doch Todd ließ sich nicht aus der Ruhe bringen. »So sind Hunde eben«, meinte er nur. Er überreichte Mac einem anderen Weihnachtssänger, befahl dem Hund, sich zu setzen, ging an der aufgeregten Peggy vorbei in den Gang und rief: »Ranger, hier!«

Der kleine Hund war ziemlich stolz auf seine Leistung. Schwanzwedelnd kam er zu Todd getrabt. Todd packte die Leine, die Ranger hinter sich herschleifte, murmelte eine Entschuldigung und führte ihn hinaus zu den anderen. Ranger blieb auf dem Treppenabsatz stehen.

Die Weihnachtssänger hatten sich mittlerweile von der Veranda zurückgezogen. Sie standen kichernd auf dem Bürgersteig. Todd wusste nicht recht, warum sie das Lied nicht zu Ende gesungen hatten. Er wollte sich zu ihnen gesellen, doch da hob Ranger ein Bein. Nun gab es zwei weiße Schneemänner – und einen gelben Schneemann.

Peggy reichte es. »Gute Nacht«, verabschiedete sie sich von Ginny. »Bis zum nächsten Jahr.«

Sie schloss die Haustür und sah sich zusammen mit ihrem Mann das restliche Footballmatch an. Die kleine Pudeldame saß zitternd auf ihrem Schoß. In der Halbzeit bemerkte Frank: »Der kleine Terrier war ziemlich forsch.« Stirnrunzelnd betrachtete er den Zwergpudel.

Todd forderte Ranger mit einem Leinenruck auf weiterzugehen. Er wollte gern wieder singen. Laura jedoch legte die Hand auf die Schulter ihrer Mutter. »Ich glaube, das Weihnachtssingen mit Hunden klappt nicht so, wie wir uns das gedacht haben. Wahrscheinlich ist es besser, wenn Todd die Hunde zurückbringt, und ihr zieht ohne uns weiter.«

Ginny war etwas betreten. »Meinst du wirklich?«

»Ja, Mom, wirklich.« Sie wandte sich an Todd. »Lassen wir's gut sein für heute Abend. Ranger ist kein Hund, mit dem man Weihnachtslieder singen kann.«

»Seid ihr euch sicher, dass wir es nicht wenigstens bei einem weiteren Haus probieren sollten?«, fragte er.

Hinter Todd schallte es einstimmig »Ja, ganz sicher!« aus dem Chor. Offenbar graute den Sängern vor der Vorstellung, dass Ranger einen weiteren Überraschungsangriff auf einen ahnungslosen Nachbarn starten könnte.

Laura war klar, dass Todd einen Plan, der einem Hund vielleicht zu einem neuen Zuhause verhelfen konnte, nur ungern aufgab. »Nicht heute Abend, Todd. Wir haben es versucht. Es bleiben ja noch ein paar Wochen, in denen wir für Ranger und Mac ein neues Zuhause finden können. Uns fällt bestimmt noch etwas anderes ein.«

Die Weihnachtssänger gingen zum nächsten Haus, während Todd und Laura den Rückweg antraten. Vor Lauras Haus plauderten sie noch ein Weilchen, bis Laura Todd erklärte, dass sie einen anstrengenden Tag hinter sich hatte. »Rufst du mich morgen an?«

Todd grinste. »Abgemacht.« Er stieg mit Mac und Ranger in seinen Truck.

»Soll ich dir helfen, sie zurückzubringen?«, fragte Laura.

»Nein danke, das schaffe ich schon allein. Gute Nacht, Laura. Gute Nacht, Gracie.«

Laura steckte den Kopf durch das geöffnete Fenster und drückte Todd wortlos einen schnellen Kuss auf die Wange. Dann wandte sie sich ab. Todd fuhr erst los, nachdem er sich vergewissert hatte, dass Laura und Gracie wohlbehalten ins Haus gelangt waren.

Auf der Fahrt zum Tierheim dachte er über Laura nach und hörte auch nicht damit auf, als er sich anschickte, Mac und Ranger in ihren Zwingern zu verstauen. Die Kälte im Tierheim holte ihn aus seinen Gedanken.

»Puh! Hier ist es aber kalt!« Er warf einen Blick aufs Thermometer. »Das hat ja nur vier Grad.« Sofort rief er Hayley an, um ihr zu sagen, dass mit der Heizung etwas nicht stimmte.

»Was soll ich tun?«, fragte er, während er Mac in sein Zwingerabteil steckte.

Hayley blickte auf die Uhr. Zu dieser Zeit war wahrscheinlich niemand mehr aufzutreiben, der ihr mit der Heizung weiterhelfen konnte. Für Menschen waren vier Grad ziemlich kühl, aber den fellbewehrten Bewohnern machten solche Temperaturen nichts aus. »Die Nacht werden sie bestimmt gut überstehen. Morgen früh schauen wir dann gleich als Erstes nach, was mit dem Brenner los ist.«

Im Krankenhausflügel des Gesundheitszentrums war es sehr still. In Hank Fishers Zimmer war es stockdunkel bis auf den matten Lichtstreifen, der unter der Tür hindurchschimmerte. Es war kurz nach Mitternacht. Hank war sich nicht sicher, wo er sich befand und ob er allein war. Er räusperte sich und fragte: »Ist da jemand?«

Es blieb still. Hank hatte gerade etwas Seltsames erlebt. Wahrscheinlich war es ein Traum gewesen. Er saß an einer Kreuzung in dem schwarz-weißen GMC-Truck, den er vor zwanzig Jahren besessen hatte. Es war Sommer, die Natur zeigte sich in ihren prächtigsten Farben. Der Mais stand schon hoch, war jedoch noch zartgrün. Der Motor lief im Leerlauf. Hank hatte das Gefühl, dass er sich verfahren hatte. Er wusste nicht, ob er nach Westen oder nach Osten abbiegen sollte.

Plötzlich tauchte ein weißer Hund hinter einem Baum am Rand des Maisfeldes auf. Der Hund ging langsam nach Westen, blieb stehen, schaute zurück auf Hank und lief dann weiter. Hank blinkte, bog nach rechts ab und folgte dem Hund auf der Schotterstraße nach Westen. Etwa eine halbe Meile lang bewegten sich Hund und Truck sehr langsam und entspannt. Gelegentlich kamen sie an einem Farmhaus vorbei. Nach einer Kurve durchquerten sie einen kleinen Nutzholzwald, und am Fuß eines Hügels ging es über eine alte Holzbrücke, die unter dem Gewicht von Hanks Truck knarzte. Plötzlich endete die Straße, und der Hund verschwand im Wald.

Hank schlang die Decke um sich und schlief wieder ein. Er hoffte, in diesen angenehmen Traum zurückzukehren. Er wollte zu dem Hund zurück, um herauszufinden, wohin er ihn führte.

Im Lauf der Nacht fiel die Außentemperatur stetig ab. Der Wind blies aus Norden. Im Tierheim sank das Thermometer auf den Gefrierpunkt. Die Tiere kamen damit immer noch ganz gut zurecht. Doch das Wasser in den Rohren wurde immer kälter. Um Viertel nach drei platzte das erste Rohr. Über den Boden des Tierheims ergoss sich ein dünner Wasserstrahl. Im Morgengrauen platzten drei weitere Rohre. Allmählich bildeten sich größere Pfützen, und die Bewohner wurden unruhig.

FÜNFZEHN

Hayley war kurz nach halb sieben im Tierheim. So, wie es in den letzten Wochen gelaufen war, schien es passend, dass ein Teil der Decke in ihrem Büro eingebrochen war, dass Wasser über die Böden floss und sich an den Wänden und auf dem Boden Eis bildete. Was kommt als Nächstes? Warum muss so etwas ausgerechnet mir passieren? Diese Fragen schwirrten ihr durch den Kopf wie ein Ohrwurm für irgendein Produkt, das sie definitiv nicht brauchte. Vorsichtig, um keine nassen Füße zu bekommen, überquerte sie die Rinnsale, die durch die Gänge zwischen den Käfigen flossen. Ihr Büro war nicht betretbar, ihr Schreibtisch unter einer feuchten Rigipsplatte begraben. Sie kämpfte sich zu dem Bereich mit den Sicherungen und dem Wasseranschluss durch, stellte sofort das Wasser ab und rief dann die Stadtverwaltung an.

Um Viertel nach acht trudelten die Bürgermeisterin, der Stadtdirektor, der Vertreter der Gaswerke und ein Heizungsfachmann im Tierheim ein. Alle standen mit eng um sich geschlungenen Mänteln da und versuchten herauszufinden, was passiert war. Keiner wollte die Verantwortung für dieses Superchaos übernehmen. Aber im Grunde war tatsächlich niemand daran schuld. Das Gas war nicht abgestellt worden, der uralte Brenner hatte einfach seinen Geist aufgegeben.

Kopfschüttelnd meinte Hayley: »Eigentlich spielt es keine Rolle, wie das passiert ist. Wir müssen es reparieren lassen und das Chaos beseitigen.«

»Lassen Sie uns kurz darüber nachdenken, Hayley«, bat die Bürgermeisterin und wandte sich den übrigen Vertretern der Stadt zu, um die Optionen zu erörtern.

Die vier wanderten durch das Tierheim und begutachteten den Schaden. Schließlich kehrten sie mit hängenden Köpfen zu Hayley zurück und versuchten, ihr schonend beizubringen, was sie vielleicht auch schon allein herausgefunden hatte. Der Stadtdirektor übernahm das Wort.

»Diesen Schaden zu beheben würde eine Menge Geld kosten. Die Stadt hat keine Tausende Dollar übrig, um einen alten Brenner zu reparieren und ein Gebäude aufzuräumen, das demnächst abgerissen wird. So leid es mir tut, Hayley, aber dieses Tierheim ist erledigt, was uns angeht. Sie müssen für die verbliebenen Tiere eine andere Unterkunft finden oder Doc Pelot anrufen und sie einschläfern lassen. Das sind unserer Meinung nach die einzigen Optionen.«

Die Bürgermeisterin wusste, dass das für Hayley eine sehr bittere Pille war. »Wenn Sie eine bessere Idee haben, denken wir darüber nach. Wenn nicht – was bleibt uns denn anderes übrig?«

Hayley lief vor Zorn rot an. Aufgebracht fragte sie die

Bürgermeisterin: »Wie wär's, wenn wir die Tiere in Ihrer Garage unterbringen?«

Annie McDaniel konnte Hayleys Verbitterung verstehen und bemühte sich, es ihr nicht mit gleicher Münze heimzuzahlen. Es würde jetzt nicht viel helfen, wenn sie Hayley sagte, dass sie mit der Pacht zwei Monate im Rückstand war, dass sie alles in ihrer Macht Stehende tat, um die finanziellen Probleme der Stadt zu lösen und dass ihr diese Tiere genauso am Herzen lagen wie allen anderen.

»Hayley, Sie und ich spielen in derselben Mannschaft, also seien Sie mir bitte nicht böse. Es ist schrecklich, aber es ist ja nun wirklich nicht so, dass die Stadt den Brenner ruiniert hat oder dem Bezirk gesagt hat, dass sie das Tierheimareal verkaufen sollen. Da müssen wir eben durch, aber für mich ist es nur eine der täglichen Krisen. Sie sind die Tierheimleiterin, also müssen Sie auch eine Lösung finden.«

Hayley starrte sie erbost an. »Welche zum Beispiel?«

»Wie wär's mit den anderen Tierheimen, die Sie bereits kontaktiert haben – die in Kansas City? Vielleicht kann man dort die letzten paar Härtefälle übernehmen?«

Etwa um diese Zeit kamen Todd und Christmas zur Tür herein. Todds Gesicht war sorgenvoll verzogen. »War das ein Eistornado?«

»Es war kein Tornado, auch wenn es wie einer aussieht.« Hayley freute sich, Todd und seinen Hund zu sehen. »Der Brenner ist kaputtgegangen, und die Rohre sind eingefroren und geplatzt. Das hat zu diesem Chaos geführt.«

»Soll ich aufräumen?«, fragte Todd seine Chefin.

Hayley kam Todd entgegen und umarmte ihn, auch wenn sie damit eher sich selbst tröstete. Dann trat sie einen Schritt zurück, hielt ihn aber noch an den Schultern fest. »Todd, wir können das Tierheim nicht länger betreiben. Wir haben weder Wasser noch Heizung. Hier aufzuräumen würde Tage, wenn nicht sogar Wochen dauern. Die Stadt hat kein Geld dafür. Wir können Besucher nicht herkommen lassen und unsere Hunde in dieser Umgebung vorführen. Wir werden früher als geplant schließen müssen. So leid es mir tut, uns bleibt nichts anderes übrig.«

In den Zwingern zitterten zwölf kalte, nasse Hunde. Die letzten zwei Katzen waren noch in den Geschäften auf der Hauptstraße, die sie über die Feiertage adoptiert hatten. Zum Glück, dachte Hayley; denn die Katzen hätten es gehasst, nass zu werden.

Sie wusste, dass Todd die Hunde trainiert und sich um sie gekümmert hatte, und außerdem versuchte er sein Bestes, jeden Hund in einem liebevollen Zuhause unterzubringen. Die Tiere hatten es wahrhaftig verdient.

Todd stellte die logische Frage: »Wohin sollen wir sie bringen, wenn sie nicht hier leben können? Ranger, Gertie, Past Due, Mac, Bird Dog, Tommy Lee, Willy und die anderen – wo sollen sie bleiben?«

Mit belegter Stimme fragte Hayley: »Todd, erinnerst du dich noch an Plan B? Das müssen wir jetzt tun.«

»Die anderen Tierheime?«

»Ja. Das ist die einzige Lösung.«

»Mir gefällt Plan B nicht. Du weißt, dass es mir nicht

gefällt, wie es in den anderen Tierheimen zugeht, und dir gefällt es ebenso wenig. Dort werden die Tiere nicht so behandelt wie bei uns …« Er verstummte. Offensichtlich dachte er daran, dass die Hunde in den Tierheimen, die Tötungen nicht ausschlossen, eingeschläfert werden würden.

Hayley hätte gern ein Vorbild der Stärke geliefert, aber in diesem Moment gelang es ihr nicht. Sie konnte ihren Schmerz und ihre Enttäuschung nicht verbergen, als sie noch einmal versuchte, Todd die Sache zu erklären. »Die Tiere können nicht hierbleiben. Schau sie dir doch an. Es geht ihnen nicht gut. Wir können uns nicht um sie kümmern – nicht mehr. In einem anderen Tierheim, das der Öffentlichkeit zugänglich ist, besteht wenigstens die Möglichkeit, dass sie vermittelt werden. Wir können sie nicht behalten – hier nicht.«

»Ich habe Ranger und Bird Dog und all die anderen trainiert. Es sind gute Tiere. Ich kann ein Zuhause für sie finden. Ich schaffe es«, beharrte er.

Hayley wusste nicht mehr weiter. Todd schien unfähig, sich der Realität zu stellen, und zweifellos wollte er das auch gar nicht. Sie wandte sich ab. Am liebsten hätte sie laut geschrien. Todds Idealismus war ein zweischneidiges Schwert. Sein Optimismus wirkte oft ansteckend, aber in solchen Momenten, wenn er sich weigerte, der Wahrheit ins Auge zu sehen, konnte er seine Freunde und Verwandten in den Wahnsinn treiben.

Annie McDaniel wäre am liebsten in einer der halb gefrorenen Wasserlachen versunken, die sich auf dem

Zementfußboden gesammelt hatten. »Todd?«, fragte sie sanft. »Was, denkst du, sollen wir tun?«

Der Bürgermeisterin ging es um langfristige Lösungen, doch Todd konnte über die derzeitige Krise nicht hinausdenken. Er schaute sich um. »Zuerst müssen wir sie in trockene Zwinger umsiedeln.« Er wandte sich ab, ging zum Schrank und kramte einen Stapel Handtücher hervor. »Trocknen wir sie ab.«

Nachdem die Hunde getrocknet und versorgt waren, führte Todd sie zu den drei Käfigen, die vom Wasser verschont geblieben waren. Hayley verteilte das trocken gebliebene Hundefutter, das sie auftreiben konnte, in Schüsseln und sah zu, dass alle gefüttert wurden. Ihrem Eindruck nach war Todd völlig fassungslos. Das sagte sie auch George, den sie leise anrief. Sie erzählte ihm, was passiert war, und dass die Tiere nun in andere Tierheime umgesiedelt werden mussten. »Todd scheint sich nicht damit abfinden zu können, dass das Tierheim zerstört wurde«, meinte sie. »Es hat momentan nicht viel Zweck, wenn er hierbleibt.«

Damit hatte George schon gerechnet. »Ich bin in einer Viertelstunde da.« Er rief Mary Ann an, berichtete ihr, was im Tierheim vorgefallen war, und fragte sie, ob sie eine Stunde früher aus der Schule kommen und sich mit ihm im Tierheim treffen könnte. Dann würden sie gemeinsam mit Todd reden können.

In der Schule war nicht mehr viel los, weil es der letzte Tag vor den Winterferien war. Mary Ann meinte nur: »Dann bis gleich«, und legte auf.

»Na, du alter Kauz!«, rief Doc Pelot im Flur vor Hanks Krankenzimmer. »Kann ich reinkommen?«

»Habe ich die Wahl?«

»Nein.«

»Dann bringen wir's hinter uns.«

Doc Pelot trat, auf seinen Gehstock gestützt, an Hanks Bett. Er beugte sich über seinen alten Freund und wurde ein bisschen ernster. »Die Krankenschwester hat mir gesagt, dass es dir heute viel besser geht. Was sagst du?«

»Ich würde gern aufstehen und mir ein bisschen die Füße vertreten. Aber damit werde ich wohl noch ein Weilchen warten müssen. Mal sehen.«

»Kannst du denn laufen?«

»Doktor Wilson hat gesagt, dass ich es heute Nachmittag probieren könnte, wenn sich mein Zustand bis dahin nicht wieder verschlechtert hat.«

Doc Pelot freute sich. »Hank, alter Freund, wir haben uns schon gefragt, ob du je wieder ins Land der Lebenden zurückkehren würdest. Wenn du es so satt hast, Rommé mit mir zu spielen, hättest du es mir auch einfacher zu verstehen geben können.«

»Ich habe es nur satt, ständig gegen dich zu verlieren.« Das Grinsen verschwand aus Hanks Gesicht, als er fortfuhr: »Die letzten Tage waren ziemlich seltsam. Als ich aufgewacht bin, kam es mir vor, als hätte ich mich verirrt.«

»Ich bin froh, dass du den Weg zurück gefunden hast, Hank.« Doc Pelot legte die Hand auf Hanks Arm. »Aber du hast einen guten Zeitpunkt gewählt, um dich ein bisschen zurückzuziehen. Während du geschlafen hast, ist hier eine ganze Menge passiert.«

»Mit meinen Kühen?«, fragte Hank.

»Nein. Deinen Kühen geht's gut. Die sind bei George in den besten Händen. Aber im Tierheim sind gestern Nacht die Rohre eingefroren. Die Bürgermeisterin und der Stadtdirektor sind noch drüben. Ich komme gerade von dort. Es herrscht ein Riesenchaos. Jetzt kann man mit der Schließung nicht mehr bis Anfang Januar warten. Das Tierheim muss sofort zumachen. Wir müssen uns etwas einfallen lassen.«

Hank sah seinen Freund erst bestürzt, dann verärgert an. Er sank ein bisschen tiefer in die Kissen. »Klingt, als seien die zwanzig Riesen, die ich ihnen vor ein paar Jahren gegeben habe, um das Gebäude auf Vordermann zu bringen, aus dem Fenster geschmissen. Das macht es mir natürlich schwer, noch einmal zu helfen. Ich sage dir, Doc – jedes Mal, wenn ich krank werde, geht diese Stadt in die Binsen.«

»Also werde einfach nicht mehr krank.«

»Klingt gut. Ich tue, was ich kann. Aber was machen wir ohne ein Tierheim?«

Doc Pelot ließ sich ächzend auf einem Besucherstuhl nieder. »Du und ich – wir sind zu alt, um ein Tierheim zu leiten, Hank. Es ist Zeit, dass die nächste Generation in dieser Gemeinde aktiv wird. Sonst wird es hier bald wieder so zugehen wie früher. Und da war es ziemlich schlimm.«

Hank und Doc Pelot konnten sich noch gut daran

erinnern, welch jämmerliches Dasein unerwünschte Haustiere gefristet hatten, bevor das Tierheim gegründet wurde. An diese Zeit dachten beide nicht gern zurück. Verstoßene Hunde schlossen sich oft zu gefährlichen Rudeln zusammen und streiften hungrig durch die Gegend. Sie durchwühlten Mülltonnen und fraßen, was sie finden konnten. Oft gerieten sie auch an Fressen, das eigentlich für die Tiere auf den Farmen gedacht war, oder sie stürzten sich auf diese Tiere, rissen Hühner und belästigten Kühe und Schafe auf der Weide. Meist liefen sie dann einem Farmer oder Rancher vor die Flinte. Im Tierheim wurden die Tiere, besonders auch die Katzen, kastriert oder sterilisiert. Doch früher verwilderten sie und vermehrten sich hemmungslos.

Vernachlässigte Tiere verbreiteten Krankheiten und wurden natürlich auch oft selbst krank. Häufig zogen sie sich schlimme Verletzungen zu, wenn sie völlig sich selbst überlassen waren, und litten Höllenqualen in einer Zeit, in der sie menschliche Hilfe am meisten gebraucht hätten.

So traurig es auch war, aber so war es zugegangen, bevor es hier ein Tierheim gegeben hatte. Den beiden Tierfreunden kam es vor, als sei die Zeit zurückgedreht worden. Es sah so aus, als drohe all den unerwünschten Tieren von Crossing Trails bald wieder ein jämmerliches Schicksal.

Hank schüttelte den Kopf. »Ich will das nicht mehr. Was sollen wir tun?«

»Wir müssen darüber reden«, erwiderte der Tierarzt.

»Dann mal los.«

Todd hielt einen alten Föhn in der Rechten und schaltete ihn auf die höchste Stufe, um die Hunde so gut wie möglich zu trocknen. Die Bürgermeisterin zog sich auf einen Stuhl im Eingangsbereich zurück und brach vor lauter Erschöpfung in Tränen aus. Der Stadtdirektor fragte sich, warum er ausgerechnet in Crossing Trails, Kansas, einen Job angenommen hatte.

George machte sich so schnell er konnte auf den Weg. Als er im Tierheim eintraf, stand Mary Anns Wagen schon auf dem Parkplatz.

Der Stadtdirektor und die Bürgermeisterin schienen bereits weg zu sein. George klopfte an Mary Anns Wagenfenster.

Sie stieg aus dem Auto. »Bringen wir's hinter uns.«

Die Eingangstür war mit einer Eisschicht überzogen. Mary Ann stieß sie zaghaft auf und sah sich um. Bestürzt fragte sie: »Der ganze Schaden stammt von eingefrorenen Rohren?«

George hatte so etwas schon einmal erlebt und wusste, welches Chaos geplatzte Rohre anrichten konnten. Er trat um einige Abfallhaufen herum und rief: »Todd?« Als keine Antwort kam, bahnten sich die beiden einen Weg zum Zwingerbereich, wo sie auf Hayley stießen. Sie versuchte gerade, die Propangasheizer anzustellen, die der Ehemann der Bürgermeisterin auf dem Weg in die Arbeit vorbeigebracht hatte.

Als Hayley George sah, rief sie: »Seien Sie bloß vorsichtig, der nasse Boden ist glatt!«

Mary Ann hielt sich an George fest, während sie behutsam ihren Weg fortsetzten. Besorgt fragte George: »Wo steckt Todd?«

»Er ist mit Ranger und Christmas draußen auf dem Übungsgelände. Er wird gleich wieder da sein. Mr und Mrs McCray, Sie müssen mir mit ihm helfen.«

»Wie denn?«, fragte Mary Ann.

»Sie müssen Todd begreiflich machen, dass das Tierheim geschlossen ist. Und zwar jetzt. Wir haben keine Wahl mehr – die letzten zwölf Hunde werden wir in anderen Tierheimen unterbringen müssen. Ich habe schon einen Rundruf gestartet, wir können es gleich heute machen. Todd hatte sich in den Kopf gesetzt, für alle Hunde neue Familien zu finden. Wir hätten es beinahe geschafft, aber jetzt ist es zu spät. Er weiß, dass die anderen Tierheime nicht so sind wie unseres. Ich fürchte, das macht ihm schwer zu schaffen.«

»Wir tun, was wir können«, versprach Mary Ann und packte George fester am Arm, um sich auf ihn zu stützen.

In dem Moment kam Todd mit Ranger und Christmas durch eine Seitentür herein. Die beiden Hunde schienen von dem Chaos um sie herum unbeeindruckt und freuten sich einfach nur, dass sie mit Todd einen kurzen Abstecher ins Freie hatten machen dürfen.

George musterte Todd. Trotz der widrigen Umstände lächelte sein Sohn und wirkte ziemlich ruhig. An vielen Tagen, so auch an diesem, fragte sich George, ob die Welt wusste, was sie an seinem Sohn hatte. Sein Tierheimuniversum stürzte buchstäblich um ihn herum ein. Trotzdem fuhr er unbeirrt fort zu tun, was getan werden musste. Er kniete sich hin, damit die Hunde die Schnauzen unter sein Kinn stecken und ihm ihre Dankbarkeit für seine Fürsorge zeigen konnten.

Plötzlich stand er auf. »Schaut mal!« Er fuhr mit der flachen Hand quer über seinen Brustkorb. Dann ließ er sie nach unten fallen, womit er ein umgedrehtes L andeutete. »Sitz!«

Wie Synchronschwimmer setzten sich die Hunde hin. »Gut gemacht!« Er langte in seine Tasche und gab beiden Hunden ein Trainingsleckerli.

George wusste, dass es der Welt ziemlich egal war, ob ein Dutzend Hunde in einer Kleinstadt in Kansas es schafften zu überleben oder nicht. Aber seinem Sohn bedeutete ihr Schicksal immens viel. Wenn Todd ein Geschenk für die Welt war, dann sollte die Welt wahrhaftig von Zeit zu Zeit auch Todd ein Geschenk machen. In diesem Moment ging ihm auf, dass er etwas zu geben hatte. Er konnte Todd ein großes Geschenk machen. Er beugte sich vor und tat so, als würde er sich kurz mit Christmas unterhalten. Dann sah er zuerst auf Mary Ann und als Nächstes auf Todd.

»Ihr könnt euch gar nicht vorstellen, was unser Hund mir soeben gesagt hat«, sagte er mit todernster Miene.

Todd lächelte. George spielte dieses Spiel nicht zum ersten Mal. Häufig hatte Christmas »gesagt«, dass Todd sein Zimmer aufräumen oder etwas anderes tun sollte, was er gern aufschob.

»Was hat er denn diesmal gesagt, Dad?«, fragte Todd, der kein Spielverderber sein wollte.

George beugte sich noch einmal vor und tat, als würde er einer Hundeäußerung lauschen. »Wie war das noch mal, alter Junge? Okay, ich sag's ihnen. Dieser alte Hund meint, dass deine Tierheimfreunde über Weihnachten ein Zuhause brauchen.«

»Hier können sie nicht bleiben, Dad. Das Chaos ist zu groß.« Todd deutete auf die Verwüstung rings um sie herum.

George legte die Hand unter das Maul des schwarzen Labradors und hob seinen Kopf, bis er in die grünen Augen des Hundes schauen konnte. »Christmas weiß das, und deshalb meint er, eure Hunde sollten bei uns bleiben, in der Scheune, bis ihr ein neues Zuhause für sie gefunden habt. Unser Hund ist ziemlich schlau, meinst du nicht auch?«

Todd beugte sich vor und flüsterte Ranger laut zu: »Wie war das? Sag es noch mal!« Dann stand er auf und verkündete seine Hundebotschaft. »Ranger findet, dass du und Christmas ziemlich schlau seid. Dann sollten wir gleich mit dem Umzug anfangen.«

Zum ersten Mal an diesem Morgen lächelte Hayley, und Mary Ann nickte zustimmend.

George besprach mit Hayley und Todd, was getan werden musste. Mary Ann hatte den Eindruck, dass es ziemlich viel war, doch sie fügte sich. Mindestens ein Dutzend Käfige mussten abgebaut und wieder neu aufgebaut werden, Futter und andere Dinge mussten in die Scheune geschafft werden, und dann musste ein Dutzend Tiere versorgt werden, bis sich eine dauerhafte Lösung fand.

George und Todd fuhren zur Farm, um Werkzeug zu holen. Sie brauchten auch eine geräumige Transportmöglichkeit für die Käfige, Hunde und Vorräte. Deshalb hängte George den alten Vierspänner an seinen Truck.

Mary Ann kehrte in die Schule zurück, ging zum Rektor und bedankte sich, dass er ihre elfte Klasse übernommen hatte.

»Gern geschehen. Es hat mich daran erinnert, warum ich nicht mehr unterrichte«, bemerkte der Rektor.

Als er sie nach dem Ausgang ihres Noteinsatzes fragte, lieferte sie ihm eine kurze Zusammenfassung.

»Klingt, als könnte das Tierheim heute ein bisschen Hilfe gebrauchen«, meinte er zum Schluss.

»George hat keine Ahnung, auf was er sich da eingelassen hat«, erwiderte Mary Ann. »Aber wir müssen eben tun, was wir können.«

»Ich habe eine Idee. Folgen Sie mir.« Rektor Wallace bahnte sich einen Weg zum Sekretariat, durch eine Schar Schüler, die unterschiedlichste Entschuldigungen vorbrachten dafür, dass sie zu spät gekommen waren oder zu früh gingen. Er nahm das Mikrofon zur Hand und drückte einen Knopf. In allen Klassenzimmern und auf den Fluren war ein kleines Knistern zu hören, das eine Durchsage aus dem Sekretariat ankündigte.

»Hier spricht Rektor Wallace. Es tut mir leid, den Unterricht zu stören, aber ich muss etwas Wichtiges durchsagen.« Stan Wallace war sich ziemlich sicher, dass das, was er gleich tun würde, diverse schulische und staatliche Regeln verletzte. Doch er dachte sich, dass diesmal alle wegschauen sollten und es auch tun würden. Er hatte die Versammlung im Rathaus besucht. Hier bot sich den Menschen eine hervorragende Gelegenheit, am gleichen Strang zu ziehen. Und es war eine Chance für die jüngeren Bewohner der Stadt, sich einzubringen. Wenn nicht jetzt, wann dann? Falls sich jemand beschwerte, würde er ihm einen eindringlichen Vortrag halten darüber, in welchen Momenten man fürs Leben lernte.

»Rohre sind geplatzt, was zu einer massiven Verwüstung in unserem Tierheim geführt hat. Ich brauche fünf Freiwillige, die helfen, ein paar Tiere umzusiedeln und ein vorübergehendes Tierheim draußen auf der Farm von Mrs McCray einzurichten. Es wird als entschuldigte Abwesenheit zählen. Wer nicht gerade Wichtigeres zu tun hat und daran interessiert ist zu helfen, meldet sich im Sekretariat.«

Es dauerte nicht lange, bis ein steter Strom Schüler sich Richtung Sekretariat ergoss. Der Rektor wählte die fünf aus, die ihm am vertrauenswürdigsten erschienen, bat sie in sein Büro und erläuterte ihnen, was zu tun war.

»Als Erstes müsst ihr euren Eltern Bescheid geben. Ihr könnt erst weg, wenn sie hier angerufen und ihre Erlaubnis erteilt haben. Sobald Mrs Randolph mir sagt, dass ihr grünes Licht bekommen habt, geht ihr nach Hause und zieht euch Arbeitskleidung an. Es wäre hilfreich, wenn ihr bei euren Eltern ein paar Werkzeuge ausleihen könntet. Ich gehe mal davon aus, dass Hämmer und Stemmeisen beim Abbau wie auch beim Aufbau von Käfigen nützlich sind. Versucht, in einer halben Stunde im Tierheim zu sein.«

Im Tierheim schlug George unterdessen vor, sechzehn Käfige auseinanderzubauen und zur Farm zu bringen, obwohl es nur noch zwölf Hunde waren – nur für den Fall, dass noch jemand mit ein oder zwei Fundtieren vorbeikam. Nach ein paar Stunden und mehrmaligen Fahrten hin und zurück waren sechzehn Käfige auseinandergenommen und in der Scheune der McCrays wieder aufgestellt worden. Aus dem Tierheim waren ein paar Bretter und andere Materialien wiederverwendet worden. Das Futter und sonstige Utensilien waren in den alten Melkverschlägen verstaut worden. Die Böden der Käfige waren mit Stroh ausgelegt, und der alte Ofen der Scheune nahm der Kälte zumindest den schärfsten Biss.

Am frühen Abend sah es so aus, als wären die Hunde gut untergebracht. Drei von ihnen blieben nur sehr kurz in ihren neuen Käfigen. Am Abend waren sie bereits in ihr neues Zuhause umgezogen. Jeder war ein letztes Mal von einem der Schüler begutachtet worden, eine Entscheidung wurde getroffen, die nötigen Formulare wurden ausgefüllt, und dann ging eine Autotür auf. Im dämmrigen Licht der untergehenden Sonne machten sich drei Schüler mit einem neuen Haustier auf dem Rücksitz eines alten Wagens auf den Heimweg.

Eine Stunde zuvor hatte jeder bei seinen Eltern angerufen, nachdem sich alle einen Nachmittag lang schwer ins Zeug gelegt hatten, und gebettelt: »Mom, ich muss diesen Hund einfach mitnehmen!« Es hatte überraschend wenig Einwände gegeben. Angesichts der Nöte des Tierheims und der Begeisterung in der Stimme des Kindes war es schwer, Nein zu sagen.

Todds Handy hatte den ganzen Tag lang geklingelt. Schließlich war er von den Störungen so genervt gewesen, dass er es stumm geschaltet hatte. Erst kurz vor dem Abendessen fiel ihm ein, es wieder auf den Normalmodus umzustellen. Er hatte drei Nachrichten von Laura. Sie machte sich Sorgen um ihn und bat um einen baldigen Rückruf. Hayley wollte mit ihm über die Arbeitsteilung in ihrer neuen Notunterkunft reden, und Ed Lee wollte wissen, ob Todd gern für *Paradise Valley Farms* arbeiten wollte. Seine Nachricht klang sehr freundlich: »Todd, die anderen zwei Bewerber konnten dir nicht das Wasser reichen. Ich denke, du würdest unseren Betrieb wirklich bereichern. Du könntest gleich nach Weihnachten oder am ersten Januar anfangen, ganz wie du willst. Ruf mich nächste Woche an und sag mir Bescheid, ob du den Job haben möchtest.« Es klang, als wolle Ed Lee die Stelle wirklich gern bald besetzen.

Todd trat zu seinem Vater, der an der Schwingtür einer Pferdebox stand und auf das provisorische Tierheim starrte. George fragte sich gerade, ob dies das Verrückteste war, was er je in seinem Leben getan hatte. Auch wenn er sicher war, dass er schon unbesonnenere Dinge getan hatte, fielen ihm keine ein.

»Dad?«

»Ja, Todd.«

»Sieht so aus, als hätten wir beide einen neuen Job.«

George wollte gerade zu einem Vortrag ansetzen, dass das hier allein in Todds Verantwortung lag. Er stellte den Raum zur Verfügung, mehr nicht. Aber das kleine Lächeln auf Todds Gesicht brachte ihn dazu, zu fragen: »Was soll das heißen?«

»Du bist der neue Tierheimassistent, und mir hat man den Job in dem Milchbetrieb angeboten.«

George schüttelte seinem Sohn die Hand, dann umarmte er ihn freudig. »Meinen Glückwunsch, Junge! Ich bin sehr stolz auf dich. Sie können von Glück sagen, dass sie dich bekommen.«

Todd und George räumten das Werkzeug auf und inspizierten zum letzten Mal das provisorische Tierheim. Währenddessen bereitete Mary Ann ein rasches Abendessen zu und rief dann nach den beiden. Todd war so müde, dass er beim Essen kaum noch den Kopf hochhalten konnte. Auf Fragen über den Job bei *Paradise Valley Farms* antwortete er sehr einsilbig. Mary Ann versuchte zwar, ihm ein paar Details zu entlocken, doch er war offenkundig zu erschöpft für so ein Gespräch. Nachdem er stumm eine riesige Schüssel Schokoladeneis niedergekämpft hatte, zog er sich in Thornes Haus zurück.

George siedelte ins Wohnzimmer um, und Mary Ann holte ein Tischtuch und Geschirr aus dem Esszimmerbüfett und begann, den Tisch für die Weihnachtsparty am Wochenende vorzubereiten. Da Wohn- und Esszimmer nur durch eine halbe Wand voneinander getrennt waren, konnte sie sich problemlos mit ihrem Mann unterhalten.

»Findest du nicht, dass Todd ziemlich wortkarg war,

was diesen Milchbetrieb angeht? Er schien nicht gern darüber reden zu wollen, auch wenn mir klar ist, dass er müde war. Glaubst du, er ist nervös?«, fragte sie, während sie rot-grüne Servietten faltete und sie in kleine Serviettenringe in der Form von Pinienzapfen steckte.

»Es macht ihm bestimmt ein bisschen Angst. Er hat mir auch nicht viel gesagt, abgesehen davon, dass er den Job bekommen hat. Wahrscheinlich denkt er nach wie vor hauptsächlich ans Tierheim. Heute war ein schwerer Tag.«

»Glaubst du denn, dass dieser Milchbetrieb das Richtige für ihn ist?«

»Das hoffe ich. Im Grunde wird es Todds erster richtiger Job sein.«

»Was soll das heißen? Die Arbeit im Tierheim war doch auch ein richtiger Job.«

»In dem Milchbetrieb wird man ihn auffordern, Dinge zu tun, die unangenehm sind und ihm nicht leichtfallen werden. Es geht dort ganz anders zu als im Tierheim.«

»Ich bin mir nicht sicher, ob ich dir folgen kann.« Sie zögerte, weil ihr bei Georges Bemerkung unbehaglich wurde. »Welche Dinge denn?«

»Musst du in der Schule nicht auch manchmal Dinge tun – vielleicht bei einem besonders unangenehmen Elternabend –, die du lieber einem anderen überlassen würdest?«

»Wahrscheinlich schon, aber neunundneunzig Prozent meiner Aufgaben machen mir Spaß. Es beunruhigt mich, wenn ich mir vorstelle, dass er Dinge tun muss, die ihm keinen Spaß machen oder unangenehm sind. Warum betrachtest du so etwas als eine wundervolle Aufgabe, an der er wachsen kann?«

George wusste, dass das Gespräch eine Richtung einschlug, die ihm nicht lieb war. »Das habe ich nicht gesagt. Ich wollte damit nur sagen, dass Todd ein Recht hat, etwas nervös zu sein und zu zögern. Es wird eine völlig neue Welt für ihn sein.«

George wusste auch, dass Mary Ann besorgt war, ja vielleicht sogar beunruhigt, und deshalb so gereizt war. »Er wird es schon schaffen.« George spähte über den Rand seiner Zeitung und wartete auf die Antwort seiner Frau.

»Es schaffen?«, fragte sie bissig.

Im selben Tonfall wiederholte George seine Aussage. »Jawohl, er wird es schaffen. Und wie geht es dir damit, Mary Ann? Wirst du es auch schaffen?«

Sie blickte von ihrer Arbeit auf. »Um ehrlich zu sein – ich bin ein bisschen verstört.«

George legte die Zeitung weg. »Momentan ist einfach sehr viel los. Todds neuer Job, das Tierheim, Weihnachten steht vor der Tür – das ist alles sehr viel für ihn. Warum legst du nicht eine kleine Pause ein? Komm her und setz dich zu mir.«

Mary Ann folgte seiner Aufforderung und setzte sich neben ihn auf die Couch. In dem Versuch, sie ein wenig zu trösten, meinte George: »Ich hoffe, dass der Milchbetrieb das Richtige ist für Todd, dass wir ein neues Zuhause für die letzten Hundesorgenkinder finden und dass wir im neuen Jahr wieder zur Normalität zurückkehren können.«

»Das hoffe ich auch. Aber wenn er jetzt in diesem Milchbetrieb arbeitet, wird er vielleicht nach Crossing Trails ziehen wollen.«

Er spähte über seinen Brillenrand und meinte nur: »Möglicherweise.«

In diesem einen Wort schwang eine Menge mit – Geduld, Liebe und eine Art Resignation, die direkt zum Kern des Problems durchzudringen schien, mit dem sich Mary Ann in den letzten Wochen herumgeschlagen hatte. »Möglicherweise« – damit erinnerte George seine Frau sanft daran, dass Todd eine eigene Zukunft hatte. Er wurde erwachsen. Sie mussten loslassen.

»Möglicherweise – mehr hast du dazu nicht zu sagen?« Mary Ann musste lachen. Sie wusste, dass ihr Mann sich sehr bemühte, ihr zu helfen, sich mit all diesen Dingen abzufinden. Letzten Endes war sie sogar einer Meinung mit ihm. Sie würden es alle schaffen. Doch abgesehen davon vermutete sie, dass hinter Georges geduldigem Reden über das Loslassen eine kräftige Portion Beschönigung stand. Wenn Todd nach Crossing Trails zog, würde George sich ebenso große Sorgen um ihn machen wie sie.

Mary Ann zog ihrem Mann die Brille von der Nase und gab ihm einen sanften Kuss. Dann schmiegte sie ihr Kinn an sein Ohr und flüsterte: »Wenn ich aufhören soll, mir über Todd Sorgen zu machen, würde mir das am besten gelingen, wenn ich viel mehr Zeit damit zubrächte, mir über dich Sorgen zu machen. Hättest du etwas dagegen?«

George stand sofort auf und gähnte ausgiebig. »Ich glaube, es ist Zeit, ins Bett zu gehen. Todd wird es schon schaffen.«

Am Fuß des Hügels der McCrays saß Todd in Thornes Haus am Küchentisch und las seine E-Mails, darunter auch eine von Julie von der *Heartland School for Dogs*. Diese Mail las er zwei Mal, um sicherzugehen, dass er sie verstanden hatte. Dann versuchte er zum dritten Mal, Laura zu erreichen. Die letzten beiden Male war ihr Telefon besetzt gewesen. Diesmal kam er durch.

»Wo hast du denn gesteckt?«, fragte Laura.

»Ich hatte ziemlich viel zu tun. Heute ist viel passiert. Ich muss dir wahnsinnig viel erzählen, Laura.«

Todd berichtete von den geplatzten Rohren, der Notschließung des Tierheims und wie praktisch es war, die restlichen Hunde nun in unmittelbarer Nähe zu haben.

Sie hörte ihm interessiert zu, aber sie dachte auch ständig an eine Frage, die sie ihm nur ungern stellen wollte aus Angst, dass die Antwort nicht günstig ausfallen würde. Schließlich konnte sie sich nicht mehr zurückhalten. »Hat sich der Milchbetrieb denn bei dir gemeldet?«

»Ja. Sie haben mir den Job angeboten. Offenbar habe ich einen guten Eindruck gemacht. Ich kann mit Kühen ja auch gut umgehen.« Er legte eine kleine Pause ein, dann fügte er hinzu: »Ich würde lieber mit Hunden arbeiten. Kühe kann man nicht trainieren. Ich weiß nicht, ob ich den Job annehmen soll.«

»Ich habe gerade gedacht, dass du nichts überstürzen

solltest. Wer weiß, vielleicht tut sich ja doch noch etwas anderes auf? Lass dir doch einfach noch eine Woche Zeit, um darüber nachzudenken.«

»Darüber wollte ich mit dir reden.«

»Jetzt?«

»Ja. Ich habe Julie Bradshaw, der Hundetrainerin bei *Heartland*, eine E-Mail geschrieben. Sie hat mir geantwortet.« Todd beugte sich über den Computer. »Ich denke, ich sollte sie dir vorlesen. Also, hier kommt sie.«

Todd,
danke für deine Mail. Es freut mich, dass dir das Trainingsvideo gefallen hat. Dass euer Tierheim schließen muss, ist wirklich schrecklich. Aber vielleicht habe ich gute Neuigkeiten für dich: Wir suchen bei Heartland einen Assistenten für unsere Trainer, der sich als Trainer ausbilden lassen möchte. Das Programm erstreckt sich über drei Jahre, und danach gilt unser Mitarbeiter als professioneller Ausbilder für Assistenzhunde. Wir haben schon mehrere Bewerbungsgespräche geführt und müssen uns bald entscheiden. Ich persönlich könnte mir vorstellen, dass du hervorragend dafür geeignet wärst. Aber natürlich musst du dich wie jeder andere bewerben. Wenn du möchtest, komm doch einfach in den nächsten Tagen vorbei, und dann reden wir darüber. Falls du interessiert bist, ruf mich bitte bald an, dann kann ich mit unserem Leiter einen Gesprächstermin vereinbaren.

Julie Bradshaw
Leiterin der Abteilung Hundeentwicklung

Todd wartete auf Lauras Reaktion. Als nichts kam, fragte er sich, ob die Verbindung abgerissen war, was im ländlichen Cherokee County nicht ungewöhnlich war. »Laura, bist du noch da?«, fragte er.

Laura war, als würde sie sich über den Rand einer Klippe beugen. Sie krallte sich mit der einen Hand in ihren Bettüberwurf, und mit der anderen zog sie Gracie zu sich heran. Eine bunte Mischung von Gefühlen stürmte auf sie ein: Stolz, Angst, Schmerz, Sorge, Freude. Sie wusste nicht, was sie sagen sollte. All diese Gefühle vermengten sich. Es würde etliche Tage dauern, bis sie und Todd sie sortiert hatten. Im Moment trieb ihr dieses Gefühlswirrwarr Tränen in die Augen. Sie drängte sie zurück. »Ich bin da, Todd. Ich bin da.«

SECHZEHN

Der erste Schluck Kaffee am Morgen schmeckte immer am besten. George faltete die Zeitung und legte sie für Mary Ann auf den Küchentisch. Dann trank er rasch seine Tasse aus. Das Licht der Lampe an der hinteren Veranda drang kaum durch den Nebel, der über dem schneebedeckten Boden hing.

Christmas hatte angefangen, die Aufmerksamkeit zwischen George und Todd neu zu verteilen. Nachdem er jetzt nicht mehr täglich mit Todd ins Tierheim ging, verbrachte er viel Zeit mit George und Mary Ann. George machte die Tür auf und ließ ihn ins Haus, nachdem der Hund sein Geschäft erledigt hatte. Es wehte ein eisiger Nordwind. Christmas schlüpfte rasch hinein und legte sich wieder auf seinen Lieblingsplatz vor dem Feuer. George spülte seine Müslischüssel, stellte sie in die Spülmaschine und zog sich dann im Vorraum Mantel, Handschuhe und Stiefel an.

Zu Georges morgendlichen Aufgaben gehörte es auch, das Kalenderblatt abzureißen und wegzuwerfen. Gestern war Freitag, der zwanzigste Dezember, gewesen. Ein weiteres Jahr ging zu Ende. Es kam ihm vor, als habe er erst vor wenigen Wochen den diesjährigen Kalender aufgehängt und den ersten Januar abgerissen. Er öffnete die Hintertür und grub in seinen Taschen nach dem Wagenschlüssel. Die Luft war kalt und feucht. Er fuhr durch den düsteren Wintermorgen zu Hanks Farm und molk die Kühe. Dann kehrte er zurück, warf einen kurzen Blick auf die Tierheimschützlinge, die größtenteils noch schliefen, und erledigte seine Aufgaben. Todd kam vorbei und half ihm etwa eine Stunde, dann eilte er davon. Er habe etwas Wichtiges zu tun, meinte er noch, aber worum es sich handelte, verschwieg er.

Als George mit der Arbeit fertig war, setzte er sich auf eine Tasse Kaffee zu Mary Ann. In zwei Tagen fand ihre traditionelle Weihnachtsparty statt, weshalb Mary Ann viel zu tun hatte und ihren Kaffee rasch trank. Sie spülte gerade ihre Tasse und stellte sie weg, als das Telefon klingelte. Es war Louisa Sailor.

»Ich wollte dir nur sagen, wie sehr wir uns schon auf eure Party freuen«, erklärte Mary Anns Freundin.

»Nun, meine Liebe – George und ich freuen uns auch schon auf euch.«

Es entstand eine kurze Pause. Mary Ann spürte, dass ihrer Freundin noch etwas anderes auf dem Herzen lag. Sie versuchte, das Gespräch abzuschließen. »Na, dann sehen wir uns also am Sonntag, oder?«

»Eins noch, Mary Ann. Ich dachte, das solltest du wissen, und ich hoffe, dass du mich nicht für ein Klatschmaul hältst ...«

Mary Ann wusste, dass Louisa genau das war. Sie hakte nach: »Nun sag schon, Louisa, worum geht's?«

»Nun, euer Sohn, Todd, war gerade auf der Bank. Wir waren beide dort – die ersten Kunden heute Morgen.« Louisa legte eine kleine Kunstpause ein, um sicherzugehen, dass ihre überraschende Enthüllung gebührend einschlug. »Ich stehe also direkt hinter ihm am Schalter. Ich weiß schon, im Grunde geht mich das nichts an. Aber Mary Ann, ich denke, es wird dich überraschen zu hören, dass Todd sein Sparbuch gekündigt hat und ihm 3224 Dollar und 16 Cent ausgehändigt wurden. Er steckte das ganze Geld ein und ging, als wäre es das Normalste auf der Welt. Natürlich fragte ich mich unwillkürlich, warum Todd McCray so viel Geld braucht. Ich fand einfach, dass du das erfahren solltest, so von Mutter zu Mutter.«

Mary Ann seufzte. »Louisa, danke für deinen Anruf. Ich werde der Sache nachgehen.« Sie legte auf und versuchte, keine Vermutungen anzustellen, warum ihr Sohn so viel Geld brauchte. Sie versuchte, sich zum dritten Mal an diesem Tag zu sagen, dass sie aufhören sollte, sich um Todd Sorgen zu machen. George hatte ganz recht – er würde es schon schaffen.

Schließlich setzte sie sich wieder zu ihrem Mann und versuchte, das Gespräch mit ihrer neugierigen Freundin herunterzuspielen. »Das war Louisa Sailor. Heute Morgen hat sie deinen Sohn in der Bank gesehen. Sie glaubt, dass Todd weglaufen und in die Fremdenlegion eintreten will.«

Sie erzählte ihm die ganze Geschichte. Doch das machte die Sache nur noch schlimmer. Schließlich gab sie es auf, so zu tun, als mache sie sich keine Sorgen. »Es beunruhigt mich. Was hat es damit auf sich?«

George versuchte, sie so gut es ging zu beruhigen. »Todd hält sein Geld ziemlich gut zusammen.«

»Aber warum braucht er so viel und wozu?«

»Ich weiß es wirklich nicht.«

Sie stand auf und begann, unruhig in der Küche auf und ab zu laufen. »Es tut mir leid, aber ich kann einfach nicht herumsitzen und mir darüber keine Sorgen machen«, meinte sie. Die wachsende Angst in ihrer Stimme war unüberhörbar. »Vielleicht kannst du das, aber mir gelingt es einfach nicht. Wir müssen der Sache nachgehen.«

»Todd ist volljährig, und es ist sein Geld. Es ist Weihnachten …« Allmählich ergaben diverse Puzzleteile für George ein Bild. Todd hatte ihn gefragt, woran man ein gutes Geschenk erkannte. Er hatte ihm gestanden, dass er Laura liebte. Nein, sagte sich George, das kann es nicht sein. Er war noch nicht bereit für eine weitere Schwiegertochter, und Todd war noch nicht bereit zu heiraten. Er fragte sich zwar, warum sein Sohn so viel Geld abgehoben hatte, aber er beschloss, keine wüsten Theorien aufzustellen. »Ich kümmere mich darum«, beruhigte er Mary Ann.

Er griff zum Telefon und wählte Todds Nummer. Todd antwortete beim zweiten Klingeln und schien ziemlich beschäftigt. »Was ist los?«, fragte er kurz angebunden.

»Nicht viel. Sag mal, Todd, ich habe mir gerade überlegt – wie steht es mit deinen Finanzen? Machst du dir Sorgen, weil du keinen Job hast? Du hast doch ziemlich viel gespart, oder?«

»Schon gut, Dad, ich habe genug Geld. Ach, übrigens – Laura und ich sind morgen den ganzen Tag unterwegs. Wir haben etwas Besonderes vor. Ich muss jetzt los.«

Todds Geheimniskrämerei verstärkte die Sorgen seiner Eltern. Und es half auch nicht, dass Todd in den letzten zwei Wochen ungewöhnlich häufig und lange mit Laura telefoniert hatte.

Am Samstag stand Mary Ann früher auf als sonst. George hatte sich schon vor einer Stunde auf den Weg zu Hanks Farm gemacht, um die Kühe zu melken. Am nächsten Tag fand die Weihnachtsparty statt. Mary Ann hatte noch einiges zu erledigen, doch ihre Gedanken kreisten hauptsächlich um Todd und warum er plötzlich so viel Bargeld brauchte.

Sie trat ans Fenster. Die Sonne stand schon so hoch am Morgenhimmel, dass sie Todds Truck in der Einfahrt sehen konnte. Als sie am Vorabend kurz nach elf ins Bett gegangen war, parkte Lauras Auto noch vor Todds Hütte. Sie wusste, dass es Lauras Eltern nicht recht war, wenn sie so spät nach Hause fuhr. Und sie selbst war auch nicht glücklich darüber.

Sie setzte sich auf ihren Stuhl, trank eine Tasse Kaffee und dachte über ihren Sohn nach. Als George hereinkam, war es mit ihrer Beherrschung vorbei. »Ich ertrage es keine Minute länger.«

»Was ist denn los?«

»Du musst zu Todd runter und nachsehen, was mit ihm los ist.«

»Wie meinst du das?«

»George! Verlange eine Erklärung. Du hast ihn zu leicht davonkommen lassen.«

Widerworte waren zwecklos. »Bin gleich wieder da«, meinte George und machte sich auf den Weg.

Er öffnete die Tür von Thornes Haus und rief nach Todd. Doch es kam keine Antwort. Es war zwar erst Viertel nach sieben, aber Todd war ein Frühaufsteher, und George ging davon aus, dass er wach war. Er versuchte es noch einmal. »Todd, bist du schon auf?«

Als sein Sohn aus dem Schlafzimmer trat, konnte George es kaum fassen. »Was ist mit Todd McCray passiert? In seiner Hütte steht ein gut aussehender Bursche in einem Anzug.«

»Dad«, stöhnte Todd. »Ich bin's, Todd McCray.«

George pfiff anerkennend. »Wow, diese Klamotten müssen dich eine Stange Geld gekostet haben.«

»Jawohl. Gefallen sie dir?«

Todd drehte sich um. Seine Krawatte war geknotet wie ein Kälberstrick und baumelte formlos an seinem Hals.

»Der Anzug ist super«, meinte George. »Die Krawatte ist perfekt, aber ich kann dir helfen, den Knoten ein bisschen kleiner zu machen. Bei den Schuhen und den Socken bin ich mir nicht so ganz sicher.«

Todd blickte auf seine weißen Socken und die roten Converse Sneakers. »Das wollte ich dich noch fragen. Ich habe mir neue gekauft.« Er deutete auf die Schachtel auf dem Sofa. »Aber irgendwie gefallen mir die hier besser. Was meinst du?«

»Probier doch die neuen mal an, nur für mich. Allerdings würden sie mit den schwarzen Socken besser aussehen.« George deutete auf die Socken neben dem Schuhkarton.

Todd zog Socken und Schuhe an, dann meinte er: »Sie fühlen sich immer noch komisch an.«

»Das tun neue Schuhe am Anfang immer. Du bist nicht an die harten Sohlen gewöhnt.«

»Also meinst du, ich sollte sie tragen?«

»Du hast sie aus einem bestimmten Grund gekauft, stimmt's?« George hätte diesen Grund zu gern gekannt. Außerdem hätte er zu gern erfahren, warum Todd sein Sparbuch gekündigt hatte und wohin er heute Morgen fahren wollte. Aber lieber wäre es ihm gewesen, wenn Todd es ihm von sich aus gesagt hätte. Sei geduldig, mahnte er sich stumm. Zum Glück war heute Morgen nicht Mary Ann in diese Szene hereingeplatzt.

Todd nahm das rechte Bein hoch, um seine neuen Schuhe noch einmal genauer zu betrachten. »Ich nehme an, sie passen.« Dann knotete er die Krawatte auf und reichte sie George. »Ich habe keine Ahnung, wie ich die binden soll.«

George winkte seinen Sohn zu dem Spiegel neben dem Foto, das er kürzlich aufgehängt hatte – das Foto, auf dem Grandpa Bo ihn, seinen Enkel, auf den Schultern trug. Er trat hinter Todd, band den Knoten für ihn und schob die Krawatte unter den Kragen. »Was meinst du?«, fragte er.

»Ich sehe richtig gut aus.«

»Gibt es einen bestimmten Grund, warum du so gut aussehen möchtest?«, bohrte George vorsichtig nach.

»Laura und ich haben heute etwas Besonderes vor.«

»Verstehe«, erwiderte George so gelassen wie möglich und strich den Hemdkragen glatt.

Wieder war er froh, dass er hier war und nicht Mary Ann. Er wollte erst gar nicht darüber nachdenken, wie sie auf die Ankündigung *Laura und ich haben heute etwas Besonderes vor* reagiert hätte.

George war klar, dass Todd nicht mit der Sprache herausrücken wollte. Doch er beschloss, das Privatleben seines Sohnes zu respektieren und seinen eigenen Rat zu befolgen, sich nicht in Todds Angelegenheiten einzumischen. Dennoch hoffte er, dass Todd nichts tat, was er später bereuen würde. Nur mit großer Mühe gelang es ihm, seinem Vorsatz, Todd seine Entscheidungen selbst fällen zu lassen, treu zu bleiben.

»Wenn du etwas brauchst, weißt du ja, wo du mich finden kannst.« George musterte die alten Klamotten, die Todd auf den Boden geworfen hatte und neben denen nun auch die roten Converse Sneakers lagen. »Dann sehen wir dich morgen bei unserem Tag der offenen Tür?«

»Ich werde da sein. Ich habe mit Hayley telefoniert. Sie wird nachher vorbeikommen, um die Hunde zu versorgen und ihnen ein bisschen Bewegung zu verschaffen. Später bin ich dann auch wieder da, aber es könnte ziemlich spät werden.«

»Klingt gut, Todd. Bei dir ist so weit alles in Ordnung, oder?«

»Na klar.«

»Gibt es etwas, was du mir sagen willst?«

Todd wirkte völlig locker. »Dad, mach dir keine Sorgen. Bei mir passt alles.«

Es fühlte sich komisch an, in einem Anzug im Truck zu sitzen. In Crossing Trails stellte Todd seinen Wagen vor Lauras Haus ab. Sie hatten beschlossen, dass es sicherer und auch bequemer wäre, Lauras Auto zu nehmen. Julie hatte vorgeschlagen, Gracie mitzubringen. An ihr würden sich Todds Fähigkeiten besser zeigen als in jedem Lebenslauf, hatte sie gemeint.

»Gracie ist der lebendige Beweis für dein Talent und deine Leistungen«, hatte Julie gesagt. »Nimm sie mit. Und deine Laura würden wir auch sehr gern kennenlernen, wenn ihr die Fahrt nichts ausmacht.«

Die Fahrt nach Washington, Kansas, dauerte laut Navi drei Stunden. Der Ort ähnelte in vieler Hinsicht Crossing Trails, doch er war auch der Sitz der *Heartland School for Dogs*. Um acht fuhren sie los. Mit Hilfe des Navigationsgeräts auf seinem Handy hatte sich Todd eine Karte und die Wegbeschreibung besorgt. Sie fuhren nach Norden, vorbei an Manhattan, Kansas, und durch die wundervollen Feuersteinhügel, die wie sanfte Sphinxe aus der Prärie aufstiegen.

Julie und ihr Chef, Lyle Hanks, wollten mit ihnen eine kleine Führung machen. Dann wollten sie gemeinsam zu Mittag essen und noch ein wenig über die Schule plaudern.

George bemühte sich nach Kräften, Mary Ann zu beruhigen, aber es gelang ihm nicht besonders gut.

»Du weißt also nur, dass er sich einen Anzug gekauft hat und dass sie den Tag gemeinsam verbringen werden. George, da ist was im Busch! Todd hat sein ganzes Geld abgehoben. Glaubst du, sie haben etwas Verrücktes vor, zum Beispiel, nach Frankreich durchzubrennen?«

»Die Idee ist mir auch schon gekommen. Kein schlechter Plan.« Er nahm die Hände seiner Frau. »Würdest du gern mit mir nach Frankreich durchbrennen? Gegrillter *Fromage* ist eine Spezialität von mir.«

Sie schob seine Hände weg. »George, mir ist nicht nach Späßen zumute.«

»Du machst dir zu viele Sorgen. Es ist Weihnachten. Todd hat mich gefragt, woran man ein gutes Geschenk erkennt. Vielleicht fahren sie nach Kansas City, und er macht sich einen netten Tag mit ihr in der Stadt.«

Auf Mary Anns Stirn zeigten sich wieder die Sorgenfalten. »Einen netten Tag in der Stadt, mit dreitausend Dollar und in einem Anzug? Wie kann man in Kansas City so viel Geld ausgeben?«

»Mary Ann, unser Sohn ist vierundzwanzig Jahre alt. Er hat das Recht, mit seinem Geld zu tun, was er will. Wir müssen ihm vertrauen. Bald werden wir mehr wissen.«

Todd war noch nie in Disneyland gewesen, doch die *Heartland School für Dogs* war für ihn das Zweitschönste. Auf dem Weg durch die Anlage schwebte er mehr, als dass er ging, und er hatte dabei das starke Gefühl, dass er an einem entscheidenden Punkt in seinem Leben angekommen war. Die Gebäude und Zwinger waren blitzsauber. Das hätte Hayley bestimmt auch gut gefallen.

An einem guten Tag im Tierheim blieben Todd vielleicht ein oder zwei Stunden, um mit den Hunden richtig zu arbeiten. Die meiste Zeit verbrachte er damit, die Tiere zu versorgen und für Ordnung und Sauberkeit zu sorgen. Hier waren die Prioritäten anders. Bei *Heartland* warteten die Hunde nicht eingepfercht in ihren Zwingern auf einen Platz, den sie als ihr Zuhause betrachten konnten – einen Platz, dem sie sich zugehörig fühlen konnten und wo sie akzeptiert wurden. In der *Heartland School* waren die Hunde Könige. Sie hatten eine Aufgabe und einen Sinn im Leben, und sie stürzten sich mit Begeisterung auf jeden neuen Tag.

Julie konnte sich nicht zurückhalten und holte einen ihrer Lieblingsretriever aus seinem Zwinger. Während sie kurz mit Lily arbeitete, hätte jeder Beobachter erkannt, dass die Hündin eine Zielstrebigkeit an den Tag legte, die direkt aus ihrem Innersten zu kommen schien. Sie war voll konzentriert und erledigte ihren Job freudig und hingebungsvoll. Todd ging es genauso wie dem Hund, den er beobachtete – auch er war beinahe überwältigt vor Freude. Er fühlte sich hier mehr zu Hause als in seinem richtigen Zuhause. »Wow«, staunte er ununterbrochen. Laura spürte, wie aufgeregt er war, und drückte ihm die Hand.

Nach der Tour bat Julie Todd, für Lyle mit Gracie ein paar Dinge vorzuführen, die er ihr beigebracht hatte. Sie gingen in einen riesigen Trainingsraum, angefüllt mit allen möglichen Requisiten – Rollstühle, Schaufensterpuppen, Spielzeug zum Zerren, Schachteln mit Dingen, die von den Hunden erkannt und gebracht werden sollten. Todd griff nach den Sternen. Da er den Raum von dem Trainingsvideo kannte, das Julie ihm geschickt hatte, fand er rasch, wonach er suchte. Er nahm Laura die Leine ab und ging mit Gracie in die Mitte des Raums. Dort rief er leise ihren Namen, um ihre Aufmerksamkeit zu wecken, und gab den ersten von einer Reihe von Befehlen.

»Kühlschrank!«

Gracie setzte sich in Bewegung. In den nächsten zehn Minuten führte sie einen Befehl nach dem anderen aus – zuverlässig und fehlerfrei.

Ebenso zuverlässig und fehlerfrei erteilte Todd seine Kommandos.

Nachdem er seine Demonstration beendet hatte, bat Lyle ihn zum offiziellen Bewerbungsgespräch in sein Büro. Julie hatte genug gesehen. Ihre Entscheidung war gefallen. Deshalb unterhielt sie sich währenddessen mit Laura über deren Arbeit mit Gracie im Gesundheitszentrum.

Nach dem Bewerbungsgespräch bestellte Lyle Lunch – belegte Baguettes, die wie von Zauberhand direkt von der gegenüberliegenden Straßenseite geliefert wurden –, und sie aßen gemeinsam im Aufenthaltsbereich in einer Ecke des großen Übungsraums.

Schließlich brachte Lyle die einzige Sorge vor, die er noch hatte: »Todd, die meisten unserer neuen Mitarbeiter brauchen drei Jahre, bis sie zertifizierte Ausbilder für Assistenzhunde sind. Das ist dann so etwas wie ein Collegeabschluss. Aber bei uns lernt man das Ganze nicht aus Büchern, sondern bei der Arbeit. Du bist viel weiter als die jungen Leute, die wir neu einstellen. Deshalb brauchst du vielleicht keine drei Jahre. Aber es wäre trotzdem eine lange Verpflichtung.«

Todd fühlte sich so wohl, dass er aufrichtig antwortete: »Ich lerne besser, wenn ich etwas tue. Mit Büchern bin ich noch nie besonders weit gekommen.«

Lyle fragte ihn ohne Umschweife: »Ist die Arbeit hier etwas, was du gern tun würdest? Bist du bereit, dich für drei Jahre festzulegen?«

»Jawohl, Sir. Das ist etwas, was ich gern tun würde. Sehr gern.«

Lyle warf einen Blick auf Julie, die nickte. »Dann werden Julie und ich uns noch einmal unterhalten, und dann versuchen wir, dich so schnell wie möglich zu benachrichtigen.«

SIEBZEHN

Todd legte seinen Schlüsselbund auf den Küchentisch und überprüfte sein Handy. Es gab mehrere Nachrichten – alle von ein und derselben Person. Eilig wählte er die Nummer.

»Hi, Mom – ich habe deine Nachrichten erhalten.«

»Ich habe dich den ganzen Tag lang versucht anzurufen.«

»Tut mir leid, ich hab mein Handy stumm geschaltet und vergessen, den Normalmodus einzustellen.« Todd hatte ein schlechtes Gewissen bekommen, als er die besorgte Stimme seiner Mutter auf der Mailbox gehört hatte.

»Bist du jetzt zu Hause?«, fragte Mary Ann.

»Ja. Soll ich an die Hintertür gehen und dir winken?« Er wusste nicht recht, was er sagen sollte, wenn sie fragte, wo er denn den ganzen Tag gesteckt hatte. Zu seiner Erleichterung unterließ sie es, ihn danach zu fragen.

»Nein. Ich wollte mich nur vergewissern, dass es dir gut geht.« Wie gern hätte sie gewusst, wo er abgetaucht war! Aber sie bemühte sich nach Kräften, Georges Vorschlag zu befolgen und Todd in Ruhe zu lassen. »Ich bin froh, dass du zu Hause bist. Ich muss jetzt noch ein paar Sachen für die Party herrichten.«

»Ich komme gleich hoch und helfe dir.«

Er ist wohlauf, das ist das Wichtigste. Mehr muss ich jetzt nicht wissen, mahnte sich Mary Ann, als sie auflegte. Sie atmete ein paarmal tief durch, um sich zu entspannen, dann machte sie sich daran, ihre letzten Vorbereitungen zu erledigen. Am Sonntag kurz nach sechs bogen die ersten Autos auf die Zufahrt ein.

Der Boden war so festgefroren, dass die Partygäste auf dem Hof vor der Scheune parken konnten, ohne Gefahr zu laufen, im Schnee zu versinken. George hatte zwei Lautsprecher an der Außenwand der hinteren Veranda angebracht, sodass nun Weihnachtslieder durch die Nachtluft schallten und die Gäste begrüßten. Todd und Mary Ann hatten eine Songliste auf ihrem schon ziemlich veralteten MP3-Player zusammengestellt. Die Liste einzurichten hatte nicht lange gedauert; weit länger hatte es gedauert, bis sich Mutter und Sohn einigen konnten, welche Lieder in die Liste aufgenommen werden sollten. Schließlich schlossen sie einen Kompromiss und erstellten eine Mischung aus Todds Lieblings-Country-Songs und traditionellen Weihnachtsliedern, die eher Mary Anns Geschmack entsprachen.

Als es an der Tür klopfte, rief Mary Ann George und Todd zu: »Sie kommen!«

Sie eilte mit noch umgebundener Schürze an die Hintertür und begrüßte die ersten Gäste. Nur die Stadtleute kamen an die Haustür. Rektor Wallace und seine Frau standen auf der Schwelle.

»Frohe Weihnachten! Schön, dass ihr gekommen seid.«

Mr Wallace ging auf die sechzig zu. Er seufzte glücklich. »Das würden wir uns nie entgehen lassen. Ich komme schon seit meiner Kindheit auf eure Party.«

Da in der Küche bald ein großes Gedränge herrschen würde, schob Mary Ann ihre ersten Gäste ins Wohnzimmer. »Übrigens, noch einmal vielen Dank für die Freiwilligen. Das McCray-Tierheim ist eingerichtet und läuft bestens.«

»Oh, ich würde das Werk unserer Schüler gern begutachten. Aber erst werde ich mir eines dieser hübschen Sandwiches nehmen.«

»Todd führt Sie bestimmt gern herum. Aber ich warne Sie – es sind noch immer neun Hunde übrig. Und Todd ist nicht schüchtern, wenn es um das Ausfüllen von Vermittlungsformularen geht.«

Um halb sieben wurde es immer voller. Da Mary Ann wusste, dass ihre Gäste von einer Musiklehrerin nichts anderes erwarteten, ließ sie sich nicht lange bitten, setzte sich ans Klavier und blätterte durch ihr Weihnachtsliederbuch. Sie liebte es zu spielen, wenn andere sich um sie scharten und sangen.

Nachdem sie ihre Gäste bei ein paar allseits bekannten Liedern begleitet hatte, sah sie von ihrer Klavierbank aus zum Fenster. »Laura und ihre Eltern sind da«, rief sie. »Jetzt kommen gleich ein paar Profisänger.«

Todds Augen leuchteten auf, als er Lauras Namen hörte. Er trat ans Fenster. Gleich hinter dem Wagen der Jordans entdeckte er den unverwechselbaren alten blauen Chrysler Imperial. »Doc Pelot ist auch da«, verkündete er.

Die Gäste stiegen aus, und der Tierarzt unterhielt sich noch kurz mit Lauras Vater. Schließlich kamen Laura, ihre Mutter und Doc Pelot in die Küche, wo sie George und Todd begrüßten. John Jordan jedoch blieb draußen stehen.

»Fröhliche Weihnachten, George!«, rief der Tierarzt. »Ich habe John gesagt, dass er direkt in Ihrem Vorhof parken soll, also näher am Haus. Ich hoffe, Sie haben nichts dagegen. Dann kann er seine Fracht nämlich leichter entladen. Trotzdem wird er Ihre Hilfe brauchen.«

»Seine Fracht? Meine Hilfe?« George wusste nicht recht, was er von diesen seltsamen Andeutungen halten sollte, und sah fragend auf Todd. Aber Todd war damit beschäftigt, Laura und ihre Mom ins Wohnzimmer zu begleiten. Schulterzuckend folgte George Doc Pelots Bitte und verließ das Haus. Wenig später kehrte er mit John Jordan und einem großen, wenn auch schmalen rechteckigen Objekt zurück, das in eine grüne Decke gehüllt war.

George schaute Doc Pelot an, als sie mit ihrer Fracht in die Küche kamen. »Vielen Dank, Doc. Ich weiß nur nicht, ob wir Platz für einen weiteren Rembrandt haben.«

Doc Pelot deutete auf eines der im hinteren Bereich liegenden Schlafzimmer, in dem die Gäste ihre Garderobe abgelegt hatten. »Stellen Sie es doch einstweilen dort ab.«

Nachdem George den Auftrag erledigt hatte, kehrte er in die Küche zurück und fragte Doc Pelot grinsend: »Haben Sie heute Abend noch eine Überraschung für mich?«

»Ja. Soeben ist ein alter Mann in einem Rollstuhl angekommen. Vielleicht braucht er Ihre Hilfe.«

Bevor sich George nach dem Namen des geheimnisvollen Gastes erkundigen konnte, tauchte Dr. Wilson, ein junger Arzt vom Gesundheitszentrum, an der Hintertür auf. Er schob einen Rollstuhl.

George erschrak und war gleichzeitig hocherfreut. Rasch half er Dr. Wilson, den Rollstuhl über die Schwelle der Hintertür zu hieven. Doc Pelot blickte auf seinen Freund im Rollstuhl. »Frohe Weihnachten, Hank.«

»Dann schauen wir mal, dass diese Party in die Gänge kommt«, meinte Hank.

George schob Hank in seinem Rollstuhl ans Klavier. Mary Ann konnte ihren Augen kaum trauen. Sie unterbrach ihr Konzert und stand auf, um ihren kranken alten Freund innig zu umarmen.

Doc Pelot und Hank hatten Dr. Wilson versprechen müssen, den Ausflug nicht allzu lange auszudehnen. Deshalb mussten sie nun rasch zur Tat schreiten. Der Tierarzt trat neben Hank und räusperte sich. »Dürfte ich kurz um eure Aufmerksamkeit bitten? Hank und ich, die designierten alten Käuze von Crossing Trails, haben diese Weihnachtsparty überfallen, um etwas zu verkünden.«

Über Hank Fishers Beinen lag eine Wolldecke, und er wirkte wirklich sehr alt, aber seine Augen funkelten lebhaft. »Ich habe keine einzige Weihnachtsparty bei den McCrays versäumt, seit Georges Großeltern die erste veranstaltet haben«, sagte er. »Diesen Rekord wollte ich aufrechterhalten.«

Ein Gast begann zu klatschen, und bald gab es eine Runde Applaus für ihren tapferen Ältesten. Alle wussten, dass er ein schweres Jahr hinter sich hatte. Hank hielt die Hand hoch. Mit ein wenig Übung wurde seine Stimme immer kräftiger. »Danke. Aber ich bin heute auch noch aus einem anderen Grund hier, und zu dem möchte ich gern kommen, bevor Dr. Wilson meinen Ausgang beendet.«

Hank ließ die Blicke über den Raum schweifen, um zu prüfen, ob jeder an seiner verabredeten Stelle stand. Dann blickte er auf seinen Freund. »Dieser alte Mann neben mir ...«

Doc Pelot klopfte mit dem Stock auf den Boden, hob ein Bein und stellte es wieder ab, um allen zu zeigen, dass er immerhin noch auf zwei Füßen stand. Dann zwinkerte er Todd zu.

Hank fuhr fort. »Wie dem auch sei – wir alten Knacker sind vor ein paar Tagen zu einem Entschluss gekommen, und den wollen wir euch heute Abend gern mitteilen. Wir dachten, der Ort und der Zeitpunkt wären passend.«

Plötzlich wurde es sehr leise. Jeder merkte, dass es nun zur Sache ging. Alle Augen waren auf Hank gerichtet.

»Susan, würden Sie bitte zu mir kommen? Wie die meisten von euch wissen, ist Susan meine Anwältin.«

Susan Reeves trat neben den Rollstuhl. »Ich habe Susan aus einem ganz besonderen Grund gebeten, mich heute Abend hierher zu begleiten. Susan hat einen kleinen Wohltätigkeitsverein gegründet – eine Non-Profit-Organisation, wie so etwas heute offiziell heißt. Dieser Verein soll uns helfen, ein ernstes Problem in Crossing Trails zu bewältigen. Hank und ich haben beschlossen, dass wir zu alt sind, um etwas nach uns zu benennen. Doc, sag uns doch, wie unser neues Projekt heißen soll.«

Doc Pelot deutete auf seinen jungen Freund auf der gegenüberliegenden Raumseite. »Wir haben beschlossen, unser kleines Unternehmen *Todd-McCray-Stiftung* zu nennen, zu Ehren des gut aussehenden Burschen mit den roten Tennisschuhen, der dort drüben an der Wand lehnt, zusammen mit seinem schwarzen Hund. Wie ihr alle wisst, hat Todd das Leben von Hunderten, vielleicht sogar von Tausenden Tieren in diesem Bezirk bereichert und gerettet. Und damit hat er auch das Leben von vielen Menschen verbessert. Deshalb würden wir unser Unternehmen gern nach ihm benennen. Susan, erklären Sie uns, was diese Stiftung tun wird?«

Susan Reeves trat vor ihre betagten Klienten. »Doc Pelot hat gut zwei Hektar Land gespendet, das Grundstück draußen am Highway, auf dem sich seine alte Klinik befand. Hank Fisher hat die ersten vierzigtausend Dollar für die Errichtung eines neuen Tierheims gespendet. Es wird der Stiftung gehören und soll auch von ihr betrieben werden. Wir müssen noch mehr Geld auftreiben, aber es ist ein hervorragender Anfang.«

»Das ist aber noch nicht alles«, übernahm Hank wieder das Wort. »Wir brauchen insgesamt zweihunderttausend Dollar, also noch eine ganze Menge. Ich weiß, das ist viel für eine kleine Gemeinde, und es wird eine Weile dauern. Aber wir haben früher schon mehr Geld für andere Dinge aufgebracht, und ich denke, dass wir es auch diesmal schaffen werden.«

Aufgeregtes Flüstern setzte ein, und es gab weiteren Applaus.

Plötzlich wurde es wieder sehr still im Raum, und Todd merkte, dass viele Gäste zu ihm herüberblickten. Er wusste nicht genau, was das alles zu bedeuten hatte, aber er wusste, dass gerade ein paar ganz besondere Geschenke gemacht worden waren und dass es für das Tierheim endlich wieder gute Nachrichten gab. Er sah auf die vielen Leute, die er kannte und liebte. Wie sein Vater ihm beigebracht hatte, hielt er seine Rede sehr schlicht. »Vielen, vielen Dank.«

George und Mary Ann traten zu ihm und legten beide einen Arm um den jungen Mann, den sie von Herzen liebten. Mary Ann beugte sich vor und küsste Todd auf die Wange. Hayley, Laura und Gracie arbeiteten sich zu Doc Pelot vor. Todd beugte sich hinunter und ließ sich von Gracie ein dankbares Küsschen schenken.

Mit feuchten Augen sagte Hayley: »Todd, wir sind alle sehr stolz auf dich.«

Doc Pelot fuhr fort: »Wie gesagt habe ich das Grundstück gespendet. Laura Jordan und Hank haben einmal darüber gesprochen, dass dem alten Tierheim eine Art Denkmal am Eingang fehlte, auf dem unser Anliegen klar ausgedrückt wird. Laura hat ihren Vater gebeten, uns dabei zu helfen.«

Nun war Laura an der Reihe. Ihre Linke ruhte auf Hanks Schulter, mit der Rechten stützte sie sich am Haltegriff von Gracies Geschirr. »Mein Dad hat gestern den ganzen Tag in seiner Schreinerwerkstatt gearbeitet. Meine Familie wollte gern etwas für unser neues Tierheim spenden. Es könnte im Hof der alten Tierklinik angebracht werden, dort, wo man vom Highway abbiegt. Dort ist es gut sichtbar.«

Lauras Vater und George brachten das rechteckige Ding, das noch immer in die große grüne Decke eingehüllt war, ins Wohnzimmer. Die Leute machten Platz, damit die beiden zu Hank treten konnten. Laura nahm einen Zipfel der Decke in die Hand und bot ihn Gracie an. »Gracie! Zieh!«, befahl sie. Die Hündin zerrte kräftig an der Decke. Alle staunten, als sie das sorgfältig geschnitzte und mit einer Inschrift versehene Schild sahen.

»Die Größe und den moralischen Fortschritt einer Nation kann man daran messen, wie sie ihre Tiere behandelt.«

Mahatma Gandhi

war darauf zu lesen.

Rechts neben Gandhis Worten befand sich ein Thermometer, das in Abschnitte von jeweils zehntausend Dollar unterteilt war. Ganz oben stand: *zweihunderttausend Dollar – unser Ziel*. Bis zur Markierung vierzigtausend Dollar war es rot ausgemalt.

Als sich Lauras Kehle zuschnürte, sprang ihr Vater für sie ein. »Es ist nichts allzu Kunstvolles, aber es drückt aus, was es ausdrücken soll.«

Doc Pelot warb um weitere Unterstützung. Er deutete auf den roten Bereich des Thermometers. »Wie Sie alle sehen, hat Hank den Topf mit vierzigtausend Dollar bestückt.« Er hielt kurz inne, um den Applaus abzuwarten, dann fuhr er fort: »Das ist ein sehr großzügiger Anfang. Aber ich möchte Sie alle dazu aufrufen, Ihre Scheckhefte zu zücken und einen Beitrag zu leisten, wenn Sie das können. Susan hat sich bereit erklärt, unsere Schatzmeisterin zu sein. Sie nimmt Ihre Spenden gern entgegen.«

George nahm Mary Anns Hand und wandte sich an die Versammelten. »Das ist eine wundervolle Überraschung für unsere Familie. Ob Crossing Trails ein Tierheim hat oder nicht, mag in der großen weiten Welt keine Rolle spielen, aber für unsere Gemeinde und vor allem für Todd McCray ist es überaus wichtig.« Dann grinste er breit. »Und wenn jetzt jemand unbedingt einen Hund braucht, ziehe ich gern meinen Mantel an und zeige ihm, was wir draußen in der Scheune zu bieten haben.«

ACHTZEHN

Zwei Tage später, am Vormittag des Weihnachtstages, trudelten die Kinder und Enkel der McCrays zur Familienfeier ein. Im Lauf des Tages wurde es immer lebhafter. Nachmittags um zwei fragte sich Mary Ann, ob die Wände des alten Gemäuers so viel Energie standhalten würden.

»George, warum gehst du mit den Kindern nicht nach draußen und spielst mit ihnen, bis das Abendessen fertig ist? Ich wette, sie würden gern sehen, was sich in unserer Scheune tummelt«, schlug Mary Ann laut vor. Dann fuhr sie etwas leiser, an ihren Mann gewandt, fort: »Ich kann keinen klaren Gedanken fassen.« Sosehr sie ihre sieben Enkel liebten und obwohl sie selbst fünf Kinder großgezogen hatten, wunderten George und Mary Ann sich stets über den Lärmpegel der nächsten Generation.

»Gute Idee.« George zog Hut und Mantel an und rief ins Wohnzimmer: »Ich gehe raus zum Spielen. Will jemand mitkommen?«

Aufgeregt kreischend stürmten die Enkel die Küche. »Ja! Wir wollen mit!«

George deutete auf den Haufen Mäntel, Handschuhe

und Schals neben der Hintertür. »Zieht euch warm an. Wir treffen uns dann an der Scheune.«

Nach dem turbulenten Vormittag mit den Kindern bewegten sich George und Christmas beide ein bisschen langsamer. Als George das Tor der alten Scheune öffnete und hineinspähte, atmete er tief durch, wie um Kraft zu sammeln. Er winkte den Kindern zu, die aus der Hintertür des Wohnhauses stürmten. »Kommt her, ich möchte euch etwas zeigen.«

Er ging in die Scheune. Die Kinder folgten ihm. »Wir haben hier ein paar Hunde aufgenommen, bis wir ein neues Zuhause für sie finden.«

Während er die Tierheimbewohner vorstellte, betrat Todd die Scheune, bereit, ihm unter die Arme zu greifen. Er kam gerade von Laura, mit der er den Großteil des Tages verbracht hatte.

Für die Enkel der McCrays war ihr Onkel Todd beinahe so interessant wie die Tierheimhunde. Sie drängten sich um ihn, um von ihm umarmt zu werden, und schrien: »Jetzt bin ich dran. Ich bin der Nächste.« Er kitzelte sie, wirbelte sie herum und raufte mit ihnen, bis sie schließlich die Führung fortsetzen wollten. Todd holte jeden Hund aus seinem Käfig und ermöglichte auf diese Weise eine nähere Bekanntschaft.

Pünktlich wie immer traf auch Georges und Mary Anns einzige Tochter Hannah ein, die in einem Vorort von Kansas City lebte. Sie kam direkt in die Scheune und wurde ebenfalls mit aufgeregtem Gekreische begrüßt: »Tante Hannah!«

Sobald die Kinder von ihr gebührend umarmt worden waren, zerstreuten sie sich wieder in der Scheune, um zu spielen. George legte den einen Arm um Hannah und den anderen um Todd. Sie blieben noch ein Weilchen bei den Hunden stehen. Hannah war von Mary Ann bereits telefonisch über die jüngsten Ereignisse informiert worden, aber sie wollte den Knüller gern auch noch von Todd persönlich erfahren.

»Ich kann es kaum glauben, dass sie die Tierheimstiftung nach meinem kleinen Bruder benennen wollen!« Sie drückte ihn liebevoll. »Ich bin so stolz auf dich. Das geht Laura bestimmt genauso.«

Todd strahlte. »Sie ist stolz.«

»Ich habe auch gehört, dass der Milchbetrieb dir einen Job angeboten hat. Was wirst du jetzt tun? Irgendwann wird ja wohl das neue Tierheim eröffnet.«

Todds Kiefer verspannte sich. George vermutete, dass Todd noch nicht bereit war, auf die Frage seiner Schwester einzugehen. Schließlich entspannte sich Todd wieder und meinte: »Ich weiß nicht.«

George musterte Todd ein wenig verwundert und stellte die nächste logische Frage: »Wenn du nicht in dem Milchbetrieb arbeiten möchtest, was möchtest du dann tun?« Er warf einen Blick auf die Hunde in der Scheune. »Wird die Stadt dich für deine Hilfe im provisorischen Tierheim weiterhin bezahlen?«

Todd schüttelte den Kopf. »Nein. Die Bürgermeisterin hat Hayley gesagt, dass ich nicht damit rechnen soll. Vielleicht können sie Hayley noch eine Weile bezahlen, dafür, dass sie halbtags aushilft, aber mehr Geld haben sie momentan nicht.«

George versuchte, Todd ein wenig anzustupsen. »Warum nimmst du nicht den Job in dem Milchbetrieb an, bis das Tierheim wieder steht? Es könnte leicht ein oder zwei Jahre dauern, bis so viel Geld aufgebracht und die neue Anlage errichtet worden ist. Es wäre doch gar nicht so übel, wenn du bis dahin etwas zu tun hättest.«

Todd wandte den Blick ab und meinte: »Das müssen Laura und ich noch entscheiden.«

George musterte seinen Sohn neugierig. Hannah zog ihren Vater beiseite und sagte: »Er wird das Problem schon lösen.« Sie öffnete eine Käfigtür. Ein kleiner schwarzer Terrier stürmte heraus. Hannah packte ihn rasch. »Der ist ja wirklich süß. Todd, wie heißt er denn?«

»Das ist Ranger.«

»Erzähl mir doch ein bisschen von ihm«, bat Hannah.

»Er ist etwa zwei Jahre alt und kastriert, hat aber trotzdem noch ziemlich viel Energie.« Ihm fiel ein Begriff ein, den einmal jemand verwendet hatte, um Hunde wie Ranger zu beschreiben. »Er ist willensstark. Aber beim Weihnachtssingen ist er nicht so gut.«

»Beim Weihnachtssingen?«

George wollte nicht näher darauf eingehen. »Frag lieber nicht.«

Hannah drückte das kleine Fellknäuel an sich. »Er ist entzückend.«

»Wir können dir einen guten Preis machen«, bot George an.

Todd nahm Hannah den Hund ab und umarmte ihn. »Er braucht ungefähr eine Stunde, bis er sich beruhigt hat. Aber dann ist er fantastisch.«

Mary Ann öffnete die Scheunentür. Hannah eilte freudestrahlend zu ihrer Mutter und umarmte sie innig.

Hannahs Lebenslust drückte sich deutlich in ihrem Gesicht aus, und Mary Anns Gesicht war ein Spiegel davon. Sie blickte über die Schultern ihrer Tochter auf ihren Mann, ihren Sohn und ihre Enkel. »Das Essen ist fast fertig. Kommt ihr?« Sie schob ein paar der älteren Kinder Richtung Tür. Diese Routine beherrschte sie als Lehrerin ausgezeichnet. »Lauft ins Haus und zieht eure Schuhe auf der hinteren Veranda aus. Mützen, Mäntel und Handschuhe könnt ihr in Todds ehemaligem Zimmer ablegen.«

Sie warf einen Blick auf Todd, der den Terrier wieder in seinem Käfig verstaute. Es fiel ihr ziemlich schwer, den Überblick über fünf Kinder, die jeweiligen Ehefrauen und sieben Enkel zu behalten. Bei der Hundepopulation auf dem Laufenden zu bleiben, war ihr zu viel. »Sag mir noch mal, Todd – ist das da Ranger?«

»Na klar, Mom.«

»Nun, dann habe ich eine gute Nachricht für ihn. Vorhin rief mich Peggy Hopkins an. Ranger hat ein neues Zuhause.« Todd wirkte so verwundert, dass Mary Ann ihm die fehlenden Zusammenhänge erklärte. »Offenbar hat Frank Hopkins ununterbrochen von Ranger gesprochen, seit der Hund ins Haus gestürmt ist, während ihr Weihnachtslieder gesungen habt. Ihm hat das Wesen des

Hundes gefallen, sein ›Mumm‹, hat Peggy mir erklärt. Sie kommt morgen früh und holt ihn ab, um ihn Frank zu Weihnachten zu schenken.«

Todd grinste und drückte Ranger noch einmal. »Du musst nur noch lernen, mit dieser kleinen Pudeldame klarzukommen.«

George und Hannah folgten den Kindern ins Haus. Mary Ann blieb noch ein wenig bei ihrem Sohn in der Scheune. Sie musterte die Reihe der Zwinger und fragte: »Wie gefällt ihnen ihre neue Unterkunft?«

»Sie hätten lieber ein richtiges Zuhause, aber vorläufig geht es ihnen hier ganz gut.«

»Und – bist du bereit für das Weihnachtsessen?«

Todd nahm die Hand seiner Mutter. »Mom?« Dann fuhr er fort: »Hättest du etwas dagegen, wenn ich Laura und ihre Eltern morgen früh zum Weihnachtsbrunch einladen würde?«

»Natürlich nicht, Todd. Wenn sie nichts anderes vorhaben, hätten wir sie gern bei uns.«

»Sie haben nichts anderes vor. Ich habe sie nämlich schon gefragt.«

Mary Ann schüttelte den Kopf. »Das habe ich mir beinahe gedacht. Hast du ihnen gesagt, dass es um elf losgeht?«

»Ich glaube schon.«

»Sag es ihnen lieber noch einmal. Wir wollen doch nicht, dass sie das Essen versäumen.«

Todd lief seiner Mutter voraus aus der Scheune. Mary Ann schloss das Tor und machte sich ebenfalls auf den

Rückweg. Um sie herum war es bemerkenswert ruhig, ganz anders als in ihrem Haus. Sie dehnte den Weg noch ein paar Minuten aus und genoss die Einsamkeit am Koppelzaun neben der alten Wetterfahne, die George und Bo McCray vor vielen Jahren errichtet hatten.

Dankbarkeit stieg in ihr auf. Sie war dankbar für ihre Farm, ihre Familie und die Zeit, die sie heute Abend gemeinsam verbringen würden. Sie lehnte sich ans Gatter und freute sich daran, wie die untergehende Sonne die weiß-braune Farmlandschaft in ein ganz besonderes Licht tauchte. Hier und da gab es ein paar Grasflecken, rötlich braun oder auch dunkel wie Hirschleder, die sich hartnäckig durch die dünne Schneedecke bohrten, nicht bereit, sich dem Winter zu beugen.

Sie wickelte sich in ihre Jacke ein und beobachtete den Sonnenuntergang. Die Pferde weideten auf der Wiese im Westen. Kleine graue Luftwölkchen drangen aus ihren Nüstern, während sie sich durch den Schnee wühlten. Mary Ann spürte, wie kühlere Luft über ihr Gesicht strich, und hörte die Propeller des Wetterflugzeugs, die sich über ihr beschleunigten. Die letzten Sonnenstrahlen spiegelten sich auf den Rumpf der kleinen Cessna, und das Flugzeug drehte sich in eine neue Richtung.

NEUNZEHN

Am frühen Morgen schlich George mit einem Sack voller Spielzeug und anderer Geschenke, die die Erwachsenen am Vorabend eingewickelt hatten, die Treppen hinunter. Das gehörte zu Georges Lieblingsaufgaben an Weihnachten: Als Santa Claus vom Dienst verteilte er die Geschenke unter dem Baum. Nachdem er pflichtgemäß von dem Zuckerplätzchen abgebissen hatte, das auf dem schönsten Porzellanteller auf den Weihnachtsmann wartete, ging er noch vor dem Morgengrauen aus dem Haus, um bei Hank nach dem Rechten zu sehen.

Bei seiner Rückkehr warteten die Kinder schon ungeduldig auf ihre Geschenke. George machte in seiner Rolle als Weihnachtsmann weiter und verteilte gemächlich die bunt eingewickelten Geschenke, eines nach dem anderen. Die Kinder riefen: »Grandpa, du bist zu langsam!«

»Wollt ihr denn nicht, dass es möglichst lange dauert?«

Als alle Geschenke ausgewickelt waren, machten sich die Erwachsenen daran, den Weihnachtsbrunch zuzubereiten, und wer nichts zu tun hatte, stellte sich vor der Badezimmertür an. George nahm Todd zur Seite und sagte: »Beinahe hätte ich das hier vergessen. Ich dachte, es würde dir gefallen.« George wühlte in einem braunen Sack herum und zog die alte Kuhglocke heraus, die er poliert hatte.

Todd musterte die Kuhglocke, wirkte jedoch seltsam bedrückt. »Gefällt sie dir nicht?«, fragte George.

Todd war, als würde die Glocke alles symbolisieren, was er hinter sich würde lassen müssen, wenn er wegzog. Der Gedanke stimmte ihn traurig. »Doch, Dad. Sie gefällt mir sehr. Du kannst schöne Geschenke machen.« Er umarmte seinen Vater innig. »Ich liebe dich und Mom sehr. Ich muss jetzt los.«

Todd kehrte in Thornes Haus zurück, um sich für den Brunch mit seiner Familie, Laura und ihren Eltern fertig zu machen. Da er ein kleines Vermögen in seinen Bewerbungsanzug gesteckt hatte, wollte er ihn auch an Weihnachten tragen. Das hatte er Laura stolz verkündet. Nachdem er sich umgezogen hatte, steckte er ein paar Geschenke und noch ein paar besondere Dinge in einen Sack. Diese Sachen wollte er beim Brunch verteilen.

Im Haus seiner Eltern rutschte er nervös auf dem Sofa herum und wartete auf Laura und ihre Eltern. In der Küche meinte Mary Ann zu Hannah, dass Todd unruhig wirkte, aber ihre Tochter grinste nur. »Ach Mom, denk doch mal über seine Lage nach. Mir kommt sein Verhalten völlig angemessen vor.«

Mary Ann wünschte, sie könnte es ebenso gelassen sehen wie Hannah, aber schließlich ging es um ihren jüngsten Sohn, nicht um einen kleinen Bruder.

Als Laura um zehn nach elf noch nicht da war, tippte George auf seine Uhr und scherzte: »Glaubst du, sie haben es vergessen?«

Als er sah, wie erschrocken Todd wirkte, bereute er seinen kleinen Scherz sofort. Doch zum Glück lockerte Hannah in dem Moment die Spannung, als sie aus der Küche rief: »Sie kommen!«

Mittlerweile schien die Sonne, und es war nicht besonders kalt. Deshalb zog Laura ihren Mantel schon im Auto aus. Gracie stieg als Erste aus und stellte sich neben die Autotür, um Laura beim Aussteigen zu helfen. Auf dem Weg zur Hintertür hielt sich Laura am Griff von Gracies Geschirr fest.

Normalerweise hätten Mr und Mrs Jordan den Weihnachtsmorgen nicht mit der Familie des besten Freundes ihrer Tochter verbracht, zumal sie erst vor Kurzem auf der Farm der McCrays eingeladen gewesen waren. Doch sie mochten Todd und liebten ihre Tochter. Laura bat sie nur selten um einen Gefallen, und es schien ihr wichtig zu sein. Also hatten sie nur erwidert: »Natürlich, wir kommen gern.«

Die Enkel der McCrays kannten Laura nur zum Teil. Einige waren sehr neugierig auf sie und kämpften um einen Platz in der ersten Reihe am Esszimmerfenster, das nach Westen zur Auffahrt hinausging. Aufgeregt begannen sie zu flüstern: »Ist sie das? Ist das Todds Freundin?« – »Vielleicht sind die zwei sogar zusammen?« – »Sie ist wirklich schön!« – »Warum hilft der Hund ihr beim Laufen?« – »Ich glaube, sie ist eine Prinzessin.« –

»Vielleicht ist sie eine Fee aus einem Märchen?« – »Warum läuft sie so langsam?« – »Pst! Wir sollen nicht darüber reden …«

Als die Jordans ins Haus kamen, zog Todd Laura zur Seite und flüsterte ihr kühn zu: »Du siehst wunderschön aus in deinem Kleid!«

Laura hielt sich an Todds Arm fest. »Nicht halb so gut wie du.« Sie drückte ihm einen sanften Kuss auf die Wange. »Frohe Weihnachten! Danke für die Einladung.«

Die Enkel der McCrays fühlten sich von Laura und Gracie magisch angezogen. Sie drängten sich um die beiden wie um den Eismann an einem warmen Abend im August. Todd stellte sie Laura vor, dann half er ihr, auf dem Sofa im Wohnzimmer Platz zu nehmen. Sobald die noch ausstehenden Vorstellungen stattgefunden hatten, krochen die kleinsten Kinder aufs Sofa, um die Prinzessin näher zu betrachten. Laura trug ein dunkelblaues Kleid und hatte die Haare mit einer roten Schleife zurückgebunden. Gracie saß geduldig daneben. Ein Enkel hatte die Arme um den Nacken der weißen Hündin geschlungen und wollte sie gar nicht mehr loslassen.

Todd bemerkte, dass das Feuer im Kamin schwächer wurde. Er bat seinen ältesten Bruder Jonathan: »Kannst du Holz nachlegen?«

Jonathan musterte Todd in seinem neuen Anzug. Als ob dieser ungewohnte Aufzug nicht reichte, machte er sich nun auch noch Sorgen ums Feuer. »Geht es dir gut?«

»Mehr oder weniger«, erwiderte Todd und lächelte sonderbar. Er setzte sich wieder neben Laura aufs Sofa, auch wenn er nicht nahe genug an sie herankam, weil all seine Nichten und Neffen sich um sie drängten.

»Zu Tisch!«, rief Mary Ann aus der Küche.

Die Kinder kämpften um den Platz neben Laura und Gracie. Todd setzte sich links neben sie. Nachdem Mary Ann das letzte dampfende Gericht aufgetischt hatte, vertrieb sie einen Besetzer, der den Platz rechts neben Laura am oberen Tischende für sich in Anspruch genommen hatte. »Schätzchen, such dir bitte einen anderen Stuhl«, bat sie ihren Enkel. »Ich möchte gern nahe der Küche sitzen.«

Sobald alle saßen, nahmen sie sich an den Händen, und George dankte ihnen, dass sie sich an diesem Weihnachtsmorgen hier zusammengefunden hatten.

Das Essen wurde herumgereicht, und die Gespräche verstummten unter dem Klirren von Besteck und Gläsern. Offenbar waren alle hungrig, denn eine Weile wurde kaum geredet. Todd, der nie Hemmungen hatte, das Wort zu ergreifen, musterte Laura und all die Menschen, die er so liebte. Dann nutzte er die Gunst der Stunde. »Ich möchte etwas Wichtiges sagen.«

George sah Mary Ann neugierig an. Ihre Augen wurden groß, und sie zuckte die Schultern, wie um zu sagen: *Frag mich nicht.*

Todds Augen waren gerötet. Ihm kamen die Tränen. Er brach nicht in große Schluchzer aus, doch an den Augenwinkeln zeigte sich eine Spur Feuchtigkeit. Er hatte die vergangenen Nächte damit zugebracht, sich im Bett hin und her zu wälzen und über seine Wahlmöglichkeiten nachzudenken. Es fiel ihm schwer, all die Freude, die in ihm wogte, wahrzunehmen, während gleichzeitig das Gewicht von Angst und Kummer auf ihm lastete.

Er holte ein Blatt Papier aus der Brusttasche und entfaltete es. Es war eine E-Mail, die er am Morgen ausgedruckt hatte. »Ich möchte euch etwas vorlesen.« Er schluckte, dann begann er:

»Lieber Todd,
ich möchte dir hiermit eine Stellung als Assistent in der Hundeausbildung an der *Heartland School of Dog Training* anbieten. Bitte benachrichtige mich, wenn du dich entschieden hast. Dann können wir die noch offenen Details besprechen. Wir würden uns sehr freuen, dich in unserem Team willkommen zu heißen.«

Herzlichen Glückwunsch!
Julie Bradshaw

Laura beugte sich zu ihm hin und nahm seine Hand. »Es ist in Ordnung, Todd. Sag es einfach.«

Todd fuhr fort: »Ich werde euch alle sehr vermissen. Ich werde den Job annehmen und am ersten Januar nach Washington, Kansas, umziehen.«

Mary Ann hielt sich an einem Tischbein fest, als könne es sie davor bewahren, von einem Wirbelsturm entführt zu werden, der aus scheinbar heiterem Himmel über sie hereingebrochen war. Ihr Herz raste, und sie lief hochrot an. Schließlich flüsterte sie tonlos: »Nein!«

In diesem Moment kam Christmas ins Wohnzimmer, als habe er gespürt, dass seine Anwesenheit erforderlich war. Er ließ sich ruhig neben Todd nieder. Sein Anblick brachte Todd dazu, hinzuzufügen: »Ich kann Christmas mitnehmen. Also werde ich nicht allein sein. Ich werde mir mit meinem Ersparten auch einen besseren Wagen kaufen, damit ich an manchen Wochenenden heimfahren kann.«

George war ebenso überrumpelt wie Mary Ann. Aber er war ein besserer Schauspieler, und außerdem wollte er Todd ermutigen, seinen eigenen Weg einzuschlagen. Darüber hinaus wollte er gern den Weg für eine angemessenere Reaktion ebnen. Deshalb erhob er sich und trat zu Todd. »Lass mich der Erste sein, der dir gratuliert.« Todd ergriff die Hand seines Vaters. George strahlte, auch wenn er sich wie Todd bemühte, Angst und Zuversicht miteinander in Einklang zu bringen. »Wir lieben dich sehr, Todd. Wenn du das wirklich tun willst, sollst du es tun. Natürlich musst du uns noch eine Menge erklären, bevor wir dich ziehen lassen.«

Nun beglückwünschten ihn auch die anderen, und alle lachten und freuten sich. Mary Ann umarmte Laura. Leise flüsterte sie ihr ins Ohr, wie es ihr wirklich ging. »Ich möchte ihn nicht gehen lassen.«

Laura erwiderte die Umarmung. »Ich auch nicht. Aber das ist das Beste für ihn. Er freut sich so sehr darauf.«

Mary Ann wusste, dass die kleine Cessna die Richtung gewechselt hatte. Entweder sie ging an Bord, oder sie lief Gefahr, zurückgelassen zu werden. »Ich weiß. Aber er ist und bleibt mein Baby.«

ZWANZIG

Nach dem Brunch und nachdem sich die Menge um Todd gelichtet hatte, erwischten Mary Ann und George ihn allein. Beinahe allein, denn Laura blieb standhaft an seiner Seite. Obgleich George nicht so aufgewühlt war wie Mary Ann, hatte auch er eine lange Liste von Fragen an seinen Jüngsten. Am meisten beschäftigte ihn die Frage, wie gut Todd seine Entscheidung mit all ihren Konsequenzen durchdacht hatte.

Sie zogen ihn zu einem relativ ruhigen Platz im Wohnzimmer und bestürmten ihn mit praktischen Fragen. Laura saß neben Todd, während er seinen Eltern gelassen versicherte, dass er, Laura und die *Heartland School* es schon schaffen würden, mit all diesen Dingen umzugehen. Sie hatten alles bereits ausführlich erörtert. In der Schule gab es Unterkünfte für die Praktikanten. Meist handelte es sich dabei um junge Tiermedizinstudenten, die erst Ende Mai oder Anfang Juni von der Kansas State University kamen. Solange die Praktikanten noch nicht da waren, konnte Todd gratis dort wohnen. So hatte er ausreichend Zeit, eine eigene Wohnung zu finden. Sein Gehalt war für eine Anfangsposition sehr großzügig. Allmählich wurde Mary Ann ruhiger. Am Ende der Fragestunde sah sie nur noch eine Handvoll Hindernisse, die nicht auf der Stelle gelöst werden mussten. Mit Handys, neuen Adressen, Zahnärzten und anderen Ärzten konnte sie sich später befassen.

Ohne die geringste Warnung, ohne die Zustimmung und ohne die Führung seiner Eltern war Todd erwachsen geworden. Er stand nun auf eigenen Füßen. Mary Ann und George machten ihm an Weihnachten das schönste und wichtigste Geschenk, das Eltern ihrem Kind machen können: So schwer es ihnen fiel, sie ließen los. Sie mussten darauf vertrauen, dass Todd festen Boden unter den Füßen fand, wenn er allein in die Welt hinausschritt.

Ein paar Stunden später verkündeten Lauras Eltern, dass sie aufbrechen wollten. Sie sammelten ihre Sachen ein, und während sie sich bei den Gastgebern bedankten, begleitete Todd Gracie und Laura zum Auto. Laura nahm ihren Mut zusammen. Sie wollte so tapfer sein wie Todd und etwas tun, was sie unbedingt tun wollte. Sie hatte das Gefühl, dass ihr die Zeit davonrannte. Noch vor wenigen Monaten hätte sie sich das nicht vorstellen können, aber plötzlich hatte sie das Gefühl, in die Fänge von etwas Unausweichlichem geraten zu sein. Sie wusste, dass es jetzt oder nie geschehen musste.

Sie lehnte sich ans Auto und sagte die Worte, die sie sich sorgfältig zurechtgelegt und geprobt hatte. Ihre Stimme klang brüchig, aber ohne jegliches Zögern und vorbehaltlos. »Todd, ich muss dir etwas sagen.« Als sie in seine klaren blauen Augen blickte, wunderte sie sich fast, wie sehr er ihr ans Herz gewachsen war. »Ich liebe dich sehr, und ich bleibe hier und warte auf dich. Ich werde immer für dich da sein.«

»Ich liebe dich auch, Laura. Du bist meine beste Fr…«, fing Todd an, aber dann schlug er eine andere Richtung ein. Er wusste, dass das nicht der richtige Weg war. Plötzlich wurde ihm auch klar, warum es ihm so gut ging, wenn Laura bei ihm war, und warum er so traurig war, wenn er daran dachte, dass er sie verlassen würde. Er suchte nach den richtigen Worten. Denn jetzt fragte er sich nicht mehr, ob er Laura liebte – er war sich dessen sicher. Dennoch fiel es ihm schwer, seine Gefühle angemessen auszudrücken.

Laura beschloss, das, was sie ihm sagen wollte, ein wenig zu verdeutlichen. Sie wollte, dass ihm keine Zweifel blieben, wo sie stand. Und das wollte sie ihm auf die Art mitteilen, die er am besten verstand. Das ging am ehesten durch ihr Herz und nicht mit Worten. Sie zog seinen Kopf ein wenig herab und küsste ihn zärtlich und vorsichtig auf den Mund. Verwundert wich Todd ein wenig zurück. Doch dann erkannte er, dass dies genau das war, wonach er selbst gesucht hatte. Er erwiderte ihren Kuss.

Im Haus stand eine Achtjährige am Fenster im Esszimmer und krähte so laut, dass es alle hören konnten: »Todd hat die Prinzessin geküsst!«

EINUNDZWANZIG

Im Januar und im Februar kamen Todd und Christmas jedes zweite Wochenende heim. George vermisste seinen Jüngsten, aber sowohl ihm als auch Mary Ann war klar, dass es Todd hervorragend ging. Bei jedem Telefonat klang ihr Sohn begeistert. Er konnte gar nicht aufhören, ihnen zu berichten, was er lernte und erlebte. Seine Stimme klang zuversichtlich und sinnerfüllt. Er schien alle Voraussetzungen zu haben, die er brauchte, um auf eigenen Füßen zu stehen.

Für seine Eltern war das Leben ohne Todd ein wenig einsam. Auch Christmas fehlte den beiden sehr. George hatte das Gefühl, dass sie noch einmal über das Sorgerecht für den Hund sprechen sollten. Todd hatte eine eigene Wohnung im Auge und rechnete damit, bald umzuziehen. Auf einem seiner Besuche im Februar fragte George seinen Sohn: »Wie wär's, wenn du den alten Knaben ein paar Wochen bei uns bleiben ließest? Ich vermisse ihn sehr.«

Das konnte Todd verstehen. »Na klar, Dad. Wenn ich im März mit ihm heimkomme, kann er so lange bei euch bleiben, bis ich in meine neue Wohnung gezogen bin.«

An den Wochenenden, an denen Todd nicht nach

Crossing Trails kam, fuhr Laura meist zu ihm nach Washington. Wenn sie nicht zusammen waren, telefonierten sie so häufig wie möglich und schrieben zahllose E-Mails. An einem Sonntag im April halfen George, Mary Ann und Laura Todd bei seinem Auszug aus Thornes Haus. Laura hatte ein paar Tage freigenommen und wollte Todd helfen, sich in Washington häuslich einzurichten. Sie füllten viele Umzugskartons und verfrachteten alles, was er in seiner neuen Wohnung brauchen konnte, auf der Ladefläche von Todds neuem Truck und dem kleinen Anhänger, den er gemietet hatte.

Mary Ann fand sich langsam aber sicher mit Todds neuem Leben ab, auch wenn es ihr nach wie vor schwerfiel. Beinahe jeden Abend warf sie einen Blick auf Thornes Haus und rechnete fast damit, dort unten noch eine brennende Lampe zu entdecken. Sie vermisste ihren Sohn schrecklich. George ging es nicht anders. Die Zeit, die er mit Todd und Christmas verbracht hatte, war ein fester Bestandteil seiner täglichen Routine gewesen. Ihre Abwesenheit war auch für ihn schmerzlich spürbar. Er sah ein wenig verloren aus, als er die Basketballkappe abnahm und sein ergrauendes Haar zurückstreifte.

Ohne es zu wissen, machte Todd die Sache noch schlimmer. Er nahm seinem Vater einen Karton ab, blickte auf Christmas und sagte: »Da sind deine Sachen drin. Für dein neues Zuhause.« Der Hund wedelte aufgeregt mit dem Schwanz.

George und Mary Ann hatten ihren Sohn gewarnt, dass sie ihn häufig besuchen würden, sobald er eine eigene Wohnung hatte. Da er nichts dagegen zu haben schien, vereinbarten sie gleich einen Termin für einen ersten Besuch in zwei Wochen.

Am frühen Nachmittag war alles verstaut, und Todd und Laura verabschiedeten sich. George und Mary Ann umarmten die beiden und baten mehrmals: »Ruft uns an, sobald ihr in Washington seid. Schickt uns ein paar Fotos von der neuen Wohnung.«

Todd langte in einen Karton und zog das Foto von George und Bo McCray heraus. »Dad, das hier werde ich als Erstes aufhängen. Es ist mein Lieblingsfoto.«

»Es freut mich, dass es dir gefällt.«

»Grandpa Bo erinnert mich an dich.«

»Danke, mein Junge.«

Todd umarmte George lange und meinte: »Danke, dass ich auch auf deinen Schultern reiten durfte.« Dann drehte er sich um und ging zu seinem Truck.

George schluckte schwer, als er sich nach unten beugte und Christmas fest an sich drückte. Er hatte sich vorgenommen, nicht zu weinen, wenn sein Junge und sein Hund ihn endgültig verließen. Aber was Todd gerade gesagt hatte, brachte seinen Entschluss ins Wanken.

Als er Todd davongehen sah, hielt er den Hund noch ein bisschen länger fest. Christmas war mittlerweile dreizehn. Es war durchaus möglich, dass er nie mehr auf die Farm zurückkehrte. George versuchte, in Gedanken seine Dankbarkeit auszudrücken dafür, dass er diesen Planeten in Begleitung eines so fantastischen Hundes hatte beschreiten dürfen. Christmas spürte offenbar, wie tief bewegt George war. Er schmiegte sich eng an ihn und drückte die Schnauze an seinen Hals.

Mary Ann legte die Hand auf die Schulter ihres Mannes. Sie wusste, dass er zwei Hunde verloren hatte, die er innig geliebt hatte, jedes Mal war es sehr schwer für ihn gewesen. Auch dieser Abschied war schmerzlich. Doch sie wusste auch, dass George dieses Opfer für seinen Jüngsten gern auf sich nahm. Wenn Todd Christmas' Unterstützung brauchte, sollte er sie auch bekommen.

Schließlich erhob sich George und meinte: »Zieh los, Christmas. Macht euch auf den Weg.«

Laura und Gracie saßen bereits im Auto und warteten geduldig auf die letzten Abschiedsgesten.

George trat bekümmert gegen die Kieselsteine auf der Auffahrt. Er hörte, wie sich die kleinen Propeller an der Wetterfahne drehten. Todd half Christmas in die Fahrerkabine und fuhr langsam los. Auf der Höhe seiner Eltern bremste er und machte das Fenster auf. »Bye, Mom. Bye, Dad. Ich liebe euch.«

Dann gab er Laura ein Zeichen, dass er nun bereit war. Laura übernahm die Führung. Todd, an dessen Truck der Mietanhänger befestigt war, folgte ihr bis zum Ende der Zufahrt.

Mary Ann drückte George die Hand, während der Truck anhielt und nach rechts blinkte. Als er nicht losfuhr, ging George davon aus, dass Todd ein Auto vorbeifahren lassen wollte.

Etliche Minuten verstrichen, ohne dass sich etwas tat. Schließlich liefen George und Mary Ann die Zufahrt hinunter Richtung Truck. »Was ist denn los?«, fragte sich George laut.

Plötzlich ging die Fahrertür auf, und Todd stieg aus, in der Hand den Karton mit den Sachen für den alten Hund. Christmas sprang heraus und folgte Todd, der seinen Eltern entgegenlief.

George sah seinen Sohn fragend an.

Todd wartete, bis der Hund bei ihnen angekommen war. Dann beugte er sich hinunter und zog Christmas' kühle schwarze Schnauze an sein Ohr. Er lächelte wissend und nickte zustimmend. Schließlich blickte er auf seinen Vater und meinte: »Du wirst es kaum glauben, was Christmas mir gerade gesagt hat.«

Wie es sich bei diesem Spiel gehörte, fragte George: »Was hat er dir denn gesagt, Todd?«

Der junge Mann kauerte sich hin und tat, als würde er eine weitere Hundebotschaft empfangen. »Bist du dir sicher, Christmas?«, fragte er. »Bist du dir ganz sicher, dass du das willst? Okay, dann sag ich es ihnen.«

Er stand auf und sah seinem Vater in die Augen. »Christmas hat gesagt, dass das hier sein Zuhause ist. Hier gehört er hin.« Todd reichte seinem Vater die Schachtel mit den Hundesachen. Als George sie in Empfang nahm, glitzerten seine feuchten Augen in der Sonne, und er nickte kaum wahrnehmbar. Doch Todd sah es, und er wusste, dass er und Christmas das Richtige getan hatten.

Er schaute seine Eltern an, zuckte mit den Schultern und meinte: »Hunde sind wie Menschen. Sie ändern manchmal ihre Meinung.« Er wandte sich ab, kehrte zu seinem Truck zurück, stieg ein und fuhr Richtung Osten davon.

George stellte die Schachtel ab und hielt seinen Hund fest, bis der Truck nicht mehr zu sehen und zu hören war. Er wollte gar nicht mehr von dem alten Retriever ablassen. Doch schließlich erhob er sich und sagte: »Jetzt gehen wir beide also heim.«

Der Hund namens Christmas lief an diesem Nachmittag etwas langsamer zur Farm der McCrays zurück, doch mit der gleichen Selbstsicherheit, die ihn von Anfang an so einzigartig gemacht hatte.

DANKSAGUNG

Ich würde gern einigen Leuten danken, die besonders hilfsbereit und liebenswürdig waren.

Gary Jansen und Becky Cabaza waren fantastische Lektoren. Sie haben mir geholfen, meine schriftstellerischen Fähigkeiten immens zu verbessern. Ein Lektor hat vielfältige Aufgaben, aber ein Teil seiner Arbeit besteht darin, das Beste aus einem Schriftsteller herauszukitzeln und ihn von allem abzubringen, was nicht aufrichtig und wahr klingt. Danke euch beiden. Ich hoffe, unsere Partnerschaft hält noch viele Jahre.

Letztes Jahr verbrachte ich einen wunderbaren Tag in Washington, Kansas. Dort besuchte ich KSDS, eine Organisation, die Menschen mit Behinderungen Unterstützung durch hervorragend ausgebildete Hunde ermöglicht. Besuchen Sie die Webseite dieser Organisation – www.ksds.org – und überzeugen Sie sich von den Wundern, die dort vollbracht werden. Wie Todd konnte ich es kaum fassen, was man mit Assistenz- und Therapiehunden alles machen kann. Danke, Deb Tegethoff und Larry Stigge, dass Sie sich die Zeit genommen haben, mich herumzuführen und mir einige fantastische Hunde vorzustellen, und dass Sie mein Manuskript in Auszügen gelesen und darauf geachtet haben, dass ich die Sache mit der Hundeausbildung richtig geschildert habe. Bitte setzen Sie Ihre hervorragende Arbeit fort!

Nach der Veröffentlichung meines ersten Buches, *Ein Hund zu Weihnachten*, verfilmte *Hallmark Hall of Fame* die Geschichte. Dabei lernte ich einige talentierte und großzügige Leute von *Hallmark* kennen, denen ich noch heute freundschaftlich verbunden bin. Mein besonderer Dank geht an Ellen Nesselrode und Jan Parkinson für die Unterstützung meiner Arbeit.

Ebenfalls im Verlauf des Filmprojektes lernte ich eine weitere wunderbare Organisation besser kennen: Petfinder.com. Dort werden im Internet Tierheimhunde vorgestellt, die ein neues Zuhause suchen. Mit der Hilfe von *Hallmark* und *Random House* habe ich vor ein paar Jahren eine Aktion ins Leben gerufen, in der wir einsame Haustiere über Weihnachten vermitteln wollen. Wir nannten diese Aktion »Foster a Lonely Pet for the Holiday«. Das Leben von Tausenden Haustieren wurde dadurch verbessert. Besonderer Dank gebührt Emily Fromm, Kim Saunders und Jane Harrell. Was Sie jeden Tag leisten, um das Leiden unschuldiger Tiere zu beenden, verdient höchstes Lob. Danke, dass Sie es mir ermöglicht haben, meinen Teil dazu beizutragen.

In meiner Anwaltskanzlei geht es oft ziemlich turbulent zu, und meine Mitarbeiter müssen schwer schuften. Danke an Joan Slevin und Martha Huggins für die vielen Stunden, die ihr darauf verwendet habt, zahllose Versionen meines Manuskriptes zu lesen. Es ist schon schlimm genug, den lieben langen Tag meine Fehler zu verbessern, doch ihr habt auch noch Nachtschichten dafür einlegen müssen.

Vielen Dank auch meinen Eltern Rod und Darlene Kincaid und meinen Freunden, die so freundlich waren, mein Manuskript zu lesen. Sie alle haben, wie es ihre Mütter ihnen beigebracht haben, etwas Nettes gesagt oder aber den Mund gehalten. Gut gemacht! Den Beitrag, den meine Frau Michale Ann und meine Kinder in meinem Leben leisten, kann ich gar nicht in Worte fassen. Rudy möchte ich für die langen Joggingtouren danken und für seine treue Begleitung. Gemeinsam schaffen wir einiges.

Ob Sie dieses Buch an Weihnachten oder zu einer anderen Zeit lesen – ich hoffe, die Geschichte hat Sie unterhalten. Und wichtiger noch – ich hoffe, dieses Büchlein hat Sie dazu ermuntert, etwas zu bewegen. Wir sollten dieses Potenzial in uns allen erkennen – ob nun in den Menschen oder den Hunden, und zwar unabhängig von unseren Unzulänglichkeiten, egal, ob wir sie uns einbilden oder ob sie tatsächlich vorhanden sind. Danke auch an Todd, Mary Ann, George und an den fiktiven kleinen Ort namens Crossing Trails. Dank euch habe ich erkannt, dass es unsere Aufgabe ist, die Welt oder zumindest das Fleckchen, in dem wir leben, ein bisschen besser zu hinterlassen, als wir es vorgefunden haben.

Greg Kincaid
Olathe, Kansas
August 2012